KB093013

악어

권행백 소설집

아마존의 나비

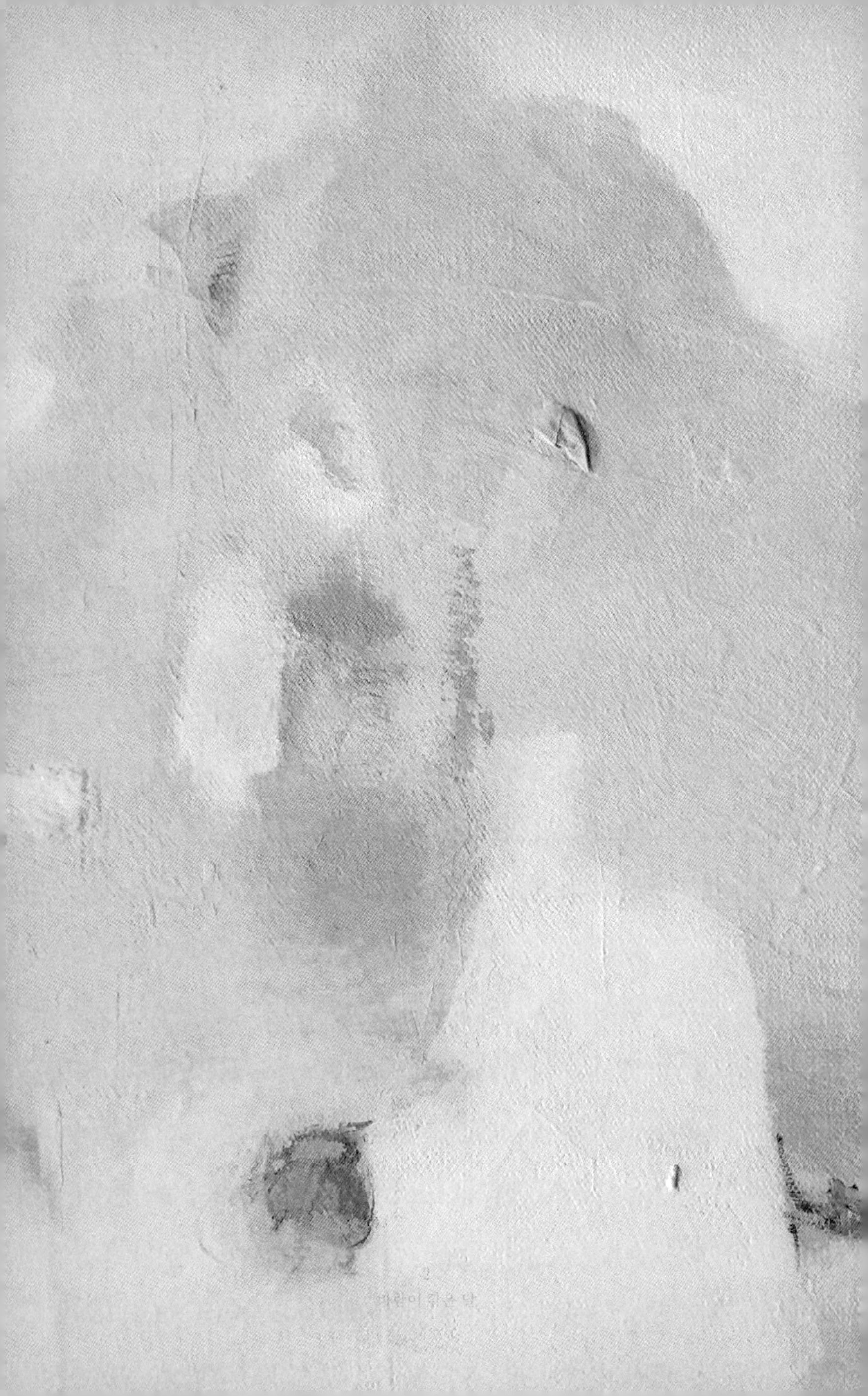

2

바람이 깎은 담

차 례

2018 서귀포문학공모전 당선작

바람이 깎은 달

바람이 깎은 달

마뜩잖게 따라온 아내가 전망대 벼랑 끝에 걸터앉아 꼼짝하지 않았다. 숨비소리를 휘파람처럼 내던 늙은 해녀들이 구부정한 허리로 구덕을 둘러메고 총총히 사라졌다. 수평선에 뜬 새털구름 밑으로 해가 내려왔다. 지루한 침묵이 우리 사이에 고여 있었지만 아내의 시선을 좇아 낙조를 본 것은 내게도 소득이었다. 눈을 몇 차례 깜박거린 것 같았는데, 잘록해진 허리로 잠수하던 불덩이가 그새 납작하게 식어버렸다. 울긋불긋한 유니폼과 헬멧들이 꼬리를 물고 올라오더니 언덕길 아래로 휘움하게 멀어져 갔다. 하루를 마친 자전거 부대였다. 아내가 그들을 흘끗 보고는 양팔로 어깨를 감싸며 진저리를 쳤다. 나와 눈이 마주친 그녀가 제 가슴에 고개를 떨어뜨렸다. 셀카봉을 들어 올리며 전망대 난간에서 이리저리 자리를 옮기던 커플이 머쓱해진 얼굴로 자리를 떴다. 바람이 거칠어지고 돌 틈에 난 풀들이 자주 드러누웠다. 달려온 파도가 깎아지른 발밑을 치는 소리에 이따금씩 오금이 저렸다.

"그만 들어가지."

"먼저 들어가세요."

아내의 힘없는 대꾸가 소금기 밴 바람에 쓸려갔다. 저녁으론 뭘 먹을까 궁리하던 마음이 내게서 달아나버렸다. 산책을 나온 지 벌써 세 시간째였다. 달이 오르자 커튼처럼 늘어뜨린 절벽이 은색으로 바뀌었고 벼랑을 핥던 달이 물속으로 미끄러졌다. 바위를 들이받은 물보라가 뿌연 달빛을 허공에 뿌렸다.

"배가 고프네."

배고프다는 내 말이 명령이라도 되는 양, 먼저 들어가라던 아내가 습관처럼 몸을 세워 절벽 위에서 발을 떼었다. 숙소로 돌아오는 키 낮은 돌담길에 달빛이 깔렸다. 아내가 세 걸음쯤 떨어져 뒤따라왔다. 숙소에서 나올 때처럼 그녀는 말이 없었다. 나는 부러 어깨를 펴고 걸었다. 아내의 눈에도 옹색해 보일 뒷모습은 감출 방법이 없었다. 사업 부도로 인한 궁핍이 일상의 자잘한 결정마저 발목을 잡고 있었다.

내가 제주행을 결정한 것은 살림을 털어낸 허탈함을 달래려는 거였지만 아내의 입에서 나온 뜬금없는 선언을 눙쳐보려는 속셈도 없지 않았다. 그만 헤어지고 싶다니….

밭에서 캐다 만 양파 냄새와 풀벌레 소리가 우리 사이를 채워주었다. 나는 그녀의 마음을 헤아려보았다. 헤어지고 싶다면서 공기 좋은 제주도에 다녀오자는 내 제안을 따라줬으니…. 떠나기 전에 내게 주는 마지막 선물일까. 아니면 인정 많은 여자라서 건강이 나빠진 남자를 차마 떠나지 못하는 것일까. 그것도 아니라면 헤어지고 싶은 마음을 이내 접은 걸까. 당장 헤어지자, 가 아니라 헤어지고 싶다, 였으므로 나는 두 표현 사이의 간극을 되작거리며 위안을 삼았다. 제주에 들어온 뒤에도, 혼자서 새벽 산책을 하고 돌아온 아내의 속눈썹에 종종 물기가 매달려 있었다. 나는 애꿎은 는개 탓을 하며 우울해지는 마음을 달래곤 했다.

내가 한적한 바닷가로 숙소를 정한 건 단순히 방값이 부담스러웠기 때문이었다. 인터넷으로 이곳저곳을 기웃거리다 민박집 광고들을 발견했다. 중국인 관광객이 줄어 비어 있는 방이 많았다. 나는 하루 이만 원 꼴로 방 하나와 부엌 딸린 넓은 거실을 빌려준다는 집을 찍었다. '바다에 닿은 땅이 절벽으로 잘려나간 남쪽 마을, 큰엉이 기다리는 서귀포 남원으로 오세요'라는 광고 문구에 끌렸다. 나는 큰 언덕을 연상하며 즉시 스마트폰 검색창을 열었다. 내 짐작과는 거리가 있었다. 제주어로 엉은 바위 절벽이나 거기에 뚫린 굴이라는 의미였고 바다로 잘려나간 절벽은 주상절리가 드러난 해식애였다. 거기서 바라보는 낙조에 취해보고 싶었다. 게다가 그 위로 뜨는 달구경을 놓치지 마라는 문구가 유혹적이었다. 늦은 아침을 먹고 제주도로 전화를 걸었다. 남자가 울 엄니한테 물어볼게요, 하더니 곧바로 에잇 그냥 그 가격에 오세요, 하며 선심 쓰듯 전화를 끊었다. 귀찮아하는 목소리에 잠이 묻어 있었다.

처음엔 딱 한 달만 머물고 올라갈 요량이었지만 나는 내친김에 한 달을 연장했다. 어차피 육지에서 지내도 이

만큼은 깨질걸, 하며 아내의 돈 걱정에 서둘러 쐐기를 박았다. 그런대로 지낼 만했고 아침마다 재채기로 애를 먹이던 내 비염 증상이 씻은 듯 사라진 게 신기했다. 올레길을 걸은 효과인지 불면증으로 고생하던 아내의 수면 시간이 길어진 건 덤이었다. 말없이 따라오던 그녀가 좋네요, 하고 간간이 풍겨오는 꽃향기에 반응을 보였다. 제주에 들어온 첫날부터 우리 사이에 가느다란 공감의 다리를 놓아준 것도 들꽃이었다.

저녁 비행기로 내린 제주공항에서 시외버스에 옮겨 탔을 때만 해도 우리는 차창 너머로 서로 다른 방향을 바라보았다. 동쪽으로 바다를 끼고 두 시간 남짓 달려 도착한 서귀포시 남원읍 남원리, 정류장에서도 한참을 더 걸어야 민박집이었다. 구글이 우리를 해변으로 이끌었다. 통실하게 살이 오른 달이 밝았다. 우리는 여름옷 등 잡동사니가 들어 있는 묵직한 배낭을 메고 밭 사이 돌담길을 걸어 마을로 꺾어들었다. 바닥에 엎드린 낡은 집들은 길가에서도 지붕이 내려다보였다. 처마 끝이 돌담 위에 붙어 있어 바람을 피하기에 좋아보였다.

「구멍이 대충 뚫려 있어야 넘어지지 않는대.」

돌담을 가리키며 내가 먼저 말을 붙였다. 허술했던 사

업, 여전히 어설픈 가장 노릇. 켕기는 게 많은 자의 싱거운 변명에 아내는 무반응이었다. 바다가 가까워지자 우리를 반긴 것은 갯내 섞인 꽃향기였다. 우리는 걸음을 멈추고 얼굴을 마주보았다.

도착한 민박집은 낡은 안채와 객실로 보이는 평범한 삼 층짜리 새 건물이 한 울타리 안에서 마주보고 있었다. 나는 오히려 그 뒤로 이웃한 촌집 마당을 향해 감탄사를 뿜었다. 짐을 내려놓기도 전이었다. 다가설수록 꽃향기가 짙어졌다. 마을 초입에서 우리를 붙잡아 세운 바로 그 냄새였다. 배낭을 내려놓고 민박집 대문 옆 왼편의 좁은 골목으로 발을 옮겼다. 열댓 걸음 들어가자 외부인의 접근을 거부하는 듯 돌무더기가 무릎 높이로 입구를 막고 있었지만 나는 낮은 쪽을 타고 넘었다. 돌무더기 뒤편으로 정낭이 걸려 있었는데 모두 세 개였으므로 미루어 짐작하건대 주인이 멀리 출타 중이라는 뜻이었다. 아내가 홀린 듯 따라 들어왔다. 꽃을 보고도 무덤덤하던 평소와 달랐다. 얼결에 발을 담근 마당은 손을 뻗으면 닿을 듯 바다로 뚫려 있었다. 철썩거리는 물소리가 발밑으로 다가왔다. 마당으로 파도가 곧 들이칠 것만 같았다. 달빛이 하얗게 뿌려진 마당엔 온통 찔레꽃이었다. 빈집인가 싶었지만 그렇게 보기엔 조그만 텃밭이 정갈했다. 납작 엎드린 처마 밑엔 어둠뿐이었다.

이제 그만 숙소로 들어가야겠다고 생각하는 순간, 마룻바닥을 긁는 마찰음과 함께 방문이 빠끔히 열렸다. 풀어헤친 백발이 먼저 문틈을 빠져나왔다. 반쯤 드러낸 두상을 달빛이 비추었고 나는 핏기 없는 노파의 얼굴과 맞닥뜨렸다. 마당에 반사된 은은한 빛이 깊게 팬 주름을 훑았다. 납량 특집에 나올 만한 모습에 깜짝 놀란 우리는 누가 먼저랄 것도 없이 머리를 조아려 무단 침입을 사과했다. 뒷걸음질치는 우리에게 노파가 눈을 흘기며 스르르 방문을 닫았다.

이튿날 아침, 쾌청한 하늘 저쪽에 한라산 정상이 떠 있었다. 다시 바라본 아랫집 마당은 내가 잠들기 전에 그려본 모습과 별반 다르지 않았다. 흐드러진 찔레 덤불 사이로 라일락과 백합이 향을 보탰고 주근깨 앉은 참나리도 돌담 밑에서 발그레한 자태를 드러냈다. 나는 그 순간 이런 곳에서 늙어가도 좋겠다는 생각을 했다. 바다로 떨어지는 해를 바라보며 차를 마시는 인생 후반전도 그다지 나쁠 것 같지 않았다.

「여기도 곧 입소문 타겠네.」

곁눈질로 아내를 슬쩍 떠보았다.

「그러게요.」

무심한 얼굴이었지만 그녀도 이곳이 맘에 든 것 같았다. 나는 슬그머니 욕심이 났다. 그러고는 이내 피식 웃고 말았다. 가진 것도 없이 헛꿈이나 키우는 내가 우스웠다. 아직도 정신 못 차렸다는 말이나 듣지 않으면….

찔레 덤불 곁에서 낯선 나무가 빨간 꽃을 피워내고 있었다. 때마침 호미를 들고 밭에 나가는 민박집 주인여자를 붙잡고 물었다. 그녀가 병솔꽃이랬다. 그러고 보니 둘레로 깃털이 붙은 길쭉한 꽃 뭉치가 병을 씻는 솔을 닮아있었다. 나는 실제로 가지를 꺾어 병 안에 넣어보고 싶었다. 문득 주인 여자가 곁에 서있던 아내에게 눈을 맞추며 물었다.

「똑같이 생겼죠? 왜 그거 있잖아요. 젖병 씻을 때….」

「……」

아내의 얼굴이 잠시 일그러졌다. 두 손으로 솔질하는 흉내를 내다 머쓱한 표정이 되어 돌아서는 주인 여자를 내가 불러 세웠다. 아직 환갑은 덜 돼 보이는 여자의 볕에 그을린 얼굴이 다가왔다. 뭐든지 물어보라는 표정이었다.

「저어, 저 집에 사는 할머니 말인데요….」

「아이고 말도 마세요. 얼굴 보기도 힘들어요.」

여자가 손사래를 치다가 아랫집 정낭 앞을 가리키며 느닷없이 톤을 높였다.

「어찌나 뻣뻣한지 원. 내가 이 촌구석에 시집온 뒤로 삼십 년도 넘게 지켜봤지만 보말이 말 트고 지내는 사람을 못 봤다니까 글쎄. 자다가 죽었대도 아무도 신경 안 쓸걸? 딸자식이 있으면 뭘 하나, 코빼기도 안 보이는데. 어디 사는지 우리야 알지도 못하고.」

누가 왜 하필이면 정낭 앞을 돌무더기로 가로막았는지 그렇잖아도 궁금하던 참이었다. 자신이 서울 태생임을 강조하던 주인 여자가 무슨 이야기를 더 하려다 말고 혀를 차며 어깨를 돌렸다. 나는 꼬리 잘린 말을 얼핏 들은 것 같았다. 주인 여자가 멀어지자 아내에게 물었다.

「지금 간첩 주제에…, 라고 했지?」

아내가 고개를 끄덕였다. 먼발치에서 주인집 아들이 발바닥으로 담배꽁초를 비비며 이쪽을 지켜보고 있었다.

보말은 우리가 묵는 민박집 여주인이 노인을 부르는 호칭이었는데 아내는 제주도 식으로 그냥 할망이라 불렀다. 사연인즉 아랫집에 혼자 사는 할망은 보말을 잡아 가까운 재래시장에 내다 파는 일을 하고 있었다. 바닷가 바위에 붙은 소라처럼 생긴 엄지손톱만한 고둥을 제주도 사람들은 보말이라 부르는데 그걸로 국이나 찌개도 끓이고, 해초와 초장에 버무려서 무침 등 다양한 반찬을 만든단다. 특히 보말칼국수와 보말죽은 별미여서 관광객들에게도 인기였다.

해변의 바위 절벽에 붙어 있는 할망집 마당은 사진 찍기에 최적의 장소였다. 그리로 들어가는 휘움한 골목이 먼저 카메라 앵글을 붙잡았다. 폭이 좁아 나는 양팔을 어정쩡하게 벌렸다. 양옆으로 이어진 어깨 높이 돌담에 담쟁이가 기어오르고 축축한 응달에는 거뭇한 이끼가 노인의 검버섯처럼 연륜을 드러냈다. 집이 주인과 함께 늙어간 증거였다. 돌담 밑에서는 손바닥 모양의 선인장이 채송화와 어울려 한지처럼 얇은 연노랑 꽃을 피우고 있었다. 호기심에 담을 슬쩍 밀어보았다. 쉽게 건들거렸다. 거친 바람과 세월을 견뎌내는 게 신기했지만 그건 오직 허술한 듯 뚫려 있는 바람길 덕분이었다. 할망의 집으로 향하는 왼편은 두어 계단 정도 내려간 밭이었는데 아직 덜 뽑아낸 마늘이 줄을 맞춰 서 있었다. 말하자면 그쪽을 막은 벽은 밭담이었다. 밭담은 할망의 마당 깊은 모서리에 선 창고를 에돌아 바다로 빠져나갔다. 땅만 파면 나오는 돌들을 바닷가 절벽을 따라 꼬불꼬불 쌓아둔 것이라서 바다와 육지를 구분하는 성 같기도 하고 해적을 막는 진지 같기도 했다. 나는 정낭 앞에서 큼지막한 돌멩이 두 개를 들고 와서 디딤돌로 놓고 담 위로 올라가보았다. 폭이 두 자가 넘었다. 돌이 나오는 대로 쌓다보니 벽이 두꺼워진 거였다. 누군가 돌담 위를 밟고 걸어 다닌 흔적이 있었다. 이른바 잣질이었다. 허방을 디딜까 조심조심 발을 떼다가 고개를 돌렸다. 바다가 한눈에 열렸다. 할망의 마당에서 잣질로 올라가는 사다리를 놓으면 좋지 않을까.

나는 근처에서 올레 코스를 찾다가 절벽에서 바다로 내려가는 좁고 가파른 통로를 발견했다. 마을 여자들이 물질을 하러 가는 길목이었다. 디딤돌에 시멘트를 발라 계단을 만든 흔적이 보였지만 발밑이 까마득했다. 자칫 헛디뎠다간 물속으로 떨어져 바위틈에 거꾸로 박힐 것만 같았다. 할망도 새벽마다 혼자서 그곳으로 내려가는 것 같았다. 보말잡이는 기력이 딸린 노인이 물질* 대신 택한

* 바다에서 하는 해녀들의 일

생계 수단인 듯했다. 하지만 이내 나는 그것도 결코 만만한 작업이 아니라는 걸 알게 되었다.

바닷물이 빠져나가는 늦은 오후였다. 아내에게 찬거리나 잡아다줄 요량으로 조심조심 절벽을 내려갔다. 파도가 골골이 밀려왔다 빠져나가는 바위틈을 내려다본 순간 눈앞이 어찔하고 다리가 떨렸다. 먼저 나온 여자들이 쇠갈퀴 하나씩을 들고 있었는데 그들은 그걸로 바위에서 보말을 떼어내고 해초를 건져 올렸다. 익숙한 손놀림과 꾸밈없는 차림새로 그들이 외지인이 아님을 알 수 있었다. 나는 그들의 동작을 지켜보다가 얕은 물에 겨우 발을 담갔다. 잠긴 돌 틈에서 목표물을 찾아내기가 녹록지 않았다. 전복이나 소라처럼 덩치라도 크면 모를까 다슬기만한 고둥을 건져 올리자니 발바닥이 미끄럽기도 하고 다리가 후들거려 오래 서 있을 수 없었다. 근처에서 물속을 들여다보던 여자가 허리를 펴고 다가왔다. 그녀가 모자챙에 가려져 있던 주름 가득한 얼굴을 활짝 열고 자기의 망태기에서 조그만 알맹이를 한 주먹 꺼내 내 비닐봉지에 넣어주었다. 보말이었다. 맨손으로 허둥대는 외지인이 딱했나 보았다.

숙소에 돌아와 속을 빼내는 일도 만만치 않았다. 끓는

물에 삶은 다음 딱딱한 껍데기 속에 숨은 살점을 일일이 꺼내야 했다. 나는 아내가 건네준 옷핀을 길게 펴고 바늘을 끼워 한 방향으로 천천히 돌렸다. 열 댓 개나 뽑았나. 금세 눈이 침침해졌다. 죽 한 그릇을 끓이자면 이 짓을 얼마나 해야 할까. 작업량과 인건비를 비교하며 보말 음식 한 그릇의 적정가를 따져보다가 앞에 앉아 묵묵히 보말 속을 파내는 아내와 시선이 얽혔다. 나는 그만 바람 빠지는 소리로 웃고 말았다. 여기까지 와서도 비즈니스 마인드를 버리지 못한 나 자신이 작아진 느낌이었다.

간댕간댕하던 사업을 정리하고 요양 겸 들어온 제주도 생활이 벌써 두 달째였다. 바다 냄새에 익숙해지면서 단잠이 늘었지만 처음엔 납품 물량을 못 맞춰 애를 태우는 악몽으로 새벽을 망치곤 했다. 중소기업을 운영한다는 게 원래 그런 거라서 억지로 버티다간 몸이 먼저 망가질 판이었다. 어음을 막지 못한 이웃 공장의 부도가 협력업체 간 연쇄 부도로 이어졌다. 상호 보증을 선 탓이었다. 십사 년을 유지한 자동차 부품 공장이 결국 파산 절차를 밟았다. 잦은 술자리로 얻은 간경화 진단도 위협이었다. 그나마 아직 초기이고 알콜성이므로 술을 끊고 일 년만 운동을 지속하면 회복될 거라는 의사의 말로 위안을 삼았다. 빚잔치를 끝내자 할 일이 없었고 문득 하루가 길어졌다. 생각해보면 억지로 끌어온 사업이었다.

새벽 네 시에 일어나 아내와 늦은 밤까지 뛰어다닌 건 독하게 박혀버린 기억 하나를 지우기 위한 몸부림이었다. 외아들 준규에게 사준 고등학교 입학 선물이 화근이었다. 녀석이 낡은 자전거를 날렵한 경주용으로 바꿔 달라 졸라댔고 나는 주저 없이 지갑을 열었다. 며칠 뒤, 경찰의 연락을 받고 달려간 병원에서 아내는 실신을 했다. 낯선 트럭 운전사가 내 앞에서 무릎을 꿇었지만 좌회전하던 차에 부딪혀 자전거와 함께 튕겨진 아이는 이미 숨을 멈춘 뒤였다. 힘없이 무릎이 꺾이는 며칠을 보낸 뒤 유골을 바다에 뿌려주었다. 우리 부부는 그 후로 약속이나 한 듯 서로에게 말을 아꼈다. 이건 아닌데…, 진작 관둬야 했어, 라든가 그 뒤로 공장을 늘리지만 않았어도, 라는 말들이 오갔으나 실없이 언저리만 맴돌 뿐이었다. 하던 일을 멈출 수 없었다. 어딘가에 정신을 빼앗기지 않고는 살아낼 수 없다는 걸 본능이 끊임없이 일깨워주었다.

형체가 분명치 않은 이유로 먼저 간 녀석에게 늘 미안했다. 나는 몸뚱이라도 혹사시켜야 하루를 보낼 수 있었으므로 감당하기 힘든 주문량을 받았고 공장 직원들을 무리하게 몰아댔다. 내가 납품하는 본사의 간부들이나 은행 지점장들과 어울리는 술자리가 잦아졌다. 아내는 묵묵히 일만 할 뿐 군소리가 없었다. 준규를 보내고 그렇게 지낸 사 년, 협력업체의 파산은 차라리 울고 싶은 참에 뺨 때려준 격이었다.

강원도 산골 출신의 아내는 근동에서 고등학교를 나와 경리로 사회생활을 시작했다. 울산에 있는 승용차 범퍼 공장이었다. 속 썩이진 않을 거야. 맞선보러 나가기 전 직장 동료는 자신의 여동생을 그렇게 소개했다. 첫 눈에도 몹시 평범했는데 나는 그래서 놓치고 싶지 않았다. 말썽 없이 살아줄 것 같았다. 세련되지 않아 다행이었고 씀씀이가 헤프지 않아 고마웠다. 나라고 어깨에 명품 가방 걸 줄 모르나? 하며 눈을 흘겼지만 내가 막상, 사줄까? 하고 떠보면 진지한 얼굴로 고개를 저었다. 결혼 후 곧바로 들어선 아이 때문에 직장을 관둔 그녀에게 신혼 재미는 멀어 보였다. 병약한 시부모 수발이 그녀의 몫이었다. 내가 쓰러져가는 부품 공장을 인수한 것은 중풍 걸린 아버지와 치매로 말년을 보낸 어머니가 차례로 세상을 뜬 직후였다. 부채를 떠안는 조건이라 내 퇴직금만으로 시작할 수 있다는 점에 끌렸다. 공대 출신으로 그간 H자동차에서 기계를 다뤄온 경험도 밑천이었다. 주위에서 말렸지만 그럴수록 오기가 생겼고 믿는 구석도 없지 않았다. 중소기업의 재정 관리를 해보았고 궂은일을 피하지 않는 아내가 회사 살림을 맡아주겠다는데 덤비지 못할 것도 없었다.

한동안 공장이 잘 돌아갔다. 그럴수록 최악의 상황에 대비를 하라는 업계 선배들의 조언에 따라 각종 보험도 들었고 여차하면 낙향하여 일궈보려는 밭도 구해 놓았었다. 하지만 한번 기울어지자 백약이 무효였다. 공장 부지와 건물이 빚 구덩이로 흔적 없이 빨려들었다.

경매로 공장이 낙찰자에게 넘어가던 날, 그동안 함께 땀 흘린 오십여 명의 직원들이 물건을 들어내느라 분주했다. 공장이 거의 비워질 때쯤 한쪽 구석에 멍한 얼굴로 서있던 아내가 직원 화장실에 들어가 물을 뿌리고 걸레질을 시작했다. 모범을 보이기 위해서라도 그녀가 자주 하던 일이었지만 그날따라 공장장이 달려와 남 좋은 일 그만하시라며 대걸레자루를 떼어내 말렸다. 여직원들도 아내의 손을 잡고 눈물을 보였다. 자식 같이 키운 공장에 마지막으로 청소라도 해주고 싶었다며 아내가 통곡을 했다. 나는 먼 산을 바라보며 죽은 자식의 염을 제 손으로 해주는 어미를 떠올렸다.

함께 속상해 하던 공장장은 한 달 뒤 법원에서 최종 부도가 결정되자 직원들의 급여청산금을 들고 줄행랑을 놓았다. 뒤늦게 찾아온 거래 은행 지점장이 뒷머리를 긁어댔다. 간간이 내게서 술대접을 받던 그는 정작 어려운 때 도움을 줄 수 없어 미안하다고 했다. 부실기업에 대출해준 책임을 지고 퇴사했다는 것이었다. 도망친 자나 찾아온 자나 어차피 도움 안 되긴 마찬가지였다. 우리는 살던 아파트를 팔아 빚잔치를 끝내고 낡은 연립으로 이사했다. 때마침 간경화 진단으로 받은 내 보험금을 보탠 전세였고 그나마 월세를 면한 게 천만다행이었다. 도움을 청하는 사람들을 빈손으로 돌려보내지 못하는 아내가 여기저기 들어준 보험들도 해지했다. 돌반지 등 묵혀둔 금붙이는 팔아서 당장의 생활비에 보탰다.

아내는 고집스럽게 방 두 칸짜리를 찾아다녔다. 원룸이나 얻자는 내 말이 맥없이 흩어졌다. 이제는 다 털어버리고 여행자처럼 살자고 했지만 그녀는 무표정한 얼굴로 내 눈을 빤히 들여다볼 뿐이었다. 연립주택 골목으로 들어가는 이삿짐 트럭 안에서도 나는 아내를 원망했다. 하지만 짐을 풀어놓자마자 그녀의 속마음이 드러났다. 세간을 몽땅 버렸음에도 차마 버리지 못하고 다시 가져온 짐들이 있었다. 그녀는 작은 방에 들어가 저물도록 나오지 않았다. 문을 열자 준규가 쓰던 야구모자와 휴대폰, 좋아하던 그룹 싱어의 타블로이드가 내 눈을 찔렀다. 나는 청승 떨지 말라고 냅다 소리를 지르고 밖으로 나왔다. 현관문짝 닫히는 소리가 내 등을 거칠게 떠밀었다. 소주에 절어 슬그머니 들어왔지만 뒤척거리는 밤이 길었다. 아내는 작은 방에서 건너오지 않았다. 헐겁게 둥지를 옮긴 첫날을 눈물로 새웠을 터였다. 아버지 어머니가 돌아가실 때도 느끼지 못했던 허전함이 나를 덮쳤다. 준규를 보낼 때와는 또 다른 감정이었다.

아내의 심장이 식은 뒤 나는 오히려 열병을 앓았다. 자다가도 식은땀을 흘리며 옆을 더듬어보곤 했다. 그녀는 늘 그 자리에 있어야 하는 존재였다. 내게 대든 적 없었고 나 또한 큰소리 쳐보지 않았으므로 부부싸움 자주 하는 친구들을 나는 이해하지 못했었다.

중풍 걸린 시부를 업어 화장실로 모시던 아내는 내게

적잖은 감동을 주었다. 치매 증상이 심해진 시모는 아무런 도움이 되지 못했다. 직장에 코가 꿰어 있는 남편을 대신하여 시부를 욕조에 담가 목욕을 시켜주던 아내가 결국 하혈을 하며 쓰러졌다. 계획 없이 들어선 둘째가 떨어져나간 것이었다. 아버지는 더 이상 폐가 되지 않겠다며 아내에게 제초제를 구해달라고 애원했다. 시모와 함께 죽을 수도 없으니 자기라도 먼저 가겠다는 거였다. 아내는 까스명수를 사와서 사발에 따라주었고 시부는 제초제처럼 거품이 나는 액체를 삼키고 심각하게 유언을 남겼다. 다음날 아침 시부와 며느리가 손을 맞잡고 눈물을 쏟았다. 나는 곡기를 끊어버린 아버지를 병원으로 모시려 했으나 본인의 완강한 거절을 이길 수 없었다. 보름쯤 지난 뒤 직장으로 다급한 전화가 걸려왔다. 귀가를 서둘렀지만 결국 임종도 아내가 했다. 나는 혈연을 넘어선 가족의 존재를 믿지 않을 수 없었다.

남원에 들어온 지 보름쯤 지났을까. 아내가 아랫집으로 건너다니기 시작했다. 괜찮아? 하고 물었는데 아내는

별 싱거운 소리를 다 들어본다는 듯 나를 빤히 쳐다보았다. 안돼 보여서요, 라는 대답을 들은 건 내가 머쓱해진 얼굴로 한참을 머뭇거린 뒤였다. 하긴 할망이 구미호가 아닌 다음에야 딱히 겁낼 이유가 없었다. 따지고 보면 피해의식도 가진 자의 염려가 아니겠나. 망해서 내려온 처지에 잃을 것도 없는 우리가 사람을 피한다는 게 우스웠다. 하지만 간첩이라는 단어가 자꾸만 내 머릿속을 맴돌았다. 나는 하루에도 몇 번씩 할망에 대한 거부감과 호기심 사이를 시계추처럼 오갔다. 민박집 여주인에게서 그 말을 듣지 않았다면 모를까 나한테로 뾰족하게 날아와 단단히 박혀버린 선입견이 저절로 떨어져나갈 것 같지 않았다. 간첩이라…. 동네 사람들이 그녀를 피하는 데는 그럴 만한 이유가 있을 성싶기도 했다.

나와는 달리 아내는 할망과 이미 말문을 텄나 보았다. 챙 넓은 등산모를 쓰고 코끝에 송골송골 땀이 맺혀 돌아오는 아내의 손에 채소가 한 움큼씩 들려 있었다. 그냥 따먹으래요, 아내가 말했다. 돌담 너머로 지켜보다가 눈이 마주쳤단다.

아내가 하루는 아예 민박집에서 골갱이를 빌렸다. 호미보다 날이 가늘고 길어 밭에서 자갈을 골라내기에 좋겠다 싫었는데 문득 여주인이 어디에 쓸 거냐고 물었다. 바닷가로 내려가 바위에 붙은 보말을 잡아올 거라고 내가 대신 대꾸했다. 여자가 골갱이를 건네주고 피식 웃으며 돌아섰다. 조새라고 불리는, 바닷가에서 동네 아낙들이 쓰던 그 쇠갈퀴를 내가 미처 생각해내지 못한 탓이었지만 그게 무슨 대수랴.

아내를 따라가 담 너머로 훔쳐본 아랫집 마당엔 상추와 부추 등이 웃자라 있었다. 마당의 절반쯤을 차지한 텃밭의 가장자리로 줄 세운 막대기에 오이가 매달렸고 그 밑에서 수박이 진초록의 풍만한 곡선을 드러냈다. 고추들도 붉은 빛깔을 띠어 된장을 찍어먹기엔 늦어 보였다. 아내는 그곳에서 시간을 보내곤 했는데 남에게 폐 끼치기 싫어하는 그녀가 할망의 밭일을 도와주는 거였다. 비스듬히 한 방향으로 쪼그려 앉아 오리걸음으로 이동하는 두 사람의 손놀림이 바빴다. 그 사이에도 짧은 대화들이 오갔는데 길게 이어지진 않았다. 나는 그들이 무슨 말을 주고받을까 자못 궁금했지만 섣부른 호기심은 짐작만으로 채우는 게 좋을 듯했다. 해질녘에 돌아온 아내에게 제주도 말을 알아듣겠어? 라고 물었더니 아내는 그냥 가슴으로 듣는다고 했다. 우연찮게 말동무를 얻은 할망에게도 아내의 몸에 밴 강원도 사투리가 거슬리지 않긴 마찬가지였을 것이었다.

그을린 아내의 낯빛이 건강해 보여 한편으로 다행스러웠다. 힘들지 않았냐고 내가 묻자 아내는 어릴 적에 해본 일인걸요, 했다. 등교를 하려다 말고 교복 차림으로 지게를 지곤 했다는 말이 실감났다. 소 키우는 부모를 도와 여물을 지어 나르던 그녀에게 텃밭 작업 정도는 약과일 것이었다.

아내의 삭막해진 가슴에 온기가 되살아난다면 내가 심기일전하여 가정을 다시 일구지 못할 것도 없었다. 고마운 마음에 돌담 너머로 인사라도 건네려 했는데 할망은 그때마다 고개를 돌려 방으로 들어가곤 했다. 새벽 산책을 나갈 때도 아랫집 마당을 바라보며 인기척을 기다려 봤지만 허사였다. 망태기를 어깨에 걸고 집을 나서는 할망은 허리를 꺾는 나를 보고도 그냥 지나가버렸다.

따지고 보면 할망에게 접근을 시도한 것은 다른 뜻도 없지 않았다. 업종만 잘 고른다면 그녀의 집이 덤벼 봄직한 장사 터로 보였기 때문이었다. 이 몸뚱이 하나만 잘 추스르면 뭘 해도 하지 않겠어. 설마 산 입에…. 그러다가도 문득 두려움이 몰려왔다. 다 털어먹은 마당에 또다시 무얼 시작한다는 게 심란하기 짝이 없었다. 나는 넌지시 아랫집 마당을 건너다보다가 마른세수로 객쩍은 공상을 지우곤 했다. 떡 줄 사람은 생각도 안 하는데….

이제 돌아가면 뭘 해야 하나. 하던 사업은 생각만으로도 지겹고 끔찍했다. 편의점이라도 차려봐? 그러자면 전세보증금을 빼서 마중물로 써야 할 텐데 몸은 어디에 눕히나. 나이 오십에 취직도 쉽지 않을 터, 먹고 살 수만 있어도 더 이상 바랄 게 없었다. 부부가 해볼 만한 치킨집, 호프집에서부터 조금 더 넓은 매장과 직원이 필요한 감자탕집, 설렁탕집, 추어탕집에 돼지갈비집까지, 내 상상력이 허용하는 각종 요식업을 더듬어보다가 그만 생각을 털었다. 음식 솜씨 좋은 아내에게 또다시 기대보려는 습관이 튀어나온 거였다. 섣불리 말을 꺼냈다가는 관계 회복은 영영 물 건너갈지도…. 굳이 먹는장사가 아니더라도 휴대폰 매장이나 각종 액세서리와 화장품을 파는 가게도 만만치 않기는 마찬가지였다. 특별한 기술을 요하지 않는 업종일수록 점포의 위치가 성패를 결정하는 법, 목 좋은 곳마다 붙어 있는 권리금이 여간 부담스럽지 않았다.

복잡한 대도시에 생활비와 잠자리를 동시에 해결해줄 가게 딸린 주택이 있을까. 그런 게 있다 해도 내 형편으로는 언감생심이었다. 일찍 포기하는 게 정신 건강에도 좋을 것이었다. 한적한 시골 마을엔 구멍가게 딸린 집이 더러 있겠지만 겸하여 농사라도 짓지 않으면 생활이 여간 곤궁할 것 같지 않았다. 새삼스럽게 땅을 파서 먹고살자 하면 아내가 따라나설까. 나는 이내 고개를 저었다. 그렇지 않아도 지금 아내는 헤어질 생각을 하지 않나.

전전긍긍하는 내가 한심했다. 철저히 혼자 내팽겨진 느낌이었다. 가족의 해체는 이렇게 진행되는 것인가. 나는 원인을 더듬었고 내가 뭘 잘못했는지 따져보았다. 모든 게 내 탓인 듯도 하고 아닌 듯도 했다. 내 탓이 아니라면 억울한 마음이 생길 법도 한데 오히려 나를 괴롭히는 건 슬픔에 가까웠다. 그 슬픔은 공포와 몹시도 닮아 있었다. 뉴스에 자주 나오는 독거노인의 최후가 내 머릿속을 떠나지 않았다. 혼자 지내다 추레하게 맞이하는 죽음. 피할 수도 없는…. 그것은 분명 유폐였다.

한때 유배지였던 제주, 나는 문득 섬에 갇혀버린 느낌이 들었다. 그림 한 점이 머릿속을 표백했다. 세한도를 보며 나는 제주에서 귀양살이하던 추사의 고독을 생각했었다. 갑자기 약속이 깨져 시간을 죽이러 들어간 용산의 박물관에서였다. 크지 않은 화폭에서 붓 자국을 피한 여백은 온통 눈이었다. 손끝 오그라드는 한기를 뿜어내는 그림을 바라보며 나는 자신의 의지와 무관하게 떨어져 나온 자의 통증을 느꼈다. 제주는 형태만 달리한 감옥이었으므로 섬에 홀로 남겨진 자의 고통이 송시열과 광해군이라고 비켜가지는 않았을 것이다. 인구가 늘어 귀양지가 부족해지자 지배자들이 별도의 유배지를 만들었고 그것이 오늘날의 감옥이므로, 감옥이란 반드시 벽을 필요로 하지도 않는다. 죄가 무거울수록 독방에 수감하는 것은 징벌 효과가 고독의 무게와 비례하기 때문이다. 인간이 어차피 혼자 나와 혼자 가는 거라면 모든 죽음은 개별적 행위이고 고독사 또한 자연스런 현상이다. 이렇게 곱씹으며 생각을 다져보았지만 나는 나 자신에게 주어질 자연스런 징벌을 받아들이기가 여간 힘들지 않았다.

상상만으로도 유배의 고통이 가불되었다. 모든 유배는 별리를 전제로 하므로 가족의 해체는 피할 수 없는 과정이었다. 가족의 형성에 관한 거창한 이론을 들먹이지 않더라도 나는 아내 없이 살 수 없었다. 그녀가 현실적 필요를 충족해주지 않는다 해도, 아니 내가 그녀의 짐을 짊어지더라도 그녀가 곁에 있어주기를…. 그리하여 나는 가족의 최소 단위만이라도 지키고 싶었다. 하여 그녀와 함께라면 제주는 내게 유배지가 아니었다.

나는 이 모든 생각과 감정을 한 줄로 요약했다. 나는 아내를 사랑한다. 아내와 함께하는 인생 후반전. 경쟁과 속도 그리고 물질의 압박에서 비켜선 생활. 그것이 내가 원하는 그림이었다.

생각이 여기에 미치자 불현듯 눈앞이 불그스름해졌다. 아랫집 마당에서 보이는 저녁놀이었다. 짙은 청색 구름을 뚫고 바다로 빠져드는 불덩이에 나는 현기증을 느꼈고 그렇게 굳어진 풍경화 한 폭이 시도 때도 없이 내 소유욕을 자극했다. 눈을 감아도 잠이 오지 않았고 파도 소리만 점점 커졌다. 이윽고 나는 할망에게 기꺼운 인상을 심어주며 거리를 좁혀보기로 마음먹었다. 잘만 하면 거래로 이어질지도 모를 일이었다.

며칠 뒤 나는 이윽고 기회를 잡았다. 동 트기 전 아내를 깨워 바닷가 산책을 나갔으나 거친 바람에 눈을 똑바로 뜰 수가 없었다. 우리는 더 이상 머물지 못하고 인적 없는 해안 절벽 길을 따라 되돌아오는 중이었다. 멀리서

땅바닥에 주저앉아 있는 사람이 보였는데 다가가보니 보말할망이었다. 바로 옆은 바다로 내려가는 통로였다. 곁에 놓인 망태가 비어 있었다. 할망이 손으로 급히 가린 바짓단에 피가 묻어 있었다. 아내가 가까이 다가가 허리를 굽혔다.

「되어수다, 기냥 갑써.」

밀쳐내는 손짓도 그렇거니와 아내와 이미 수인사를 나눈 사이치곤 어지간히 쌀쌀맞았다. 곁에 서 있는 나를 의식하여 그러는 듯도 했다. 이웃에 들어온 뒤로 혹시 내가 실수한 건 없나 되작거려봤지만 딱히 집히는 게 없었다. 혼자 지내는 여자가 지닌 외간 남자에 대한 경계심 정도로 치부하며 그녀를 이해해보려 했으나 민박집 여주인이 흘린 말이 떠올라 적이 혼란스러웠다.

「잠깐만요, 가만있어 보세요.」

아내가 꿇어앉아 할망의 바지를 걷어 올렸다. 벌겋게 부어오른 무릎에서 정강이까지, 길게 긁힌 자국에서 흘러나온 피가 낡은 갈옷에 배어들어 얼룩을 만들고 있었다. 피부가 벗겨진 한쪽 팔꿈치에서도 마찬가지였다. 바다로 내려가다 넘어져 일을 시작하기도 전에 다친 게 틀림없었다. 내가 겨드랑이에 손을 끼워 일으켜주려 하자 할망이 새된 소리를 질렀다.

「아 돼서 마씸, 필요 어땐 해신디 무사 경햄수과(아 글쎄, 필요 없다는데 왜 이래요).」

손사래를 치던 그녀가 기어이 일어나 비척비척 두어 걸음을 걷다 털썩 주저앉았다. 자세히 보니 발목도 제법 부어 있었다. 험한 계단을 딛고 스스로 올라온 게 신기할 정도였다. 나는 바람막이용 점퍼 안에 입은 러닝셔츠를 벗어 이빨로 길게 찢었다. 당장 할망의 상처에 감아 지혈이라도 하는 게 급했고 할망도 더 이상 거부하지 않았다.

「고맙수다게.」

들릴 듯 말 듯한 소리가 할망의 입에서 새어 나왔다. 아내가 택시를 불러 병원으로 가자고 했지만 한사코 집으로 가겠다는 할망의 고집을 꺾을 수는 없었다. 집까지 이백 미터나 될까 싶은 거리에 택시를 부르기도 뭣해서 내가 등을 내밀었다. 아내도 선뜻 거들어 할망을 내 등에 업혔다. 가볍구나 생각했는데 어깨 너머로 단내가 넘어왔다.

방에 들어온 할망의 낯빛이 파리했다. 그녀가 한 손으로 관자놀이를 짚으며 잔뜩 찌푸리더니 상비약 등이 놓인 앉은뱅이 탁자 위로 손을 뻗었다. 하얀 봉지 속에서 꺼낸

알약은 진통제인 듯 보였다.

「요새 무사 영 어지러웜싱고. 봄 탐싱가…(요즘 왜 이리 부쩍 어지러운지. 봄을 타는지…).」

약을 삼킨 할망이 자리에 누우면서 계면쩍은 표정을 지었다.

「정말 병원에 안 가 봐도 되겠어요? 따님한테 연락을….」

내 말이 끝나기도 전에 할망이 끄응, 하며 벽 쪽으로 돌아누웠다. 아내가 내게로 얼굴을 돌려 눈을 깜박였다. 아차 싶었다. 나는 슬그머니 방을 나와 마루에 걸터앉았다. 아침볕 스며든 마당에서 병솔꽃이 바람을 탔다. 빨간 깃털 끝에 큐빅처럼 박혀 있던 이슬도 잠깐씩 흔들리다 사그라졌다. 가슴 한 구석을 시리게 만들던 장면 하나가 기억을 비집고 고개를 들었다.

안양에 있는 우리 집 부엌에서 준규의 젖병을 씻던 장모의 뒷모습이었다. 그녀는 외모뿐 아니라 어지간해서는 결심을 바꾸지 않는 성품까지도 딸에게 고스란히 물려주었다. 결벽증에 가까운 청소 습관도 예외가 아니었다. 방바닥에 떨어진 머리카락을 손가락으로 집으며 사위 앞에서 부러 딸을 타박하곤 했다. 그러던 그녀가 어느 겨울부터 우리 집을 방문할 수 없게 되었다. 처남의 연락을 받고 서둘러 서울의 큰 병원으로 모셨지만 두개골 안에서 암 덩이가 제법 커진 뒤였다. 진통제로 긴 세월을 견딘 결과였다. 미련하다는 딸의 핀잔에 장모가 입꼬리로 희미하게 웃었다. 내 병은 내가 잘 안다는 말로 병원 신세는 그날이 마지막이었다. 머리가 깨져나갈 듯하고 먹은 걸 자주 토하는 증세도 그녀의 고집을 꺾지는 못했다. 고치지도 못할 병인데 키우던 송아지를 팔 수는 없었다는 게 그녀가 처남에게 남긴 유언이었다. 딸만 둘을 둔 처남은 삼우제를 지낸 뒤에 내게 고백처럼 중얼거렸다. 그 암송아지는 어머니가 준규 몫으로 기른 거라고.

방안에서 소곤거리는 소리가 빠져나왔다. 간간이 탄식이 끼어들었다. 아내의 위로로 시작된 대화가 왕복으로 균형을 잡았고 종내 할망이 아내를 다독였다. 우리가 제주를 찾아온 속사정을 할망은 이미 아는 눈치였다. 할망의 사투리를 알아듣기 힘든지 아내가 말허리를 붙잡아 뜻을 되묻곤 했다. 나도 반쯤은 이해했는데 할망이 정말이지 오랜만에 누군가와 말을 튼 사정과 아내가 그 상대가 된 연유를 알 것도 같았다.

사흘도 못 되어 바다로 향하는 할망을 새벽 산책길에

다시 만났다. 아내의 정성스런 간호 덕분에 회복이 빨랐다 해도 정강이와 발목에 붕대를 감은 할망의 걸음이 여전히 위태로웠다. 그녀가 고개를 까딱하며 희미한 미소로 내 인사를 받아주었다. 자신이 심어둔 채소를 더 뜯어가라는 말도 덧붙였다. 나는 제자리에 서서 멀어지는 그녀의 등을 오랫동안 바라보았다.

어느새 아내는 이웃을 잃은 보말할망과 서로를 걱정해주는 사이가 되어 있었다. 할망에게서 조리법을 배웠다며 뜬금없이 아내가 죽을 끓여 내게 내밀었다. 보말죽이었다. 적당히 풀어진 백미에 으깬 감자와 좁쌀이 섞여 있었고 사이사이로 거뭇한 보말 알갱이들이 보였다. 그것들은 원래의 모양을 유지한 채여서 쌉싸래하게 씹히는 맛이 일품이었다. 보말의 내장을 제거하고 참기름으로 볶는 게 감칠맛을 내는 노하우였다. 아내는 간장으로 간을 맞춰보라고 했지만 나는 소금을 넣어 휘휘 저었다. 굳이 이유를 대자면 변색되는 게 싫었다. 내가 한 술 뜨고 엄지를 들어 올리자 그녀가 냄비째 들고 아랫집으로 건너갔다. 숙제 검사를 맡으러 가는 학생마냥 달뜬 얼굴이었다.

두 사람은 얼핏 모녀처럼 보이기도 했는데 내가 할망의 안부를 물으면 아내는 그녀의 과거사를 자신의 일인 양 늘어놓았다.

제주 섬 북부의 중산간 지역, 노형리에서 태어난 소녀는 4·3의 소용돌이 속에서 부모를 잃었다. 그게 일곱 살 때였는데, 다섯 살 터울의 오빠를 따라 외가에 다녀와 보니 마을은 이미 잿더미였다. 되돌아온 외가에서 다섯 해를 더 자란 오누이에게 가장 견디기 힘든 건 배고픔이었다. 고교 진학을 포기한 오빠는 일본으로 밀항하는 청년들 틈에 끼어들었다. 몇 차례 편지를 주고받은 뒤로 오빠의 소식이 끊어졌다. 한참이 지난 뒤 귀국한 사람들 틈에 오빠는 없었고 제주 출신 청년들 몇이 북으로 넘어갔다는 소문만 마을에 술렁거렸다.

세월이 다시 흘러 그녀에게 혼담이 들어왔다. 상대는 4·3때 제주로 들어온 경찰 간부의 아들이었다. 그녀의 미색에 끌린 동네 총각들이 애를 태우던 터라 상대방도 서두르는 기색이 역력했다. 게다가 그녀의 외가 어른들도 은근히 부추겼다. 외삼촌 내외는 사돈 집안이 방패막이가 되어주기를 기대하는 눈치였다. 죽음의 대열에서 경찰 가족만 빠져나가더라는, 모두들 쉬쉬하던 목격담을 외삼촌이 새삼스레 되뇌었다. 마을 사람들이 학교 운동장에서 총알받이가 되던 그날이었다.

잇달아 터진 전쟁의 악몽이 가시기 전이었으므로 그녀도 께름칙한 기분을 애써 털어냈다. 결혼한 이듬해 딸을 낳았고 세 살 터울로 아들도 보았다. 남편이 술에 절어 돈벌이를 뒷전으로 미루자 그녀가 생계를 주도했다. 어릴 때 배운 물질로 그럭저럭 두 아이를 길렀다. 그녀에게 난데없는 불행이 찾아온 것은 큰 아이의 국민학교 졸업을 앞둔 어느 날이었다.

아내는 이 부분에서 말을 멈추고 긴 숨을 뽑았다. 나는 저녁을 먹은 포만감으로 방바닥에 눕혔던 몸을 세워 아내의 턱밑으로 귀를 바짝 붙였다.

할망네 가족이 밥상에 둘러앉아 저녁 식사를 하던 중이었다. 그렇지 않아도 낮에 함께 물질하던 아낙들이 전해준 소식으로 심란하던 참이었다. 선거를 앞두고 간첩단 사건으로 온 나라가 발칵 뒤집혔는데 붙잡힌 사람들 중에 제주도 출신들이 있더란다. 긴급 뉴스로 텔레비전에 나왔다는 거였다.

밖에서 들려온 인기척에 그녀가 방문을 열어 얼굴을

내밀었다. 정낭 너머로 검은색 지프가 보였다. 무채색 정장에 넥타이 없는 흰 와이셔츠 차림의 낯선 남자 둘이 마당에 들어섰다. 서늘한 기운이 그녀의 옆구리를 찌르고 들어왔다. 한 남자가 그녀의 이름을 부르며 맞느냐 물었고 무슨 일인지 되묻는 그녀에게 가보면 안다는 대꾸만 돌아왔다. 따라 나오는 남편과 아이들을 다른 남자가 손을 뻗어 막아 세웠다. 아이들이 엄마를 부르며 울음을 터뜨렸다.

잠깐이면 된다는 말과 달리 조사가 길어졌다. 그들은 그녀에게 일본에 간 적이 있는지 물었다. 굳이 부인하지 않았다. 불법 체류 노동이 죄인 줄은 알고 있었으나 여기는 이미 한국이었다. 현해탄을 건너가 물질을 하고 오면 제법 돈이 되던 시절이었다. 다들 마실 다니듯 했고 그녀도 함께 간 여자들과 그쪽에서 한두 달씩 머무르며 돈을 벌어오곤 했다.

물속에만 들어가면 온갖 걱정이 줄어들었다. 바다는 일본이라고 다르지 않았다. 칼로 베어도 그 물이 그 물이었다. 자식들을 먹이자면 법을 따질 겨를이 없었다. 잡아 올린 증거물은 그 자리에서 처분했다. 엔화를 품에 안고 돌아와서 한화로 바꾸면 금세 액수가 불어났다. 그게 죄라면 그녀가 아는 동네 잠녀들은 다 붙잡혀 들어와야 마땅했다.

일본도 아닌 내 나라에서 그녀만 취조를 당하는 게 이상했다. 머릿속으로 꼼지락거리며 벌금 액수를 계산하고 있는데 마주앉은 사내가 뜬금없이 탁자 위에 사진 한 장을 올려놓았다. 모르는 사람이라고 하자 그가 이거이 안 되갔구만, 하고 일어섰다. 그녀가 뺨을 맞은 것과 쉰 살쯤 되어 보이는 사내의 입에서 이북 사투리가 튀어나온 건 동시였다. 눈에서 몇 차례 불꽃이 일었다. 비명을 지르자 사내가 험상궂은 얼굴로 옷을 다 벗으라고 명령했다. 그러고는 사내의 손아귀가 망설이는 그녀의 앞섶을 잡아 뜯었다. 침을 꿀꺽 삼키며 아랫도리는 스스로 벗어 내렸다. 매라도 덜 맞는 게 나을 것 같았다. 또 다른 사내가 들어와 그녀를 등받이 없는 장의자에 엎드리게 하여 의자 밑으로 손발을 묶었다. 그러고는 막대기로 음부를 쑤셔댔다. 음담패설과 낄낄거리는 웃음에 소름이 끼쳤다. 그런 일이 며칠째 반복되었다. 제발 그냥 죽여 달라고 사정했지만 통하지 않았다. 몸부림을 칠수록 그들의 행동만 거칠어졌다. 차라리 아무 명령이라도 내려주길 바랐다.

이윽고 모르는 이름들이 적힌 조직도가 그녀 앞에 펼쳐졌다. 상단에 제목이 보였다. 재일교포 간첩단. 낯익은 이름이 있었다. 헤어진 오빠였다. 그러고 보니 처음에 보여주었던 사진이 바로 오빠인 듯도 했다. 오빠를 잡아오지 못한 그들이 그녀를 대신 엮어 조직도의 비워둔 자리에 끼워 넣으려는 거였다. 저항은 포기했다. 그녀는 사내들이 가져온 서류에 지장을 찍었다.

나는 이윽고 읍내 약국에서 구해온 붕대와 머큐로크롬을 챙겨들고 숙소를 나섰다. 어둠이 마당을 덮으면 잠자리에 드는 할망을 위해 생각 끝에 선택한 황혼 무렵이었다. 바다 위에 핏빛 천이 깔리고 있었다. 주황색 물이랑이 접시 위에 썰어 놓은 연어회처럼 겹겹이 밀려왔다. 나는 넉살을 피우며 할망의 다리에 약을 바르고 붕대도 새걸로 감아주었다.

뒤꼍으로 열리는 쪽문 위, 벽에 걸린 흑백 사진이 방안을 내려다보고 있었다. 도시락 상자만 한 액자 속 젊은 여자는 한복에 족두리를 썼고 그 곁에는 도포 차림에 사

모관대를 갖춘 남자가 서 있었다. 여자의 볼연지가 오뚝한 코와 갸름한 턱선에 어울렸다. 엷은 미소를 띤 또래의 남자와 달리 긴장한 듯 무표정한 여자가 할망이란 걸 나는 금세 알 수 있었다. 곁눈으로 할망의 안색을 살피며 슬그머니 말문을 열었다. 남편에 대한 궁금증이 풀려야 할망의 인생 역정에 아퀴가 들어맞을 듯했다.

「미인이셨네요.」

「경허난 내 신세가 영 되었주(그래서 내 신세가 이렇게 되었잖은가).」

「…….」

잠시 머뭇거리던 할망이 자신의 결혼 이야기를 꺼내놓았다. 간간이 긴 숨을 내쉬며 천정을 올려다볼 때 말고는 거침이 없었다. 외지인의 귀를 배려하여 천천히 고쳐 말하기도 했으나 시간이 지날수록 나도 아내처럼 가슴으로 들어야 했다. 단순히 사투리 때문이랄 수는 없었다. 그녀가 담담하게 이야기를 풀어나갈수록 내 안에서 울분 같은 게 꿈틀거렸다.

「날 쫓아댕긴 남정네가 요랏이라나서(여럿이었지). 그 중에 어릴 적 이북서 내려온 청년도 이서신디, 그 집서도 혼담이 들어온 거라. 왜정 때도 그 집안은 평안도에서 힘깨나 쓰고 제법 잘 살았댄 행게. 논밭도 많이 이섰덴, 하루아침에 다 빼앗긴 모냥이라. 북에서 토지개혁인가 뭐신가 허는 법 때문에 지네 아방이 식구덜 데령 서울로 내려와신디, 명동에 무신 교회랜 행게마는…(무슨 교회라던데…).

아무튼 경헌(그런) 디서 받아 준 거랜. 경허단(그러다가) 여기 제주서 난리가 나난(나니까) 그 교회당에서 제주로 보낼 청년덜 모집헌 거주, 경허연(그래서) 내려온 청년단에서 그 사람 아방이 앞장을 선 거라.」

「경찰에 투신했나보죠?」

「아무나 받아주지 안 허난 기냥 경찰 앞잽이가 된 거주. 제주 섬 다 쑤시고 댕기멍 모진 짓 다 헝거라. 여기저기 불 질러댕기멍 중산간 마을덜 다 태우고. 그놈덜 죽창에 찔려 죽은 사람이 수두룩 천지였주. 전쟁 끝나신디도 육지로 안 올라가고 여기 기냥 눌러앉은 사롬덜 많아서…. 교회도 세우고, 하이고 유세가 이만저만 아니었주. 난 혀 깨물엉 죽는 한 이서도 그 인간덜 싫어서. 우리 어멍 아방 죽인 백정덜 아니라? 시아방(시아버지) 자리가 경헌 승냥인디 내가 어찌….」

한밤중에 시커먼 형체가 불쑥 나타나 길을 막아섰다.

집요하게 그녀를 따라다니며 구애를 하다 거절당한 사내였다. 그가 일본으로 건너간 오빠의 이름을 들먹이며 으름장을 놓았다. 만나기만 하면 빨갱이로 잡아 족치겠다는 협박이 따라붙었다. 그런 일이 반복되자 그녀의 집안 어른들이 마침내 전략적 선택을 했다. 경쟁자였던 다른 총각이 낙점을 받았고 그녀도 마지못해 동의했다.

「나가 무신 정으로 그 사람을 택할 거라. 그때만 해도 혼사랜 허믄(혼사라는 것이) 집안과 집안을 묶는 일이라 나신디게(일이 아니었겠소). 지네 아방이 경찰 높은 자리난 이왕이면 그 짝이 나시카부덴(낫다고) 괸당*이 밀어부친 거라.」

말하자면 이이제이 전략이었다.

「영감님이 농사에는 흥미가 없었나 보죠?」

억척스런 제주 여자들이 힘들고 위험한 물질을 하는 동안 남자들은 밭이라도 갈 거라는 막연한 짐작으로 꺼내놓은 질문이었다.

「농사는 무신…. 그 좋은 땅덜 노름으로 다 없애고 집구석에 들어앉앙 술만 마시는디 내 속이 터졌주. 밀감 밭

* 친척의 제주 방언

하나를 구해주민 농사를 지어보켄 허난 어떵헐거라. 소나이(사내)가 구들장만 베고 누웡 이신 꼴을 영 볼 수 어시난 곗돈을 나가 먼저 타서. 그 일 터지기 전이난 내가 동네 여자들이영 숨비질허멍 잘 어울려 지내신디. 그 인간이 아방 집꺼정 날리고 남새스러워사신디(남새스러웠는지) 좀 떨어진 동네로 이사를 가자더라고. 내가 아는 남원리 여자가 때마침 이 집을 소개해줬주. 큰아들 따라 육지로 건너간 노인이 쪼그마한 귤밭을 묶어서 내놓은 거라.」

내친김에 할망은 시댁이 서귀포에서 대지주가 되었던 사연도 털어놓았다. 그녀가 새댁으로 불리던 시절이었다.

4·3 이후 제주에 눌러앉은 시아버지가 비리에 연루되어 제복을 벗었다. 가까스로 구속을 면한 그가 관청을 드나들며 변신을 꾀했다. 때마침 관광지 개발 붐이 일었고 그는 지적공사에 줄을 댔다. 지도에 금만 그으면 도로가 생기고 이권이 좌우되던 시절이었다. 거간 노릇을 하던 그가 얼마 지나지 않아 건설업에 손을 댔고 그렇게 벌어들인 돈을 다시 땅에 심었다. 그는 주로 서귀포시청 인근의 경치 좋은 바닷가를 노렸는데 사둔 땅은 모두가 개발 예정지였으므로 그의 재산은 스스로 몸집을 불려 그를 대

지주로 만들어주었다. 부러울 것 없는 그에게도 자식 농사만은 맘대로 되지 않았다. 그의 아들은 장가들어 분가한 뒤에도 술독에 빠져 있었고 아비의 성화에도 화투짝을 놓지 못했다. 아들의 집에는 몰래 들여온 일제 물건들이 굴러다녔다. 돈 만드는 재주로는 둘째가라면 서럽던 아비 덕이었다.

「시커먼 소나이덜이 돌아댕기멍 쌀뒤주, 냉장고, 뭐 하나 가릴 것 없이 온갖 살림에 딱지를 붙이는디, 아이고 그때부터 나 속에 불덩어리가 생겨난 거 아니라(아니겠나). 어디 냉장고뿐이라? 요새같이 울긋불긋 나오는 건 아니주만은 그 시절 귀하디 귀한 흑백 테레비도 우리 집에 이서나서. 양옆에서 문을 쪼르르 잡아당겨 화면을 막더니 거기에도 한 장을 딱 붙여버리고. 여기저기서 빨간 꽃이 피어난 거라.」

시아버지는 아들의 노름빚을 갚아주다 결국 의절을 선택했다. 조금만 묵혀두면 중문 관광단지로 연결되는 도로가 지나가게 될 거라던 감귤밭도 이미 남의 손으로 넘어간 뒤였다.

재산을 날린 아들이 마음을 다잡아 건축 일을 배우겠다고 조아릴 때는 잠시 부자간에 화해가 이뤄지기도 했다. 아들이 관급공사를 딸 욕심에 공무원들과 어울리자 아버지가 나서서 적극 말렸다. 교도소 담장 위를 걷는 거라는 경고가 아들에겐 먹히지 않았다. 부전자전의 사업 방식에도 다른 점이 있었다. 아버지가 헐값에 큰 땅을 사들인 뒤에 적당한 때를 노려 쪼개 팔곤 했다면 아들은 그렇게 사들인 땅에 건물을 지어 분양하는 방식을 선택했다. 스스로 가치를 만들어야지 땅값이 오르기를 기다리면 바보라는 말을 입에 달고 살았던 아들이 평소의 소신을 기어이 실행에 옮겼다. 그렇게 손을 댄 사업이 결국 동업자의 배신으로 막을 내렸고 아들은 어음 사기의 덤터기를 썼다. 하는 수 없이 아버지가 자신의 집을 팔아 아들의 감옥행만은 면해주었다. 옥바라지를 하게 될 며느리가 불쌍해서 그런 거라고 했지만 실인즉 체면을 중시하던 그가 집안 망신만은 막아보려던 결단이었다.

집을 줄여 이사한 뒤로 시아버지가 시름시름 앓아누웠다. 병원에서는 위암이라고 했지만 동네 사람들은 화병이라고 수군거렸다. 환자의 대소변을 받아내던 시어머니가 심장마비로 먼저 세상을 등지는 바람에 시아버지 수발은 며느리의 몫이 되었다. 시아버지는 눈을 감으며 며느리의 손을 쥐고 아들을 잘 좀 부탁한다고 말했다. 어린 남매가 곁에서 울먹이며 지켜보았다.

밖에서 조그맣게 헛기침 소리가 들렸다. 아내였다. 나를 보내놓고 걱정이 되었던 모양이었다. 방으로 들어온 아내가 복숭아 통조림을 받쳐 든 쟁반을 조심스럽게 내려놓았다. 할망이 명치에 주먹을 갖다 대더니 그 손을 개다리소반 위에 놓인 양재기 물그릇으로 뻗었다. 액체가 좁은 구멍을 통과하는 소리가 방안에 퍼졌다. 할망이 아내를 일별하고 하던 말을 이었다. 묘하게 내 안에서도 뜨거운 덩어리가 느껴졌다. 서귀포 시내의 마당 넓은 기와집이 경매로 넘어가던 현장을 할망이 불러낸 순간부터였다. 정수리에서 시작된 경련이 식은땀과 함께 등줄기를 타고 내렸다. 그건 분명 아내에 대한 부채감이었다. 젖먹이 준규를 업고 시아버지의 똥오줌을 받아내며 진땀 흘리던 아내가, 접대를 핑계로 새벽녘에 술내 풍기며 귀가하는 나를 어지간히도 원망했으리라. 결혼을 수없이 후회했을 것이고…. 눈앞이 뿌예졌다. 동시에 낯익은 장면이 쥐 오줌 번진 천장에 스쳤다. 불현듯 나타난 남자의 실루엣이 놓친 풍선처럼 부유했다. 그가 대걸레를 들고 화장실에 들어가는 여자를 먼발치에서 바라보며 줄담배를 피우고 있었다. 부도 맞은 공장이 남에게 넘어가던 날의 장면이었다. 나는 머리를 털어 멍해진 정신을 추슬렀다.

할망에게서 한 번 터진 봇물이 멈출 줄 모르고 흘러나왔다. 할망이 입을 닫은 게 아니고 동네 사람들이 먼저 접촉을 꺼린 거예요, 라던 아내의 진단이 맞는 것 같았다. 어디서 그런 힘이 나오는지 할망이 몸짓을 동원하며 감춰둔 응어리를 토해냈다. 주름진 눈 밑과 뺨이 벌겋게 달아오르기도 했는데 할망은 그럴 때마다 냉수로 목을 축였다. 나는 마치 무대에서 자신을 소진시키는 배우에게 빠져든 느낌이었다.

「어디까정 했더라? 아 기여. 마침내 재판에 넘겨진 거라. 매질과 욕지거리가 줄어들고 며칠이 더 지난 뒤였주. 음식에 무신 약을 타신지 허벅지의 멍 자국이 희미해지더니. 사타구니에서 흐르던 피도 멎언게. 재판이 미친년 담박질하듯이 열리는디…, 글쎄 나신디(나한테) 칠 년을 때리는 거라.

남편이 두 번인가 면회를 다녀가신디 더 이상은 못 올 것 같댄. 아이덜 장래도 생각해야지, 경 곧는디(그렇게 얘기하는데) 나가 어떵헐거라. 원망은 않기로 했주. 처음 면회 왕 해준 말이 이섰주. 글쎄 그동안 잘 어울려 놀던 동네 아이덜이 우리 아이덜을 못살게 군다는 거라. 한

번은 학교에서 오는 길에 가이덜(그 아이들)이 우리 아들을 때령 코피가 났댄. 지네(자기) 누나가 쫓아가난 빨갱이 새끼덜이라고 놀리멍 돌을 집어던지난 가이까지 머리통이 터졌댄 허는 거 아니라. 그 일이 이신 뒤로 아이덜이 이사를 가자고 지네 아방을 조르난. 아이덜 위행 섬을 뜨켄 허는디 나가 무신 말을 더 헐 거라(아이들을 위해서 섬을 뜨겠다는데 내가 무슨 말을 더 하겠나).」

「…….」

「만기출소 핸 돌아와 보난 집이 비어 이서. 수소문 끝에 인천으로 올라가 남편을 만나난 글쎄, 아이덜을 꼭 지금 봐야커라(봐야겠는가)? 크민 지 발로 초즐 건디(크면 제 발로 찾아갈 텐데). 커피숍 의자 끝에 허리를 꼿꼿이 세웡 경 고르난(그리 얘기하니)…. 사춘기에 접어든 아이덜을 위해서랜 허는디…, 경 안 허믄 아이덜을 영영 못 볼 것 같앙게(그러지 않으면 애들을 영영 못 볼거 같더구만).

그 인간이 망설이당 고백하기로, 진즉에 다른 여자영 살림 차렸댄. 이혼해주랜 허는 말이 꼬랑지로 붙어 나왕게. 나 간첩 아닌 거 알잖으꽈, 허난 고개를 돌리멍 그런 건 이제 상관 어서, 하더니 선심 쓰듯 한 마디를 던지더라고. 남원 집은 당신한테 넘겨주마. 이혼 조건인 거라.」

아내가 눈시울을 붉혔다. 나는 벽에 걸린 흑백 사진을 일별했다. 눈을 뜨면 마주칠 얼굴인데도 그대로 걸어둔 게 인상적이었다. 그를 원망하지 않기로 했다는 말이 사뭇 진심으로 다가왔다. 내가 턱짓으로 아내에게 그만 일어나자고 했다. 더 들으려다가는 할망이 제풀에 지쳐버릴 판이었다. 두통이 오는지 그녀가 엄지로 관자놀이를 짚으며 자주 찡그렸다.

「진찰을 받아보지 그러세요.」

아내가 할망의 안색을 살피며 넌지시 권했다. 아내의 그런 제안이 처음은 아닌 듯했다.

「나(내) 병은 나가 잘 알아, 영 허멍(이렇게 하며) 서른 해를 넘긴 거 아니라.」

귀에 익은 소리였다. 문득 젖병을 씻던 여인의 뒷모습이 눈에 밟혔다. 할망에게 겹쳐진 낯익은 그림자는 병원을 거부하며 스스로 운명을 결정짓던 장모였다.

「그래도 뇌 사진이라도 찍어보는 게….」

이번엔 내가 아내를 거들었다.

「무사, 못살 병 걸려시카부덴(왜, 몹쓸 병에 걸렸을까봐)? 경 해시민(그랬다면) 진작 가실꺼라(갔겠지). 목심이 질경 죽지도 않으니 원.」

시큰둥한 반응에 머쓱해진 나는 구석에 있는 베개를 당겨 요 위로 올렸다.

「그만 누우세요.」

뒷이야기가 몹시 궁금했다. 나는 다음날 저녁에 다시 건너올 요량으로 자리를 떴다.

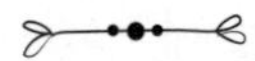

해변 산책에서 돌아오는 밭길 위로 허연 달빛이 드러누웠다. 찔레꽃 향기가 덤벼들었다. 할망의 집이었다.

"어? 저기 저 사람….

급히 말을 멈춘 아내가 손끝으로 가리킨 어둠 속 윤곽은 주인집 아들이었다. 우리는 할망의 집으로 들어가는 좁은 골목을 바라보며 모퉁이의 느티나무 뒤로 몸을 숨겼다. 그가 돌무더기를 쌓는 중이었다. 큼지막한 돌덩이로 길을 막아 통행에 불편을 주려는 게 분명했다. 잠시 후 인기척을 느낀 그가 동작을 멈추고 허둥지둥 제 집으로 들어갔다. 내일 새벽이면 할망은 그걸 다시 무너뜨려 길을 내야 할 판이었다. 언젠가 주인 여자가 아랫집을 바라보며 핏대를 올린 적이 있었다. 팔라면 팔 것이지, 라며 그녀가 구시렁대던 말들을 아들의 행동에 맞춰보았다.

그녀는 아들이 대구에서 호프집을 하다 어미 돈만 털어먹고 돌아와 빈둥거린다며 한탄을 늘어놓았었다. 지난 겨울 되돌아왔다는 아들이 할망에게 그 짓을 시작한 지는 얼마 되지 않아보였다. 장가든 지 삼 년을 못 넘기고 이혼했다는데 두 살이 되었다는 아이는 전처가 기른단다. 민박집 여주인은 손주를 데려오고 싶다며 아들을 원망하곤 했다. 죽은 제 아비를 닮아 무책임하기 짝이 없다는 거였다.

점심때가 다 되어서야 마당에 나와 부스스한 얼굴로 담뱃불을 붙이는 그의 모습이 자주 눈에 띄었다. 그는 낚시 가방을 어깨에 메고 바다 쪽으로 멀어지기도 하고 검정 가죽 바지에 가죽 재킷을 걸치고 오토바이 소리와 함께 어디론지 휙 달아나버리기도 했다. 그럴 때면 여주인은 집으로 들어오는 진입로 옆 마늘밭에서 뛰어나와 손에 쥔 골갱이를 흔들며 악을 썼다. 저놈의 오토바이를 콱, 으로 시작되는 한탄이 우리가 머무는 삼층 창문까지 올라왔다. 그녀가 제 자식이 아닌 오토바이를 탓하는 게 우습기도 했지만 어미의 심정이 이해되지 못할 건 없었다. 자식에게 민박이라도 운영케 하여 밥벌이를 시켜보려 하지만 아들은 지금의 규모가 성에 차지 않는 눈치였다.

할망에게 해코지를 하는 목적은 분명해 보였다. 아랫집을 헐값에 매입하려는 거였다. 그가 전망 좋은 마루에 앉아 시를 읊으려는 건 아닐 터, 뜻대로 되어 두 집을 합친다면 바다가 보이는 카페나 게스트하우스를 만들기에 맞춤일 것이었다. 마당까지 겨우 서른 평이나 될까, 한때는 해녀들이 불을 피워 몸을 녹이던 불턱이었다는 아랫집을 두고 민박 모자가 역할을 나눠 잔꾀 부리고 있었다. 자식이 악역이라면 어미는 시치미 뗀 선한 얼굴로 새삼스럽게 할망과 대화를 시도하는 모양새였다. 아들의 해코지도 할망이 잠든 틈에 벌어지는 짓이니 현장을 잡히지 않으면 잡도리는 피할 것이었다. 할망이 신고한다고 해도, 얼핏 아이들 장난으로 보이는 사건에 경찰이 관심을 가져줄 것 같지도 않았다.

멀리서 개 짖는 소리가 들려왔다. 약속이나 한 듯 풀벌레 소리가 동시에 사그라졌다. 구름을 빠져나온 보름달이 할망의 마당을 가로막은 돌덩이들을 내려다보고 있었다. 침묵이 불편해진 내가 턱짓으로 할망의 방을 가리키며 아내에게 말을 붙였다.

"주무시나 봐…."

"그러게요."

"먼저 올라가."

주춤거리는 아내의 등을 떠밀고 아랫집 정낭을 향해 조심스럽게 다가갔다. 돌무더기를 확 밀어버리고 싶었지만 속으로 타협을 했다. 세상일이란 구멍 뚫린 돌담처럼 허술한 구석이 있어야 사달이 나지 않는다잖아. 새벽일 나가는 할망이 치운 것으로 보이게 조용히 한쪽만 무너뜨리기로 했다. 범인은 반드시 현장을 확인하러 오는 법. 담배꽁초를 신경질적으로 비벼대던 녀석의 험상궂은 얼굴이 떠올랐다. 남의 일에 끼어들다 드잡이나 당하지 않을까 은근히 걱정도 되었다. 재수 없으면 민박집에서 당장 쫓겨날지도…. 할망을 돕고 싶은 마음과 녀석에게 아랫집을 빼앗길 순 없다는 경쟁심이 묘하게 뒤섞였다. 나는 수박만 한 돌덩이 예닐곱 개를 들어내 길을 터주고 주위를 두리번거리며 도망치듯 숙소를 향해 계단을 올랐다. 현관문을 열고 신발을 벗다가 거실 창가에 서 있는 아내와 시선이 얽혔다. 위에서 지켜보고 있었던 모양이었다.

그 뒤로도 나는 몇 차례 더 돌무더기를 무너뜨렸다. 산책을 나가는 새벽이면 저절로 눈이 그쪽을 더듬었다. 더러는 전날 밤 내가 들어낸 그대로였다. 할망이 불편 없이 지나갔으리라는 생각에 안도했다. 나는 밤중에 숙소에서 몰래 내려와 좁은 골목을 막고 있는 돌무더기의 한쪽을 치우고 남아 있는 쪽의 모서리에 주먹만 한 돌멩이를 끼웠다. 고구마를 닮은 붉은 돌은 나만 아는 표식이었다. 전방 부대 경계병 시절 철책을 따라 오가며 철망에 잔돌을 끼워두고 다음날 새벽 재확인하던 기억을 되살린 것이었다. 민박집 아들이 다시 쌓고 그것을 할망이 무너뜨리면 내 표식이 제 자리를 잃을 것이므로 나는 그가 언제 그 짓을 하는지 확인할 수 있었다.

그에게 일정한 패턴은 없었다. 매일 밤 쌓기도 하고 사나흘을 거르기도 했다. 말하자면 정해진 요일도 없이 내키는 대로였다. 굳이 규칙성을 찾아보자면 자정이 가까운 달밤이라는 정도였다. 달빛이 그의 작업을 돕는 듯도 했다.

나는 할망에게 말하지 않았다. 그러자면 목격담을 털

어놓지 않을 수 없고 그만한 일로 생색을 내는 것도 쑥스러웠다. 대상이 분명해지면 적개심도 커지는 법, 두통에 걸음까지 시원찮은 노인에게 화병(火病)을 보태주고 싶지 않았다. 굳이 내 입으로 말하지 않더라도 꼬리가 길면 밟힐 것이었다. 아는지 모르는지 할망은 새벽마다 고집스럽게 바다로 일을 다녔고 아내와도 여전히 살갑게 지냈다.

아내가 아랫집에서 보말칼국수 요리법을 배워왔다며 내게 맛보기를 권한 밤이었다. 나는 할망의 과거사를 은근히 캐물었다. 할망이 계모의 손에 맡겨진 남매를 절대 포기하지 않았을 거라는 짐작 때문이었다. 그 뒤로 이어지는 사연에 호기심이 꽂히기도 했거니와 잦은 대화로 우리 부부 사이의 공감대를 넓히고 싶었다. 아내가 다시 입을 열었다.

인천에 올라온 할망이 이혼 서류에 도장을 찍어주며 물었다. 더 필요한 건 없는지. 요즘 들어 족발장사가 영 안 된다며 입맛을 다시는 남자에게 그녀는 다음에 보자는 말을 남기고 일어섰다. 정말로 다시 볼 심산이었다. 가끔씩이라도 찾아와 무능한 남자에게 돈을 쥐어주면 자식들과의 인연을 유지할 수 있을 거라는 생각이었다. 그 돈은 어차피 아이들 양육비로 여기면 될 터였다.

그녀는 인천을 향해 자주 비행기에 몸을 실었다. 그녀가 건네는 돈이 물질로 번 것임을 그는 짐작할 것이었다. 하지만 고문 후유증을 진통제로 견디며 차가운 물 위로 한숨을 뿜어 올리는 사정까지야 그가 알 턱이 없었다. 그냥 송금하면 되는데 뭘 여기까지, 했지만 헤벌어진 입을 다물지 못했다. 다방을 나가는 그의 뒤를 밟아 산동네를 올랐다. 아이들이 골목 어귀에 나타나면 그녀는 먼발치에서 지켜보다 되돌아오곤 했다. 당장 남매의 이름을 부르며 달려가고 싶었지만 그럴 수 없었다. 그녀가 잡혀간 뒤에도 집에 경찰이 드나드는 바람에 아이들에게 화가 미칠까 한밤중에 섬을 떠나왔다는 말도 자꾸만 귓전을 맴돌았다. 그럴 때마다 그녀는 자신이 남의 눈에 뜨이면 안 되는 문둥이처럼 느껴졌다. 집을 처분하고 멀리 떠나고 싶었지만 남매가 당장이라도 엄마를 부르며 마당으로 들어설 것만 같았다.

마흔을 넘긴 여자가 할 만한 일이라야 다들 거기서 거기였고 어려서부터 배워둔 물질 말고는 돈이 되지도 않았다. 하릴없이 바닷가 집에 눌러앉은 이유였다. 알고 지내던 마을 사람들도 길에서 마주치면 고개를 돌렸다. 뒤에서 수군대는 소리가 목덜미에 바늘처럼 꽂혔다. 간첩이라니….

"그 뒤로 자식들이 고향에 찾아오지 않았대?"

"그러진 않았고 오히려 만날 때마다 애들 아빠가 걱정을 늘어놓더래요. 아이들 대학 보낼 형편이 못 된다면서…. 뒤늦게 안 사실이지만 엄마가 학기마다 어렵사리 등록금 대준 딸아이는 줄곧 신발공장에 다니고 있었대요. 결혼을 앞두고 찾아온 딸에게서 모든 걸 들은 거죠."

딸은 그 뒤로 잊을 만하면 한 번씩 엄마를 찾아왔다. 모녀는 돌담 너머에서 흘끔대는 주변의 시선이 몹시도 거북했다. 하루는 딸이 전화기 저편에서 오래 울었다. 사위가 회사에서 만난 여자를 사귀어 집을 나갔다는 거였다. 딸이 이혼을 하고 화장품 외판원이 된 뒤로는 고향집에 발길을 끊었다. 그리고 팔 년이 훌쩍 지나갔다. 다행히 전화로는 이따금씩 안부를 주고받는다.

제주에 들어온 뒤로 한 달 하고도 스무 날이 달력에서 쑤욱 빠져나갔다. 계약을 다시 연장하지 않는 한 돌아갈 날이 열흘도 남지 않았다. 잠 없는 밤이면 나는 할망의 정낭 앞에서 돌덩이를 옮기는 시지포스가 되었다. 아내는 여전히 할망의 집을 드나들었다. 나는 올레길을 걸으며 재기를 꿈꾸지만 아내는 나와 함께하는 산책에 그다지 흥미를 보이지 않았다. 올레길보다 할망의 마당에 더 정이 든 모양이었다. 그 대신 날마다 제주 요리를 이것저것 만들어보며 내 혀를 즐겁게 해주었다.

"우리가 사버릴까?"

어물쩍 부려본 객기였다. 연립주택에 묶인 돈으로 제주도 해변을 몇 평이나 살 수 있을까. 하루가 다르게 치솟는다는데…. 속으로 되작이다 제풀에 기죽곤 했지만 아내에게 활기를 준 땅이라는 생각에 욕심이 제법 커져 있었다. 아내의 표정을 살피며 턱으로 아랫집을 가리켰다. 그녀가 눈을 흘겼다.

"빌려 쓰는 조건이면 어떨까."

이번엔 한 발짝 뒤로 뺐다. 그 정도라면 꼬리부터 내릴 일도 아니잖은가. 할망과 속 깊은 대화가 통하는 아내가 나서준다면 거래가 될 것 같기도 했다.

"누가 판대요?

아내도 싫은 눈치는 아니었다.

"당신이 옆구리 좀 찔러보면 어떨까. 집을 고치고 카페라도 하면서 같이 살자고 해도 좋고….”

아내가 웃음을 되찾을 수만 있다면 나는 장모님이 살아 돌아온 듯 할망과 함께 지낼 수도 있을 것 같았다.

“기왕 할 거면 보말죽집을 해야죠.”

“그게 좋겠네.”

내가 맞장구를 쳐주었다. 전망 좋은 카페가 더 어울릴 것 같았지만 그거야 뭐가 되든지, 나는 우선 아내에게 용기를 주고 싶었다.

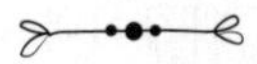

밤바다를 훑는 소리가 점점 더 크게 들려왔다. 낮에 들은 태풍주의보가 맞나 보았다. 창문 덜컹거리는 소리에 우리는 미간을 세워 얼굴을 마주보았다.

“저러다 아랫집 지붕 날아가는 거 아닐까.”

“얼른 다녀올게요.”

주섬주섬 일어나 방을 나간 아내가 한 시간이 넘도록 돌아오지 않았다. 나는 불안해진 마음에 아랫집 마당으로 건너갔다. 돌담에 누그러진 바람이 처마 밑에서 숨을 죽였다. 떨어진 라일락 꽃잎이 마당을 쓸다가 담 구멍 사이로 빠져나가곤 했다. 나는 사납게 달려들 것만 같은 바다를 내려다보며 마루에 걸터앉았다.

"밤바람 쏘지 말앙 들어오주마는(밤바람 쏘이지 말고 들어오소)."

할망의 목소리였다. 부스럭거리는 인기척을 안에서 들은 모양이었다. 나는 뒷머리를 긁으며 방으로 들어섰다. 한쪽이 거뭇하게 먹어 들어간 형광등 밑에서 아내의 눈밑이 부어 있었다. 할망을 만날 때 그런 적이 있긴 했으나 오늘 밤은 더 울었나 보았다. 붉어진 눈을 껌벅거려 마음을 진정시킨 아내에게 할망이 천일야화를 이어갔다. 말허리가 자주 끊겼다.

"어려서부터 영리했주. 그놈이 효자라 나서(효자였어). 뱃속에 이실 때(있을 때) 일본으로 건너 가신디, 돈벌이가 불법이라 가심 졸이멍 물질을 해도 잘 견뎌주더라고. 가이는 경찰이 되는 게 꿈이었어. 괸당덜이 바라는 것이기도 허고….

애기 아방을 인천에서 다시 만나신디(만났는데) 아덜이 경찰대학에 들어갈 거라고 잔뜩 부풀어 이섰주. 거긴 등록금 걱정 안 해도 된댄 허난(된다고 하니). 참으로 오랜만에 들어보는 반가운 얘기라.

얼마나 되싱가(되었을까). 아방이 나한테 또 연락와신디. 잔뜩 풀이 죽어 있더라고. 가이가 면접시험에서 낙방 통보를 받은 거라. 나는 그만허고 딴 데 강(뗀 데 가서) 기술이나 배워시민 해신디, 오기가 생겨신지 기어코 재수를 해서.

다시 찾아온 겨울에 인천에서 걸려온 전화를 또 받아신디 아방 목소리가 들떠 이성게(들떠 있더라고). 이번에도 필기에 합격했다는 거라. 나가 가이를 만나고 싶댄 허난, 말은 전해본다더라고.

그러고는 한 달 쯤 더 지나갔지 아마. 가이가 여기로 찾아왔어. 샛포름(샛바람) 불어대고 바당(바다) 위로 시커먼 구름이 내려앉은 저녁이라. 멀리서만 지켜보던 애가 부쩍 야위어 보영게. 키만 껑충헌 게 살집도 없고. 가이가 방바닥에 무릎 꿇엉 큰절 허는디, 나가 와락 보듬어줬주. 하룻밤만 자고 날이 밝으면 가야 된덴 허난 급허게 밥 짓고 이불을 깔아주었지. 무사 잠이 올거라(어찌 잠이 오겠는가). 가이도 옆에 누웡 자꾸 뒤척영게.

새벽이 무사 경 빨리 와신디(어찌나 빨리 왔는지). 전날 잡아온 보말로 죽을 쑤었주. 어멍이 헐 줄 아는 최고의 보양식이난(엄마가 할 줄 아는 최고의 보양식이니).

입맛이 없댄 허는디 자꾸 권허난, 그럼 이것만 먹고 일어날게요, 경 고랐구나(그렇게 말하더구먼). 가이 목소리에 맥이 하나도 어선(없어서), 어디 아프냐 허난(아프냐고 물어보니) 한참을 망설이다가 실토하대. 또 떨어졌다고.”

당황한 아비가 전에 알던 경찰관을 통해 뒤를 캐보았단다. 면접을 앞두고 예비합격자 신원조회에서 발목이 잡혔다는 거였다. 첫해엔 설마, 했지만 역시나 그 이유였다. 연좌제가 여전히 힘을 쓰고 있었다.

담담하게 이어가던 할망이 말을 멈추고 만두꼭지 같은 입술만 실룩거렸다. 초점 잃은 눈을 위로 떠서 끔벅이는 그녀 대신 눈물은 아내가 흘렸다. 몇 차례 숨을 고른 할망이 말을 이었다. 한을 모두 토해내고 눈을 감아야 되는 사람처럼 핏기라곤 전혀 없었다. 창호지를 통해 들어온 달빛 때문인지 눈가에 푸르스름한 빛이 돌았다.

“어멍을 원망하지 않는댄 허멍, 가이가 죽 그릇에 눈물을 뚝뚝 떨구더라고. 내 숟가락질이 기냥 느려지는디…. 죽을 다 먹이고 나면 보내야 할 자식이라. 가이 얼굴을 꼼꼼히 눈에 새겨 넣었어. 가이도 눌러 붙은 냄비 바닥을 천천히 긁더라고. 아주 처언천히. 숟가락 지나간 자리를 긁고 또 긁고…. 그 소리가 내 가슴 속을 후비고 또 후비고….

그러고는 일주일 뒤 딸신디(딸한테) 전화를 받았어. 지네(자기) 동생이 고향집에 다녀간 다음날 뒷산에 올라가 목을 맸댄 허는….

엄마 이젠 올라오지 마. 그러고는 전화가 뚝허고 끊어지는디, 그냥 꿈이랜 허믄 좋을 건디….”

숙소로 돌아온 아내가 밤새 흐느꼈다. 삼십 년이나 지난 이야기라며 나는 아내의 등을 쓰다듬었지만 내게도 잠은 오지 않았다.

“그 집을 떠나면 아들이 영영 못 찾아올 것 같대요.”

알쏭달쏭한 이야기였지만 이해 못 할 것도 없었다. 아내가 컥 하며 숨을 멈추고 제 가슴을 주먹으로 두드렸다. 창문이 덜컹거렸다. 바람이 자꾸만 숨비소리를 내며 가슴 언저리를 찔렀다.

창틀 위로 퍼렇게 동이 터왔다. 나는 신경과민으로 쓰려오는 속을 죽으로 달래고 싶었다. 아내가 일어나 미리 끓여 놓은 보말죽을 전자레인지에 넣어 돌렸다. 바람 잦아든 창문 밖에서 금속성의 날카로운 목소리가 날아들었다. 우리가 그릇을 비워갈 때쯤이었다. 나는 벌떡 일어나 창문을 열고 내려다보았다. 민박집 마당에 굿판을 연 사람은 다름 아닌 할망이었다.

"이년의 여핀네야, 좋게 말헐 때 기어 나와!"

안채 현관문이 빠끔히 열렸다. 밭에 나가려던 참이었는지 민박 여주인이 목둘레로 차양이 붙은 모자를 쓰고 얼굴을 드러냈다.

"새벽부터 뭔 일이래요?"

"몰라서 물어? 도대체 뭐 허자는 수작이여?"

"해가 서쪽에서 떴는지 보는 거예요, 보말할망이 우리 집엘 다 오시고….

민박 여자가 마당으로 나와 능청스런 얼굴로 하늘을 올려다보았다.

"아덜놈 나오랜 해(아들놈 나오라고 해)."

"멀쩡히 자는 애를 왜 깨운대요?"

그 순간 새시 현관문이 고음을 내며 다시 열렸다. 회색 추리닝 바지의 튀어나온 무릎이 먼저 보이더니 부스스한 얼굴이 드러났다. 민박집 아들이었다. 기름기 묻은 머리를 긁으며 그가 마당에 발을 디뎠다. 이윽고 할망이 뒤로 감춰둔 오른손을 들어올렸다. 조새가 들려 있었다. 마른세수로 감긴 눈을 열며 찢어지게 하품하는 녀석을 더는 못 봐주겠는지 할망이 다시 밀어붙였다.

"그래 너 잘 만났다. 밤새 뭘 허고 시방 하품질이어. 그래 또 해봐라 이놈아."

할망이 달려들어 왼손으로 사내의 멱살을 움켜쥐었다. 민박 여자가 화들짝 놀라며 조새를 흔들어대는 할망의 오른 손목을 붙잡았다. 이 대 일의 불리한 상황에서도 할망은 밀리지 않았다.

"어라 이것덜이 아주 떼로 덤비네? 오냐 오늘 다 죽어보자. 나는 진즉에 죽은 목심이라, 더 살고 싶지도 안 허난 오늘 시상 끝내자 이 년놈들아."

할망이 악을 썼다.

"이러지 말고 좋은 말로 하시라구요."

민박 여자가 조새를 빼앗아 담 너머로 던지며 할망을 달래기 시작했다. 그 틈에 사내가 할망의 손목을 잡아 비틀었다. 사내의 멱살을 놓친 할망이 땅바닥에 내동댕이쳐진 건 거의 동시였다.

"저놈 잡아라!"

안간힘을 쓰며 몸을 일으킨 할망이 도망치는 사내를

비틀거리며 쫓았고 민박 여자가 뒤에서 할망을 붙잡아 두 팔로 허리를 감았다. 이번엔 두 여자가 한 덩어리로 바닥을 굴렀다. 나는 아내와 함께 계단을 뛰어 내려갔다. 사내가 보이지 않더니 창고가 있는 뒤꼍에서 부르릉거리는 오토바이 소리가 들려왔다. 우리는 양쪽에 붙어 서서 가까스로 두 여자를 떼어냈다. 머리채를 움켜쥔 스무 개의 손가락을 하나씩 펴느라 진땀을 흘렸다. 나이 자신 분들이 남우세스럽게 왜 이러시냐는 설득은 효력이 없었다. 할망이 민박 여자를 쏘아보았다.

"육지 것이 날더러 좋은 말로 하자고? 내가 너네덜 속셈을 모를 줄 알아?"

민박 여자가 억울하다는 듯 씩씩거렸다.

"새벽부터 뭐야 이게, 싫으면 안 팔면 그만이지."

"그건 이쪽에서 하고 싶은 말이여. 싫다는디 웬 행패여 행패가. 내가 다 지켜봤어. 처음엔 그저 장난이주 해신디(장난이거니 했는데) 더 이상은 못 봐줘. 그동안 이 동네에서 온갖 설움 당허멍 살아온 나여. 눈에 흙 들어가기 전엔 어림도 없어. 알아들어? 에라이, 천하에 몹쓸 육지 것덜 같으니라고."

할망을 부축하여 아랫집으로 향했다. 뒷골이 당기는

듯한 느낌이 들었다. 민박 여자가 우리 부부를 뒤에서 지켜보고 있었다. 골목 안으로 들어간 우리는 또다시 정낭 앞을 가로막은 돌무더기와 마주쳤다. 그러니까 할망은 현장을 목격하고 날밤을 새워 별렀을 것이었다. 내가 깜박 잊고 그냥 잠든 것을 잠시 후회했다. 이 새벽에 할망이 허리춤까지 쌓아올린 돌담을 그냥 넘어온 것은 민박 여자를 끌고 와 보여주며 따지려던 것이었을까. 평생을 절벽을 오르내리고 바위틈을 건너뛰던 다리로 홧김에 훌쩍 뛰어넘었는지도 모를 일이었다. 그렇더라도 나날이 노쇠해지는 노인이 아닌가. 내가 그런 생각을 꼼지락거리며 등 뒤의 시선에 신경을 쓰고 있는데 아내가 불쑥 앞으로 나서며 소매를 걷어 올렸다. 그녀가 돌덩이를 들어내기 시작했고 잠시 후 손바닥을 비벼 털었다. 눈 깜짝할 사이였다. 흘끗 돌아본 골목 끝에서 민박 여자가 우리를 지켜보고 있었다.

요를 펴고 할망을 눕혔다. 할망은 한동안 진저리를 치며 안절부절못했다. 바닥에 등을 좀 붙이다가도 벌떡 일어나 앉았고 윗목에 놓인 양은 주전자를 기울여 입을 자주 축였다. 열이 오른다는 그녀의 이마에 아내가 물수건을 올려주었다.

"석방된 뒤에 곰곰 생각을 해봤어. 나를 취조하던 놈이 평안도 사투리를 쓸 때 내 머릿속에 퍼뜩 떠오른 생각이 뭔지 알암서? 누군가 나를 엮어 넣었다는 짐작이 드는 거라."

할망이 누운채로 다시 입을 열었다.

"바로 그놈이, 못 먹는 감을 쑤신 거주게."

그녀의 짐작대로라면 오빠 이름을 들먹이며 협박하던 청혼자가 해코지를 한 것이었다. 할망이 뜬금없이 해묵은 상처를 끄집어내는 이유를 나는 그제야 이해했다. 그 당시의 청혼자와 민박집 아들 녀석, 두 사내가 내 머릿속에서 세월의 다리를 건너 스르르 한 몸이 되었다.

오늘도 할망이 새벽 바닷가에 나오지 않았다. 민박집 사건으로 몸져누운 지 나흘째였다. 절벽을 내려가다 발목을 삐었을 때보다도 더 힘든 모양이었다. 종일토록 아랫집에 머무는 아내를 대신하여 그녀가 하던 일상을 내가 맡았다. 기껏해야 단출한 식구의 빨래 몇 조각을 세탁기에 넣는 일과 전기밥솥에 쌀을 안치는 정도였는데 그러다 문득 요리 한 가지를 하고 싶어졌다. 냉장고에 얼려둔 보말을 발견하고 나서였다. 접때 산책길에서 만난 할망한테 막 잡은 걸 얻어와 해먹지도 못하고 비닐봉지에 싸둔 그대로였다.

나는 보말로 국을 만들어보기로 했다. 은근히 자신감이 생겼다. 아내가 하던 걸 어깨너머로 보기도 했거니와 하다보면 내 손에서 더 멋진 작품이 탄생할지 누가 알겠나. 당장 메모지를 꺼내 간단한 순서를 적어 싱크대 위 찬장에 붙였다. 해동 겸 물에 담가서 잔모래를 빼고 껍질째 삶아 육수부터 만들었다. 채로 건져낸 알맹이에서 하나씩 속살을 빼내는 데 시간이 걸렸으나 나도 이제 제법 서당개가 되어 있었다. 으깬 내장을 함께 우려내 쌉싸래한 감칠맛을 내야 명실상부한 보말국이 아니겠나. 여기까지 생각하고 나는 제법 우쭐해져 있었다. 안 하던 짓을 하려니 쑥스럽기 짝이 없었지만 아내가 작은 감동이라도 느껴준다면 못할 것도 없었다. 자동차 부품 공장을 인수하여 첫 제품을 생산할 때와 비슷한, 묘한 설렘이었다.

속살을 참기름에 볶는 과정은 죽을 만들 때와 같았다. 미리 만들어둔 육수에 볶은 속살을 끓이다가 잠시 후 불린 미역을 잘라 그 속에 같이 넣었다. 마지막 단계로 다진 마늘과 국간장으로 얼큰하게 간을 맞추다가 튀김가루를 한 스푼 뿌려주었다. 아내는 걸쭉한 국물을 만들 때 메밀가루가 좋다고 했지만 찬장을 열자마자 손에 잡힌 튀김가루도 내 입을 만족시켜주는 훌륭한 대용품이었다. 아내가 돌아오면 흔치않은 성과를 자랑할 요량이었으나 엉뚱한 과시욕이 불쑥 솟아올랐다. 보말 요리의 대가이자 아내의 스승에게 작품 발표를 하고 실력을 검증받고 싶었다. 나는 냄비를 들고 마당을 건넜다.

두근거리는 가슴을 누르고 헛기침을 던지며 할망의 방안으로 들어갔다. 아내와 할망이 이마를 맞대고 뭔가를 심각하게 의논하는 중이었다.

"마침 잘 와싱게, 거기 좀 앉아 봅서."

할망이 내 쪽으로 방석을 밀었다.

심상치 않은 분위기에 뻘쭘해진 내가 냄비를 한쪽 구석에 내려놓고 대화에 끼어들었다.

"아무래도 나가 바당 일을 그만둬야 할 것 같아서 허는 말인디…."

"……"

"나가 이녁 처지는 들엉 알암신디(들어서 알고 있는데). 세상일이 맘같질 안 헌디 이녁 안식구도 걱정이 태산이랑게. 간(肝)병이 한두 달 만에 낫는 것도 아닐 건디 차라리 짐 쌍 내려오민 어떵헐 건고(짐 싸서 내려오면 어떨까)?"

할망의 뜬금없는 제안에 나는 결정장애를 노출했다. 모범답안을 찾다 말고 정신을 가다듬으며 아내를 일별했다. 그녀가 내게 눈을 맞추어 고개를 한 차례 끄덕였다. 담담한 표정이었다. 거기까지는 이미 할망과 이야기를 맞춘 듯도 했다.

"육지에서 온 사람들이 불편하지 않으세요?"

할망의 눈치를 살피며 내가 되물었다. 모든 거래에는 조건이 따라붙는 법, 게다가 외지인들에 대한 할망의 거부감을 익히 아는지라 앞뒤 없는 제안을 덜컥 받아들였다가 또 다른 낭패가 될까 겁이 났다.

"그것도 사람 나름 아니라? 나가 이 나이에 그 정도 분별이사 어시커라(분별이야 없을까)."

"저어, 내일 답을 드리면 안 될까요? 오늘밤 저 사람하고 상의 좀 해보고…."

분명 내가 다 듣지 못한 이야기가 아내에게 있을 것이었다. 할망을 자리에 눕히고 아내를 부추겨 방을 나왔다.

가슴을 잔뜩 부풀려 허파에 갯바람을 넣었다. 농익은

라일락 향기가 코끝에 스쳤다. 갸름해진 달이 어두워지는 허공에서 차가운 얼굴로 나를 내려다보았다. 나도 냉정한 눈으로 내 속을 들여다볼 때가 온 것이었다. 마당에서 바라본 바다 끝이 달궈져 있었다. 또 다른 낙조였다.

숙소로 들어와 눅눅해진 밤공기에 창문을 반쯤 열어놓고 드러누웠다.

"여기가 좋아진 거야?"

"당신은 싫어요?"

"아니 그냥…."

내가 벽을 보고 얼버무리자 아내가 다짐하듯 천천히 말했다.

"곧바로 다시 내려와야지요."

"그러니까… 짐을 싸서 내려오라는 뜻은…."

감을 잡지 못한 건 아니었으나 아내를 통해 할망의 진심을 재확인하고 싶었다. 아내가 대뜸 말꼬리를 자르며 내게 바투 앉았다.

"지금이라도 아랫집으로 건너오라는 거잖아요."

"지금 당장?"

"당신도 차암, 한 식구가 되자는 말을 그렇게 못 알아들어요?"

아내는 싫은 얼굴이 아니었고 말에도 확신이 배어 있었다.

민박집에서 볼 때는 우리가 할망과 한 패가 된 모양새였다. 어차피 예정된 두 달이 거의 다 지나가고 있었고 방을 연장 계약하기도 민망해진 상황이었다. 우리는 아무 때나 아랫집으로 옮겨가도 좋다는 허락을 받은 셈이었다. 물론 방 하나를 공짜로 쓰는 조건이었다. 방 두 칸짜리 구식 가옥이지만 있을 건 다 있었고 최근에 손을 봤다는 화장실도 수세식이었다.

"식구라…."

식구라면 밥을 같이 먹는 가족 단위를 말하는 게 아닌가. 아내와는 제법 깊은 얘기가 오간 듯했다. 우리의 처지를 알고 있는 할망이 자신의 집에서 아예 함께 살자는 뜻이었다.

"따님이 싫어하지 않을까?"

"전화로 자초지종을 설명했더니 우리한테 전해달라고 하더래요. 자기가 할 일을 대신해줘서 고맙고 미안하다고."

"그럼 우린 여기서 뭘 하지?"

호구지책을 위해 집의 용도를 바꿀 계획도 두 여인이 날마다 머리를 짜내는 중이었다. 카페를 열어볼까도 생각해봤지만 그건 젊은 고객들의 취향에 맞춘 테라스 등 별도의 공간을 마당에 만들어야 하고 그 비용이 만만치 않을 것 같더란다.

"보말 전문점을 차릴까 해요, 죽이랑 칼국수로. 할망이 주방 일을 도와준댔어요."

나는 윗몸을 벌떡 일으켰다.

"그럼 홀서빙은 내가 할게. 아참, 메뉴를 하나 더 늘리면 안 될까? 보말국 말이야."

아내가 눈을 희게 돌렸다.

"그리고, 보말도 내가…."

잡아올게, 라는 뒷말이 앞니에 덜컥 걸려버렸다. 그거야말로 훈련이 필요한 역할이었다. 속으로 슬그머니 타협을 했다. 매출이 늘면 어차피 모든 재료를 시장에서 사와야 되지 않을까. 나는 바삐 화제를 돌렸다.

"그렇다면 당장 부엌이라도 좀 고쳐야 할 텐데, 그 돈은 어떻게 마련할 셈이야?"

"할망이 그건 걱정 말래요. 모아둔 돈이 좀 있다고…."

이번엔 내가 아내의 말허리를 잘랐다.

"그게 말이 되나? 그 정도는 우리가 대야지."

기력이 딸리는 노인이 바위틈에서 애써 잡은 걸 재래시장 좌판에 놓고 객을 기다리는 모습이 눈에 선했다. 한두 푼씩 그렇게 모았을 것이었다.

"그것도 이미 말씀드렸어요. 우리가 그렇게 해드리면 전세 계약서를 써주시겠대요. 원하는 기간만큼 얼마든지요."

나는 머릿속에 조감도를 펼쳤다. 마당에서 바다를 등지고 바라보자면 마루 건너 맞은편은 할망의 방이고 좌측엔 부엌이 있는데, 마루의 우측이 바로 우리에게 주어진 빈방이었다. 부엌은 앞뒤로 긴 직사각형이어서 제법 쓸모 있어 보였고 빈방의 뒤편이 바로 수도를 끌어들여 새로 꾸민 화장실이었다. 마당 한구석을 차지한 뒷간은 이제 잡동사니나 넣어두는 곳간으로 바뀌어 있었다. 몇 개의 계단을 딛고 올라가서 바지를 내리고 쪼그리면 발밑에서 돼지가 꿀꿀대던 공간이었다. 그 뒤를 에두른 잣담밑에 돌계단을 놓으면 방문객들은 잣질을 걸으며 툭 터진 바다를 한 가슴에 품을 것이었다. 나는 무엇보다도 전통 방식으로 엮어 올린 띠지붕이 맘에 들었다. 수세식 화장실을 만들 때 다시 올렸다는데, 바람에 버티도록 지붕을 동여맨 밧줄이 할망처럼 고집스러워 보였다. 옛 모습을 유지하려는 것은 아들이 못 찾아올까봐 떠나지 않겠다는 말과 같은 맥락인 듯도 했다.

제주에 내려와 살게 되면 나는 전세 보증금을 빼올 터, 아내의 계획대로 아랫집에 조그만 토속음식점을 차린다면 수리비가 많이 들지도 않을 성싶었다. 오래된 촌집의 이미지를 그대로 살리고 기존의 부엌을 처마 밑으로 조금만 넓히면 가마솥을 걸기 좋은 주방이 된다. 마루에 밥상을 두어 개 놓으면 손님들이 올라앉을 테고, 입소문이라도 나서 우르르 몰려온다면 꽃이 흐드러진 마당에 멍석 깔고 천막인들 못 칠까.

바위벽을 치는 파도소리가 들릴 듯 말 듯 잦아들었다. 하릴없이 복잡했던 머릿속이 박하사탕을 씹은 것처럼 뻥 뚫리는 기분이었다. 결심을 다졌다. 할망이 아내에게 새 삶을 만들어준다면 돌아가실 때까지 편히 모시자. 갑자기 코끝이 맹맹해졌다. 뿌예진 시야에 희미한 장면들이 흑백으로 떠올랐다. 할망의 가족이 해체되는, 아니 해체를 강요당하는 과정이 박물관의 흑백 필름처럼 천천히 지나갔다. 죽창에 찔리는 부부, 현해탄을 건너는 배의 갑판 위에 선 소년, 저녁밥을 먹다가 식구들 앞에서 끌려가는 여자, 등 뒤에서 울음을 터뜨리는 아이들. 그리고 돌팔매질을 당하던 남매가 아비를 따라 고향을 등지고 있었다. 쏴아 하는 잡음과 함께 빗줄기가 그어지던 활동사진은 목을 맨 아들 소식에 할망이 혼절하는 장면에서 끊어졌다.

세상엔 우리보다 더 많이 운 사람도 있다는 말을 아내에게 해주려다가 목구멍 아래로 눌렀다. 부질없다 싶었고 대화 분위기도 바꿔야 될 듯했다. 새로운 형태의 가족이 탄생하는 마당이었다.

"합치기 전에 나도 할망에게 조건이 하나 있는데 말해도 되나?"

"……"

아내가 나를 빤히 바라보았다. 우리가 지금 그럴 처지가 아니라는 표정이었다.

"당신이 설득해 줘. 내일 당장 병원 모시고 갈 테니 진찰 받으시라고. 오래 오래 같이 살아야 되잖아."

아내의 눈에 물기가 괴었다. 나는 허리를 곧추세우고 허파를 잔뜩 부풀려 시 한 수를 읊었다. 낯간지러웠지만 기회가 자주 올 것 같지 않았다.

"한낮 바람이 돌담에 와서 모서리를 깎는다.
둥글둥글해야 구멍이 생기니까.
구멍으로 나온 바람이 마당에서 고개를 숙인다.
찔레꽃잎 떨어질까 봐.

밤바다가 절벽으로 달려와 모서리를 깎는다.
둥글어야 물고기가 다치지 않으니까.
바위틈으로 들어온 파도가 몸을 말아 숨을 죽인다.
달빛이 부서질까봐."

아내를 향한 오마주인 동시에 내 둥지를 지키려는 간절한 의지였다.

"이거 어때?"

"저도 귀에 익네요, 지하철에서 봤나?"

하마터면 자작시라고 할 뻔했다. 나도 어딘가에서 보았던 기억을 변주시킨 것이었고 아내가 고교시절 백일장에서 장원을 차지했다는 사실도 잠시 잊었지만, 어쭙잖은 성의에 그녀가 적이 감동하는 눈치였다.

나는 다시 드러누우며 슬그머니 아내의 허벅지 위로 종아리를 올렸다. 내친걸음이었다. 아내가 가만히 있었다. 나는 계면쩍게 돌아눕는 그녀의 오금을 손끝으로 건드려보았다.

"왜 남의 다리를 긁어요?"

제법 날이 서 있었지만 싫지 않은 얼굴이었다. 아내의 볼에 엷은 미소가 스친 듯도 했다. 표정이 돌아온 거였다. 나는 버럭 소리를 질렀다.

"그게 왜 남의 다리야, 내 다리지."

동시에 나는 아내의 허벅지에 종아리 하나를 마저 올렸다. 환한 얼굴이 열린 창문 밖에서 우리를 비스듬히 들여다보고 있었다. 바닷바람이 둥글게 깎아놓은 달이었다.

작가 후기

아직도 보듬어지지 않은 아픔을 깎으며

지난봄 나는 오랫동안 벼르던 제주행을 감행했다. 오랜 직장생활을 뒤로하고 전업주부를 선언한 아내와 함께였다. 굴곡이 심한 삶을 살아낸 아내에게 소설가가 해줄 수 있는 게 많지 않았으므로 휴식을 겸한 '제주도 한달살이'는 그녀에게 바치는 내 나름의 선물이기도 했다. 우리는 서귀포에 반했다.

내게 소설은 엉덩이보다 발로 쓰는 것이었다. 서재에 진득하게 들어앉아 상상력을 쥐어짜기도 해야겠지만 두 발로 걸으며 꼼꼼히 관찰하고 피부로 느끼는 게 우선이었다. 돌과 바람에 적응하고 중산간 마을을 걸으며 토박이 노인들의 대화에 스며드는 과정은 필수였다. 다행히 아내가 자주 웃어주었다.

나를 감동시킨 배경은 달빛이었다. 서울에서 볼 수 없는 표정이 거기에 있었으므로 나는 기꺼이 그것을 작품의 소재로 삼았다. 바람은 매서웠고 달은 점차 기울었다. 벼랑으로 불어오는 바다 바람이 달덩이를 깎고 있었다. 길어야 삼박사일로 다녀오던 제주 여행에서 일찍이 경험하지 못했던 경이였다. 내가 달을 오래 바라본 적이 있었던가. 구멍 뚫린 돌담을 유심히 관찰하며 삶의 의미를 곱씹어보기나 했던가. 문득 머릿속에 맴돌던 시 한 수를 변주했다. '자세히 보아야 예쁘다. 오래 보아야 사랑스럽다. 제주 섬도 그렇다.'

오래 바라볼수록 제주가 가진 역사의 진실을 나는 외면할 수 없었다. 4·3의 상처를 안고 살아온 인물이 국가 권력에 또다시 희생되는 현실에서 소설이 고발문학으로서 제 역할을 해주기를 바랐다. 상처받은 자들에게 가족의 새로운 모델을 제시하고 싶었다.〈바람에 깎인 달〉은 그렇게 탄생했다. 마침내 나는 제주도와 아내를 향해 가슴 속에 뿌리내린 애정을 고백할 수 있었다.

제주어는 단순한 사투리를 넘어 나름의 체계를 갖춘 또 다른 언어였다. 작품 속 노인의 대사는 내 능력의 범주를 벗어나 있었다. 제주 출신 매형을 둔 건 내게 행운이었다. 고마울 따름이다.

매서운 지적으로 소설의 완성도를 높여주신 조동선 선생님과, 수고해주신 심사위원들께도 감사의 말씀을 전하고 싶다.

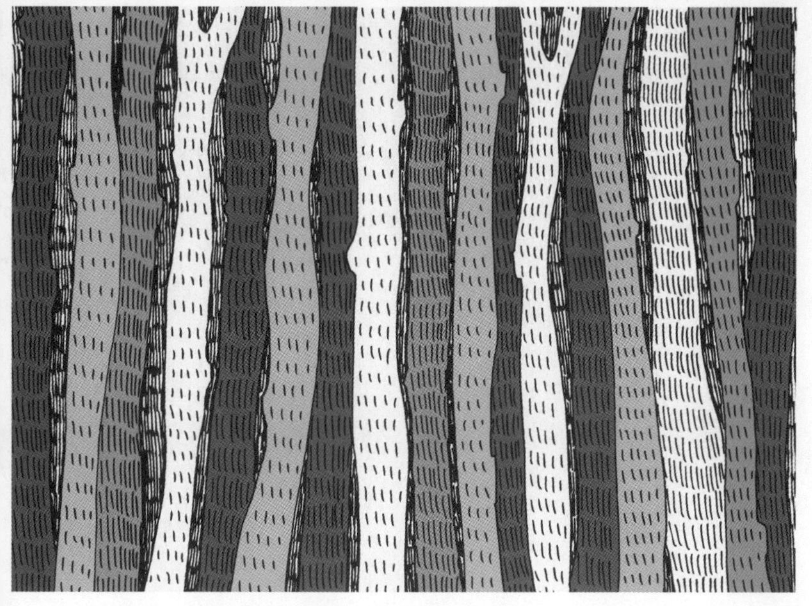

2018 전태일 문학상 소설 부문 당선작

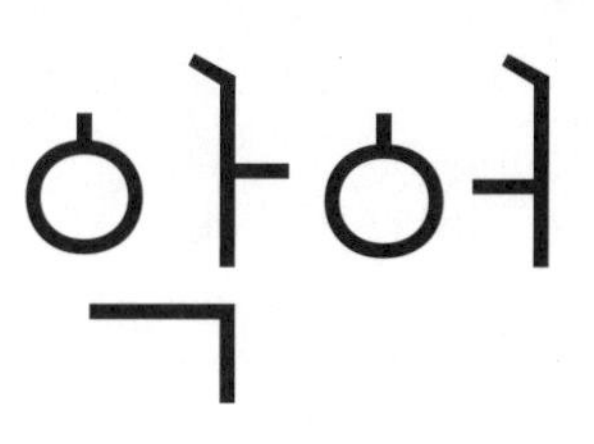

악어

숲 그림자가 뒷덜미를 덮쳐왔다. 정수리 위에서 빽빽한 우듬지들이 아침 햇빛을 빨아들였다. 보트의 엔진을 끄자 사위가 조용해졌다. 나는 장대 끝으로 잔잔한 수면을 뚫어 강바닥에 깊숙이 찔러 넣었다. 물비늘을 찢으며 솟아오른 방추형의 생명체가 굵은 허리를 꺾어 은빛 포물선으로 낙하했다. 물방울이 거칠게 튕겨나간 쪽에서 소나무 껍질 같은 얼굴이 길게 드러났다. 짐승의 눈동자에서 노랗게 세워진 엷은 빛이 반사되어 차갑게 되돌아왔다. 사타구니에 소름이 돋았다. 나는 손아귀에 힘을 주어 오른쪽 물가로 뱃머리를 붙였다. 이름 모를 새가 덤불 위로 푸드덕 날아올랐다. 빨갛게 날리는 깃털 옆으로 뾰족한 창끝이 보였다.

두 사내가 낯익은 모습을 드러냈다. 허리띠에 주렁주렁 매달린 악어 이빨 부딪히는 소리와 온몸에 새긴 해골 문양엔 여전히 적응이 쉽지 않았다. 수시로 긁어 만든 피부의 거친 돌기들은 악어의 힘을 얻으려는 그들 부족만의 오랜 전통이었다. 머리띠에 깃털 두 개를 꽂은 사내가 고개를 꼬아 주위를 두리번거린 뒤 턱 끝으로 신호를 했다. 깃털 하나의 또 다른 사내가 바나나 이파리로 싸맨 물건을 내 보트의 갑판 위에 부려 놓았다. 나는 이파리를 빠끔히 벌려 수를 헤아린 뒤 고개를 끄덕여주었다.

다시 장대를 세워 강바닥을 밀었다. 물을 따라 하루를 서두르면 포트모르즈비에 닿을 터였다. 한참을 흐르다 좁은 목을 빠져나왔다. 더뎌진 물살 위에서 긴장을 털어낸 나는 엔진에 시동을 걸고 뒤를 돌아보았다. 섬 중앙에 삿갓처럼 솟아오른 아랫마을 돌산이 주먹만큼 작았다. 상류의 물줄기가 섬을 에워싸고 내려오다 재결합하는 오른편으로 윗마을의 언덕이 아스라했다. 튀어나온 언덕의 이마쯤에서 투투가 나를 지켜보고 있을 것만 같았다.

—•—

투투와의 인연은 7년 전에 시작되었다. 내가 일하던 피혁 제품 회사가 인도네시아 현지 공장을 파푸아뉴기니로 옮긴 뒤였다. 돌이켜보면 자카르타에서 포트모르즈비의 한적한 외곽으로 이전한 것도 기실 인건비 탓만은 아니었다. 인도네시아를 동남아의 후진국 정도로 얕보고 덤벼든 후과였다. 거긴 인구만 해도 2억이 넘는 대국이었다. 한국인들의 섣부른 투자 열기에 환경 보호는 뒷전이었다. 원피를 가공하는 우리 공장도 사정이 비슷했다. 문제가 발생해도 서울 본사는 대충 뭉개는 쪽을 선택했다. 무두질에 필요한 크롬황산염 등이 독성 물질이라는 건 상식이었고 폐수와 악취를 막을 시설을 갖추자면 별도의 예산이 필요했지만 사장은 부러 외면했다.

내가 지루한 비행을 무릅쓰고 정기적으로 출장을 나가 돌아본 공장 뒷마당엔 개천으로 뚫린 하수구가 있었다. 나는 먼발치에서 둘러보는 시늉만 하다 코를 쥐고 되돌아왔다. 그렇게 몇 해가 흘렀다. 공장엔 현지 공무원이 수시로 드나들었다. 인도네시아인 공장장을 시켜 담당 공무원을 다독이던 끝에 이윽고 사달이 났다. 환경 감시팀이 들이닥쳤고 생산라인이 멈춰 섰다. 공장장은 자취를 감췄다. 사장은 충분한 떡값을 보내줬는데도 약발이 먹히지 않았다며 배달 사고를 의심했다. 공장장과 한통속이던 공무원은 구속되었다.

서울 본사는 파푸아뉴기니의 신설 공장에도 친환경 시설을 갖추려 하지 않았다. 오염 물질 규제가 헐거운 나라에 굳이 그럴 필요까지 있겠냐는 것이었다. 현지 교민이던 늙수그레한 공장장은 몇 달을 버티지 못했다. 피혁 공장의 역겨운 화공약품 냄새를 견디기 힘들었을 터, 원주민 노동자들을 다루기 힘들다며 그가 출근을 거부하자 내가 졸지에 빈자리를 메우게 되었다. 불황에 일거리가 줄어든 서울 사무실에서 빈둥거리다 찍힌 거였다. 중앙 정부의 통제를 거부하는 원주민 부족들의 나라, 그 후텁지근한 땅에 몸을 담는 일은 처자식 없는 노총각의 몫이었다.

원주민 노동자들도 공장장처럼 조만간 떠날 것 같았다. 열악한 근무 환경 탓이었다. 나는 인건비를 올려주는 조건으로 공장 인력을 사십 명으로 줄였고 노동자 대표 겸 협상 파트너로 눈이 부리부리하고 제법 충직하게 보이는 사내를 임명했다. 그가 바로 투투였다. 당시 서른여섯 살이 되었다던 그는 나와 동갑이었다. 부족을 떠나와 도시에서 현대식 교육을 받은 그는 영어를 읽고 쓸 줄 알았으며 나와의 소통에도 불편이 없었다. 가부장적 부족사회에서 자란 그가 나를 형처럼 따라주는 건 지휘 체계 유지에 도움이 되었다. 나는 라면발 같은 머리카락에 고집스런 턱선을 가진 그에게 한 살 올린 내 나이를 알려주었다. 한국 나이였다. '형이라고 불러.'

부족 신앙이 제각각 힘을 쓰는 파푸아뉴기니에서 한국인 근로자들을 현지 문화에 적응시키는 게 급선무였다. 투투와 나의 파트너십은 필수였다. 말썽부리는 한국인 기술자들의 사고 뒷수습을 위해서도 그가 적임자였다. 술주정이나 성추행으로 이슬람의 감옥을 구경하는 얼치기들 탓에 골치깨나 앓던 인도네시아에서의 경험을 되풀이할 순 없었다.

나는 투투에게 노조위원장이라는 감투를 씌워주었다. 사측에서 만들어준 완장이었지만 노동운동의 개념이 희미한 동네라 반발도 없었다. 오히려 그는 영문으로 그럴듯하게 타이핑한 임명장을 받으며 턱이 불룩하게 어금니를 깨물고 코를 벌름거렸다. 나중에 안 사실이었지만 그건 그가 심각한 결심을 하고 있다는 뜻이었다. 그는 출신 부족이 제각각인 직원들의 감정을 내게 여과 없이 전달했고 나는 그를 통해 불만들을 조정하고 잠재웠다. 늙다리 전임 공장장이 한심하고 딱하게 생각된 것도 모두 부족들의 경계를 넘나드는 투투의 리더십 덕분이었다. 그가 큼지막한 콧방울을 벌름거릴 때 나는 곧바로 오우케이를 외치며 오른손 엄지와 중지를 비벼 딱 소리를 내주곤 했다. 그의 고집이 엉뚱한 방향으로 튀지 않도록 하는 예방책이었다. 원주민 직원들의 불만으로 이따금씩 추가 비용이 들어갔다. 하지만 그들이 벌어주는 액수에 비하면 푼돈에 불과했다.

우리는 함께 일하는 동안 주말이면 관광객들이 흥청대는 시내로 나가 술을 마셨다. 얼큰해질 때면 그는 속마음을 털어놓았고 나는 형제애 같은 걸 느꼈다. 내게 이국땅의 외로움이 작용했는지도 몰랐다. 투투는 그의 부족민 중 유일한 문명 세계 경험자였고 그 점은 그에게 긍지이자 십자가였다. 그는 자신의 부족이 아직도 석기시대에 머물고 있다고 중얼거리듯 말했다. 아직도 그런 원시인들이 있을까. 믿을 수 없었지만 그의 진지함 앞에서 나의 궁금증이 옹색해졌다. 부족 마을이 둘로 갈라져 앙숙이 되었다는 대목에서 그는 더 무르춤해졌다. 마치 부끄러운 고백을 하는 사람의 표정이었다. 사연을 설명하며 그는 눈물까지 글썽거렸다.

—•—

공장이 자리를 잡아갈 무렵 서울에서 전화가 걸려왔다. 차상무가 오랜만에 출장을 나온다는 거였다. 뱉은 말이 곧바로 법이 되던 그의 위세는 본사와 현지 공장을 구분하지 않았다. 그에게 내 능력을 제대로 새겨줄 기회였다.

차상무를 모시고 공항에서 포트모르즈비 외곽의 호텔로 향했다. 바닷가에 자리 잡은 호텔이 가까워지자 도시의 모퉁이를 핥고 내려온 강물이 넘실거리며 하구의 폭을 드러냈다. 승용차 안의 침묵이 거북했다. 나는 현지 공장 제품의 완성도를 허풍에 비벼가며 자랑하기 시작했다. 4년간의 적응이 결코 쉽지 않았음을 알아주길 바라면서…. 그가 가로막듯 손을 올려 내 말허리를 잘랐다.

「여자들 눈이 얼마나 매서운 줄 알지? 악어 지갑 하나가 얼만데, 천만 원짜리 핸드백은 두말하면 잔소리지. 아무래도 손재주 나은 데로 옮겨야 될 것 같아. 거긴 잔업에 특근, 야간수당까지 다 줘도 한 달에 십만 원이면 떡을 치는데 말도 안 통하는 이 동네에 미련가질 거 없잖아 그지?」

더 싸고 질 좋은 인력을 제공받을 수 있는 곳, 통역도 필요 없고 인력 관리까지도 그쪽에서 알아서 해주는 공단에 드디어 입주하게 되었단다. 이미 입주한 중소기업이 백 하고도 오십 개가 넘는다고 했다.

「지금 서두르지 않으면 끼어들기 힘들 거야.」

「위험하지 않을까요?」

「개뿔 위험은 무슨, 개나 소나 못 들어가서 안달난 거 몰라? 그게 걱정이면 우째 통일부 앞에 줄을 서겠나, 안 그래?」

비좁은 뒷좌석에서 그가 몸을 틀어 두터운 입술을 내 귀에 바투 댔다. 니코틴에 절은 구취가 바짝 다가왔다.

「이건 우리끼리 얘긴데…, 들어갈 수만 있으면 공장 돌리는 거야 솔직히 땅 짚고 헤엄치기지.」

잽싸게 계산기를 돌려보았다. 물론 내 처지를 중심에 놓은 셈법이었다. 머릿속이 복잡해졌다.

「노조도 없어, 거긴 흐흐.」

차상무는 천국이라도 발견한 얼굴이었다. 그곳에선 굳

이 투투 같은 일꾼을 찾아내려고 애쓸 필요가 없을 것이었다. 퍼뜩, 새로 입주하는 공단으로 조만간 내가 발령받을 수도 있겠다는 생각이 들었다.

「여기 물 좋은 데 없나? 자네가 뚫어 놓은 데 좀 가보자구.」

차이나타운 뒷골목 야간업소 몇 군데가 호황을 누리고 있었다. 손바닥만 한 교민사회로 밀고 들어온 한국 기업인들 덕분이었다. 노래방과 룸살롱을 적당히 섞어 놓은 불그스름한 불빛 아래로 차상무를 안내했다. 불콰해진 얼굴로 그가 계속 떠들었다. 그의 손이 가무잡잡한 여자들의 미니스커트 안을 더듬어댔다.

「거기서 떼돈 못 벌어오면 빙신이더라고, 흐흐.」

그가 맥주에 위스키를 회오리로 섞으며 다시 바람을 잡았다.

「입주 기업들이 앓는 척 해대지만 그거야 웃기는 소리고. 돈 냄새 풍기다가 남측 정부에 세금으로 왕창 뜯길까봐 다들 쉬쉬하는 거지.」

후텁지근한 열대의 공기가 에어컨 도는 룸 안으로 밀려들었다. 폭탄주가 몇 순배 돌았다. 내가 그쯤 흘렸으면 그도 내게 뭔가 비전을 보여주는 게 순서였다. 내겐 산전

수전에 밀림전까지 견뎌온 자부심이 있었다. 그간 고생 많았으니 자네도 옮길 때가 되지 않았나, 라든가 자네한테는 여기보다 그 쪽이 더 어울리겠어, 정도를 기대했다. 나는 겸손을 가장해 용기를 냈다.

「아무나 그런 데서 일하긴 좀 그렇겠죠? 재수 없이 붙들리기라도 하는 날엔…, 특히 저 같은 겁쟁이는…, 흐흐.」

그곳이 얼마나 민감한 곳인가. 그동안 동남아에서 한국인 간부가 현지인들을 어설프게 다루다 생긴 마찰을 자주 겪어온 터였고 그런 상황을 슬기롭게 해결하려면 나 같은 경험자가 필요하지 않겠냐는 말을 속으로 되작거렸다. 내 질문에 그가 턱을 좌우로 돌리며 비릿한 웃음을 흘렸다. 별 촌놈을 다 보겠다는 표정이었다. 땀이 밴 그의 손바닥이 내 손등 위로 겹쳐졌다.

「자넨 여기서 그대로 원자재 라인을 돌려주면 되는 거야.」

그는 사장의 친동생이었고 그의 결정이라면 이미 사장의 결재가 난 것이나 다름없었다. 그러니까 거칠고 더러운 작업들, 냄새나는 무두질을 요하는 원자재 생산 라인은 놔두고 디자인대로 꿰매어 완제품을 만드는 산뜻한 공정만 쏙 뽑아가겠다는 거였다.

파견된 한국인 기술자들이 먼저 짐을 쌌다. 드로잉 작업을 하던 유씨가 내 손을 오래 잡았다. 가족과 떨어져 힘들어하던 그가 막상 돌아가려니 남은 직원들이 눈에 밟히나 보았다. 그가 그려주는 대로 가죽을 잘라 바느질을 하던 현지인 보조들은 일자리를 잃었고 투투도 이내 고향으로 돌아갔다. 중간 관리자의 역할이 사라진 현장에서 그가 뻘쭘한 얼굴로 여러 날을 보낸 뒤였다. 열 명 남짓으로 원자재 라인을 돌리며 한 해를 더 버텼지만 공장은 결국 문을 닫았고 나는 공장장 자리를 잃었다.

—•—

「원피 수입선을 다른 데로 돌렸어.」

공장 정리를 위해 포트모르즈비를 다시 방문한 차상무가 공항을 빠져나오자마자 던진 선언이었다. 여기보다도 더 싼 악어피를 따로 구할 수 있다는 뜻이 아니었다. 본사가 소량 고가 전략을 버리고 대량생산이 가능한 소가죽 제품으로 방향을 틀었단다. 새로 입주한 공단에서 짝퉁 악어 가방을 만들겠다는 계획이었다. 소가죽에 볼록 무늬를 찍어 악어피처럼 만들어낸 핸드백도 유명 브랜드만 붙여 놓으면 백만 원을 호가하는 세상이었다. 사장이 그간의 독자 라벨을 버리고 이태리 대기업과 계약했다니…, 주문자 상표 부착 방식이었다. 그게 다 악어 원피를 구하기 어려운 탓이었다. 차상무가 한국으로 돌아가던 아침, 나는 심란한 얼굴로 떨떠름한 배웅을 했다. 공항 출국장에 덩그마니 남겨진 내게 그가 다가와 속삭였다.

「자네가 여기서 원피 납품 업체를 하나 세워보지 그래, 내가 얼마든지 사줄 테니까.」

들으나마나 한 소리였다. 내가 직접 정글 속 늪으로 기어들어가 사냥이라도 하지 않는 한 그가 원하는 단가에 맞추긴 불가능했다. 내가 입을 다물자 그가 뱀눈을 하고 말을 바꿨다.

「계약직은 어때? 구매 담당자로.」

무늬만 회사 소속으로 남을 거냐고 떠보는 거였다. 그건 해고의 또 다른 방식일 뿐 황량한 공간에 홀로 버려진다는 사실엔 변함이 없었다. 일주일 후 회사는 내게 이메일을 보냈다. 퇴직금 정산 내역이었다. 돈을 받고 우울해지긴 처음이었다. 하소연이라도 하고 싶었다. 본사로 돌아가서도 여전히 그림을 그리는 유씨가 축축한 목소리로 전화를 받았다. 나보다 일곱 살이나 더 먹은 그에겐 여전히 내가 공장장님이었다. 그다지 위로가 되진 않았다.

—•—

나는 지도와 가이드북을 사 모았다. 곧바로 귀국하면 두고두고 후회할 것 같았다. 정글 탐험은 오랫동안 별러왔던 계획이었다. 한국으로 돌아가면 술자리에서 떠벌릴 얘깃거리가 필요했다. 곧 죽어도 나는 해병대 출신 아닌가. 중학교 동창생 녀석이 특전사 개구리복을 입고 첫 휴가를 나와 거들먹거리던 모습에 부아가 치밀어 자원입대한 해병대였다. 만용의 결과는 고난의 연속이었다. 후회를 곱씹으며 만기 제대를 했지만 어느새 내가 부쩍 자라 있었다. 원시 부족의 나라에 들어올 땐 람보라도 된 기분이었다. 산악 훈련 때 배워둔 생존 기술을 되살린다면 까짓 정글 탐험쯤이야. 하지만 호기심과 두려움 사이를 오락가락하는 날이 반복되었다.

오랜만에 만나는 친구들 앞에서 백수의 추레함을 덮어줄 만한 무용담을 궁리할 때쯤 반가운 얼굴과 맞닥뜨렸다. 투투였다. 그가 귀향하기 전 함께 술을 마시던 야시장 포장마차 앞이었다. 우린 다시 취했고 그를 못 본 시간의 틈새가 순식간에 메워졌다. 우리는 표정만으로도 통했으므로 휘청거리는 영어는 액세서리에 불과했다.

「설탕 사러 나왔어요. 한 달에 한 번 씩 이걸 갖고 나오지요.」

그가 탁자 밑으로 내려놓은 물건을 끌어당겼다. 긴 풀이파리로 엮은 자루가 어린애 몸피만 했다. 주둥이를 묶었던 끈이 풀리자 알록달록한 물건들이 모습을 드러냈다. 코코넛 열매를 반으로 잘라 속을 파내고 만든 그릇들이었다. 겹쳐진 모양으로 보아 수백 개는 되어보였는데 시장에서 하나에 1달러씩 팔린다고 했다. 오목하게 다듬어 광을 낸 안쪽이 거친 바깥쪽과 대조를 이루었다. 대단한 손재주였다. 미적 감각은 물론이고 악어나 뱀을 연상시키는 원색의 문양에서 원시성이 꿈틀거렸다. 그가 테이블 위에 여러 개를 늘어놓았다. 과자나 사탕을 담기에 적당할 것 같았다.

「이 그릇들을 어디서 만드는지 아세요?」

내가 그의 눈을 들여다보자 그가 다시 말을 이었다.

「그걸 여기서 실천했죠.」

언젠가 나는 우리 회사가 옮겨간 공단에 대해 그에게 설명했었다. 그 당시 나는 그를 해고시켜야 했으므로 매우 곤혹스러웠고 취중에 주저리주저리 많은 말을 했다. 그러니까 먼 나라의 교류 협력 정책이 그의 가슴으로 날아와 꽂혔다는 거였다. 기억은 안 나지만 그가 내 이야기를 듣는 동안 콧구멍을 한껏 벌름댔을 거였다.

투투가 우리 공장을 떠나 자신이 태어난 윗마을로 찾아들었을 때 추장이 '어린 투투'를 기억하고 있더란다. 그가 고향을 떠날 당시 이인자(二人者)였던 지금의 추장에겐 위스키와 설탕으로 환심을 샀다. 외부 세계와 단절된 고향에 가져온 도끼나 삽 등도 썩 좋은 선물이었다. 단단한 물건은 힘의 상징이었고 아직도 창끝에 돌을 갈아 끼우는 그들에게 쇠로 만든 물건은 특별했다.

투투는 추장을 설득하여 아랫마을에 작업장을 만들었다. 불신을 없애고 두 집단 간의 잦은 싸움을 멈추게 할 묘수가 되리라 믿었다. 그가 추장의 밀사로 강 안의 섬으로 들어갔다. 아랫마을 추장을 설득하는 일도 순조로웠다. 그 역시 섬사람들이 병을 옮기는 악령이라는 오해에서 벗어나길 바랐다. 전염병이 오래전에 사라졌다는 걸 윗마을에 알려 명예를 회복할 기회였다. 작업의 대가로 받아낼 식량도 무시할 순 없었다. 척박한 땅에서 부족민들의 허기를 채워주는 건 지도자의 의무였다. 하지만 설득의 관건은 역시 전략적 관점이었다. 섬 안에 윗마을의 작업장이 생기고 윗마을 관리자들이 들어오면 저절로 인질을 붙잡아두는 효과가 생긴다는, 그러므로 작업장이 굴러가는 한 전면전에 대한 걱정은 접어도 된다는 투투의 귓속말이 가장 솔깃했을 것이었다. 윗마을 추장에게는 작업장에서 만드는 공예품이 매달 위스키로 바뀌는 게 더 중요했다. 잦은 분쟁으로 인한 인명 손실을 줄일 수 있다는 투투의 열변을 그는 귓등으로 흘렸다. 바깥세상이 두려운 마을 사람들을 대신하여 투투가 그 업무를 도맡았고 투투의 인기는 입소문을 타고 상승했다.

「이걸 도매상에게 넘기고 생필품으로 바꾸죠. 위스키가 인기 상품이에요. 우리 추장님이 제일 좋아하니까요.」

그가 입꼬리를 올리며 엄지손가락을 세웠다. 투투는 추장뿐 아니라 자신의 부족민들에게도 없어서는 안 될 인물이 되어 있었다.

—•—

푸드득 소리에 놀라 백일몽을 빠져나왔다. 보트로 날아든 새의 꽁지깃을 통과한 햇빛에 눈이 부셨다. 투투의 작업장을 구석구석 떠올리며 더딘 물길에 붙잡힌 시간을 죽이던 참이었다. 포트모르즈비로 내려가는 강폭이 그새 제법 넓어져 있었다. 나는 꼿꼿해진 아랫배를 문지르며 숨을 골랐다. 장끼를 닮은 새의 선홍색 깃털 때문이었나. 아침에 만난 아랫마을 전령들이 눈앞에서 어른거렸다. 그들이 나타날 땐 어깨 높이의 덤불에서 붉은 깃이 먼저 솟았다. 그들은 내가 도시로 내려가는 강가에서 길목을 지키다가 내 보트에 악어가죽을 실었다. 아랫마을 추장도 이미 섬의 반대쪽에 자기만의 작업장을 만든 거였다. 접촉이 늘자 전령들의 허리에 매달린 악어 이빨과 으스스하던 해골 문양이 오히려 반가웠다. 대체로 아랫마을에서 가져온 가죽의 품질이 더 좋았다. 천연 식물성 탄닌과 백반을 사용한다는 뜻이었다. 가죽을 다루는 그들의 전통 방식이었다. 나는 양측의 추장을 교대로 부추겨 소득을 올렸고 그들은 내게서 구입한 무기로 권력을 다졌다.

신기하게도 윗마을에 납품하는 물건을 상대편에서도

금세 알아냈다. 짐작이야 못할 바 아니었지만 그 역시 내 소관과는 멀었다. 두 지역의 통치자들 사이에 적대적 협력 관계가 빠르게 형성되고 있었다. '적의 힘을 부풀리는 공포감 조성은 효과적인 통치 수단이며 때로 적은 동지보다 나은 협조자다'라는 인류사적 경험이 여기서도 되풀이되고 있었다. 그렇다면 내게도 힘의 균형을 맞춰가며 재미를 볼 때가 오지 않았나. 켕기는 구석이 없지 않았으나 그게 어디 나쁜이랴 싶었다.

그 와중에 마을 사람들이 노력 봉사에 내몰렸다. 추장들은 엿과 매를 동시에 들었다. 처음엔 배급량을 조절하며 사람들을 구슬렸고 창고가 바닥을 보이면 채찍에 힘을 실었다. 그렇더라도 누구에게나 똑같이 나눠 주던 부족의 오랜 전통을 감히 깨뜨리진 못할 것이었다.

독재는 무력으로 유지되기 마련이었고 그럴수록 내 비즈니스는 빛을 발하겠지만 내 가슴 한쪽이 못내 무거워지고 있었다. 이율배반의 감정에도 사업을 멈추고 싶진 않았다. 고지가 잡힐 듯했고 한국에 빈손으로 돌아갈 순 없었다. 결심을 굳혔다. 차라리 멋지게 한탕하고 깔끔하게 끝내자.

—•—

꼬박 이틀을 거슬러 올라온 보트를 나무둥치에 묶었다. 언덕 마루에서 지켜보던 투투가 한 걸음에 내달려왔다. 내게서 생필품 보따리를 건네받은 그가 문득 다가와 내 귀에 속삭였다.

"형! 위스키 병을 봤어요. 아랫마을에서요."

놀랄 만한 소식이었다. 우연의 일치가 아니라면 그건 분명 내가 윗마을에 던져준 물건이었다. 추장들은 서로를 믿지 못하는 와중에도 핫라인을 가동 중이었다. 위스키가 양쪽에서 측근들의 충성심을 유도하는 수단으로 사용되고 있었다. 나는 주로 시바스리갈을 구해다 주었다. 가격도 무난했지만 어디서나 구하기 쉬웠다.

내가 위스키를 떠올릴 때면 그걸 마시다 비명횡사한 대통령이 그 상표와 함께 이내 한 덩어리가 되었다. 나는 이따금씩 그의 마지막 모습을 그려보았다. 그가 옆구리에 끼고 있었다는 여대생이 희미한 윤곽으로 어룽거렸다. 내 사춘기의 한 구석은 시바스리갈을 공손히 따르는 여자의 야릇한 이미지로 채워졌고, 대입 준비생의 호기심은 권력의 은밀하고 농염한 향기에 끌렸다. 나는 정치

학과를 선택했다. 육군 중령으로 군 생활을 마감한 아버지에게 효도하는 길이기도 했다. '이 세상은 말이다, 대장이 못 되면 졸병인 거야. 중간은 없어.' 가훈처럼 그렇게 가르치던 아버지는 도의원 선거에 세 차례나 떨어졌고 우리 식구는 더 이상 줄일 집이 없었다. 장군의 아내를 그리며 남편 뒷바라지에 젊음을 바친 어머니의 소원은 이사 좀 그만하자, 였다. 나는 학자금 대출로 간댕간댕 졸업을 하고 월급쟁이가 되었다. 시바스리갈을 마시면 대장은 아니라도 팀장은 될 것 같았다.

서울 본사에서 근무하던 시절, 나는 차상무에게 시바스리갈을 종종 선물했다. 그의 생일이 하필 만우절이라 적어두지 않아도 되었다. 나는 위스키의 왕자로도 불린다는 그 물건이 언젠가는 제 힘을 보여주길 기대했다. 공장장급인 팀장으로의 승진은 그놈이 내게 증명한 첫 위력이었다. 하지만 밀림의 나라에서 마침내 나는 낙오병이 되어 있었다.

포트모르즈비 시장 골목에서 투투와 재회한 이태 전의 그 밤에도 내겐 그 위스키가 필요했다. 취기가 오른 나는 확신 없는 사업 아이템을 주저리주저리 떠들어댔다. 내가 차상무 흉내를 내고 있었다. 끈 떨어진 처지를 잊고 싫었지만 효과가 없었다. 투투는 빙긋이 웃기만 했다.

이튿날 새벽, 숙취에서 겨우 빠져나온 나는 투투에게 도움 될 만한 아이디어를 굴리며 짐을 꾸렸다. 특별히 불편하지 않으면 그의 고향 마을에서 한두 달 머물면서 머리나 식혀볼 생각이었다. 비상식량, 필기도구, 손전등, 야전삽과 함께 투투의 체면도 세워줄 겸 추장에게 선물할 정글칼 하나를 따로 챙겼다. 밀림 속에서 짐만 될 휴대폰 따윈 잊기로 했다. 흔쾌히 허락한 투투를 따라나선 길이 멀었다. 도시 외곽을 싸고 바다로 흘러가는 물길을 거슬러 상류로 올라가야 했다. 굵은 통나무의 속을 파낸 카누를 그는 능숙하게 다뤘다. 물살이 센 곳이 자주 나타나진 않았으나 이런 곳을 혼자서 어떻게 다녔는지 모를 일이었다. 출발한 지 한나절 만에 정글 안으로 배가 들어갔다. 대낮에 하늘이 뚫린 듯 소나기가 한차례씩 쏟아졌다. 그때마다 나는 배의 중간을 둥그렇게 덮은 천막 안으로 몸을 피했다. 투투는 온몸으로 비를 맞았다. 그에게 천막은 단지 물건을 젖지 않게 하려는 창고일 뿐이었다. 천막 안으로 기어드는 내게 그는 두툼한 입술을 벌려 웃음을 보였다. 그는 노를 젓다가도 바위가 울퉁불퉁하고 물살이 센 곳에서는 장대로 강바닥을 밀어 길을 잡았다.

포트모르즈비 시내에서 고등학교까지 다닌 그는 숲에 관심이 많았다. 그는 내가 묻지도 않은 설명을 하느라 바빴다. 동식물의 이름은 말할 것도 없고 일용할 도구나 음식, 그리고 숲에서 천연 약물을 구하는 노하우까지 꿰뚫고 있었다.

날이 저물자 우리는 물가로 배를 끌어올렸다. 강가에서 좀 떨어진 공터에 마른 나무를 모아 모깃불을 피웠다.

「형! 저기.」

투투의 손가락 끝이 예닐곱 걸음 떨어진 둔덕을 가리켰다. 토끼만 한 짐승 한 무리가 경계의 눈빛으로 우리를 지켜보았다. 열 마리가량이 뾰족한 주둥이로 끽끽거리며 땅 구멍 주위에 오종종 모여 있었다. 일가족인 듯싶었다.

「저놈들이 바로 투투예요.」

태어난 아기의 이름을 주변의 동식물에서 따오는 게 부족의 전통이었다. 투투가 두 손등을 턱밑으로 끌어올려 동물 흉내를 냈다. 첫 대면에 자신을 우스꽝스럽게 소개하던 동작이었다.

「혈육을 위해 기꺼이 희생한다고 했던가?」

나도 기억력을 자랑할 겸 그에게서 들은 이야기를 끄집어냈다. 그렇잖아도 한 놈이 앞발을 들고 키를 바짝 세워 우리를 살피는 중이었다. 두더지 같은 얼굴이었다. 녀석들은 땅굴을 파고 가족 단위로 모여 산다고 했다. 나이 든 수컷이 주로 망을 보는데 큰 짐승이 나타나면 가족을 재촉하여 굴속으로 대피시킨다. 그러고는 자신은 소리를 지르며 굴에서 멀리 도망친다. 사냥꾼을 자기 쪽으로 유인하여 주의를 분산시키는 것이다. 나는, 목숨을 걸고 나갔다 돌아오는 녀석과 제 발로 귀향하여 부족의 하인이 된 투투를 번갈아 바라보았다.

나도 교대로 노를 젓느라 피곤한데다 허리와 어깨까지 쑤셨다. 나뭇잎을 깔고 누웠다. 투투는 뱀을 조심하라고 했지만 피할 방도가 딱히 없었으므로 걱정은 꿈속에 묻어버렸다. 눈을 뜨자 아침 이슬이 내려앉은 숲 바닥에 동전만 한 볕 조각들이 어른거렸다. 나무 위에서 불그스름한 털을 가진 얼굴이 나를 내려다보았다. 오랑우탄이었다. 투투는 거의 다 왔다는 증거라고 했다. 그렇게 꼬박 닷새가 걸렸다. 반나절쯤 더 거슬러 올라갔다. 투투가 가리킨 손가락 끝에서 모래톱이 나타났다.

「섬이에요. 우린 아랫마을이라고 불러요.」

물줄기가 양쪽으로 갈라져 내려오는 길쭉한 섬의 한가운데 우뚝 솟은 바위산이 우리를 내려다보고 있었다. 산의 중턱쯤부터 그 아래로는 나무가 울창한 숲이었다. 눈길을 물가로 끌어내리자 사람의 손을 탄 계단식 밭이 시야에 들어왔다. 섬은 멀리서도 한눈에 잡히지 않았다. 투투의 설명대로라면 이 섬은 서울의 여의도보다 더 큰 듯했다.

「이백 호 남짓 되는데 아이들이 많아요. 원래 사람 살 곳이 못 되었지요. 우기에 물이 넘치면 섬의 절반이 휩쓸리거든요.」

척박한 섬 안에 천 명 가까운 인구가 모여 산다는 의미였다.

「원래는 모두 강 건너 윗마을에 살았어요.」

귀향을 한 그의 눈에 제일 먼저 들어온 건 교회 첨탑이었다. 백인 천사에 대한 믿음이 여전하더란다.

「정말 어이가 없는 게 뭔 줄 아세요? 도시로 나온 뒤에 선교사의 피부에 발진이 생겨났어요.」

「그도 옮았나?」

「옮은 게 아니고 그가 옮겼던 거예요. 전염병에 자주 노출되었던 유럽인들은 면역성이 강했고 잠복기도 길었던 거죠. 처음에 증상을 보였던 마을 처녀들은 선교사와 동침한 여자들이었어요.」

투투를 데리고 마을을 떠날 때까지도 그에게서 이상 징후가 보이지 않았으니 그 후로도 마을 사람들은 감히 그를 의심하지 않았던가 보았다. 그가 오른쪽으로 팔을 뻗어 오래전의 기억을 끄집어냈다. 당시만 해도 지금의 아랫마을인 섬 안에 사람이 살지 않았으므로 이야기가 시작되는 배경은 윗마을이었다.

마을에 백인 선교사가 들어왔다. 열한 살 투투는 선교사의 복사가 되었고 그로부터 영어를 배웠다. 그의 마을엔 얼굴 하얀 천사가 오면 세상이 바뀔 거라는 믿음이 신화처럼 전해져 내려왔다. 백인 선교사는 원주민들의 도움으로 교회를 짓고 손쉽게 교세를 확장했다. 투투가 선교사의 충실한 보조원이자 통역 노릇을 하던 중 전례 없는 돌림병이 생겨났다. 마을 처녀들의 피부에 붉고 가려운 반점이 돋아났다. 선교사는 그녀들에게 고해성사를 요구하며 축복을 내렸다. 그녀들은 마을 사내들에게도 축복을 옮겨주었다. 젊은 사람들이 죽어나갔다. 마을 원로회의의 결정으로 환자와 가족들이 쫓겨났다. 강 안의 섬은 유배지가 되었다. 불안해진 주민들이 곧이어 환자의 친척들까지 몰아냈고 점차로 그 범위가 환자의 친구들로 확대되었다. 주민들은 창을 들고 교대로 보초를 섰다.

아무도 섬을 빠져나와 윗마을 쪽 뭍에 오를 수 없었다. 투투의 이모에게서도 증상이 나타났다. 투투의 어머니뿐 아니라 전 가족이 밤중에 짐을 싸야 했다.

그 시각 투투는 교회에 있었다. 교회는 선교사의 허락 없이는 누구도 들어올 수 없는 신성한 곳이었다. 윗마을에서 섬으로 넣어주는 식량이 늘 부족했고 갇힌 자들은 해를 넘기기도 전에 죽어갔다. 처음엔 죽은 자를 공터에서 태웠으나 시체가 쌓이자 그냥 강물에 흘려보냈다. 악어들이 몰려들었다. 반대편으로 강을 건너 숲으로 달아난 사람들도 있었으나 생사는 확인할 수 없었다.

질병의 회오리가 지나간 뒤에도 굶주림은 여전했다. 섬은 윗마을 사람들에게 악령의 땅이었다. 그들의 기억에 각인된 불안과 공포가 쉬 가시지 않았다. 야음을 틈타 음식을 훔치러 강을 건너오는 도둑들이 해묵은 골칫거리였다. 허리춤을 넘지 않는 건기의 강물도 도강을 도왔다. 붙잡힌 도둑은 돌팔매질로 죽임을 당했고 시신은 또다시 악어 밥이 되었다. 젊은 여자들을 살려주는 예외도 없진 않았다. 그녀들은 추장의 집에서 잡일을 돕고 인구를 늘리는 용도로 사용되었다.

섬으로 내몰린 인구의 절반이 사라진 뒤, 섬에도 평화

가 찾아왔으나 두 마을 사이의 왕래는 여전히 허용되지 않았다. 두 배로 보복을 하는 인습 탓에 조그만 싸움도 두 집단 사이의 큰 싸움으로 번지곤 했다.

「그래서 식구들은 어찌 됐어?」

나와 마주앉아 노를 젓던 투투의 시선이 하늘을 향했다. 그의 눈이 붉어졌다. 배가 오른쪽 물길을 거슬러 천천히 올라갔다. 나는 바닥에 놓인 장대를 집어 들고 뒤에서 배를 밀었다.

—·—

투투가 추장에게 나를 소개했다. 오십 대라는 투투의 말과는 달리 그는 머리가 하얗고 얼굴에 골이 잔뜩 팬 노인이었다. 추장이 벌떡 일어나 내 손을 잡았다.

「흰 얼굴을 반가워하는 거예요.」

추장이 투투의 영어를 알아듣지 못하는 게 다행이었다. 볕에 그을리긴 했지만 내 피부의 바탕색이 허여멀겋다는 사실이 새삼스러웠다. 뱀가죽 허리띠에 매단 악어 이빨들이 서로 부딪히는 소리가 쇳소리처럼 오싹했다. 그는 길고 하얀 깃털을 머리 둘레에 잔뜩 세우고 있었는데 자세히 보니 머리띠 모양의 관이었다. 주변에 늘어선 사내들의 것은 파랑이었고 길이도 짧았다. 그들에겐 흰색이 권위의 상징이었다. 추장의 가슴엔 사람의 손으로 보이는 뼈가 목걸이처럼 매달려 있었다. 무심한 척 눈여겨보았다. 다섯 개의 손가락까지 한 벌을 모두 갖추고 있었다. 나는 그것이 오랑우탄이나 침팬지의 것이기를 바라며 부질없는 관심을 털었다. 이번엔 추장의 허리띠에서 배꼽 아래로 이어진 대나무 통이 눈을 찔렀다. 남근을 끼워 넣는 통의 외피가 오래된 이발소의 면도용 가죽처럼 반들거렸다. 투투가 얼른 어깨를 기울여 내게 귀띔을 했다.

「저건 풍요의 상징이자 지배자의 권위죠. 절대로 먼저 웃으면 안돼요.」

나는 터져 나오려는 웃음을 누르며 내려놓은 가방의 지퍼를 열었다. 가죽으로 만든 칼집을 천천히 벗겼다. 뱀이 풀잎을 스치는 소리와 함께 팔뚝보다 긴 정글칼이 제 몸을 온전히 드러냈다. 잘 갈린 날이 문틈으로 들어온 뿌연 빛줄기를 잘랐다. 코끝이 갈고리처럼 안으로 휜 곡선에서 살기가 빠져나왔다. 칼자루를 추장에게 내밀었다. 추장은 칼날에 손끝을 대보며 한참을 들여다보았다. 이

웃고 그가 누런 이빨을 드러내 미소를 보였다.

나는 투투를 따라 짐을 옮겼다. 추장의 배려로 얻은 숙소는 원두막처럼 생긴 통나무집이었다. 외부인의 발길이 없는 외딴 마을에서 객을 위한 공간일 리는 없었다. 몽골인의 게르를 닮은 부족민의 집들은 둥그런 광장 주위에 성곽처럼 에둘러 있었으므로 내게 허용된 울타리 안쪽 집은 평소 추장의 관사나 별채로 쓰이는 듯했다. 여섯 개의 나무 기둥을 땅에 박고 어른 키만큼 올린 구조라 짐승들의 공격을 피하기 좋았다. 나는 기대어 둔 사다리를 밟아 올랐다. 밖에서 올려다보았을 때보다 내부가 제법 넓었다. 사면으로 뻥 뚫린 창이 바람을 통과시켜 땡볕 더위를 식혀주었다.

밖을 내려다보았다. 광장은 축구장만 했고 추장의 숙소 겸 집무실은 광장의 후미에서 산을 등진 위치였다. 강을 향해 열린 전형적인 배산임수였다. 내 숙소에서 사오십 미터쯤 떨어진 추장의 집도 광장의 테두리 안이어서 주민들의 보호를 받는 전략적 위치였다. 광장의 중심은 나이를 가늠할 수 없을 만큼 자란 카카오나무 한 그루가 지키고 있었다. 그 나무 그늘 밑은 마을의 공동 곳간이었다. 광장의 후미로 빠진 내 숙소와 추장의 집을 밑변으로 이등변 삼각형을 그리면 길게 빠진 꼭짓점이 바로 그 곳간이었다. 교회 탑처럼 뾰족한 곳간 지붕이 얼핏 추장의 집보다도 높아보였다. 공동생산 균등분배의 원칙을 지켜온 원시 부족의 상징이었다.

「가끔씩 저 곳간 앞에서 부족회의가 열려요. 노인들끼리 하는 원로회의가 있고 부족 전체가 모이는 대회의가 있지요.」

투투의 말대로라면, 부족의 운명이 달린 문제는 추장이 대회의를 열어 결정한단다. 입 달린 자들을 큰 마당에 몽땅 모아 한 마디씩 떠들어댈 기회를 주나 보았다. 나처럼 의심 많은 문명인은 고개를 갸웃거릴 수밖에 없는, 그 옛날 그리스에서 했다던 직접 민주주의를 구경할 모양이었다. 좀 전에 만났던 추장의 음흉한 눈빛이 자꾸만 어른거렸다.

「인민대회란 게 원래 힘 가진 놈이 선동으로 끌고 가는 것 아녀?」

내가 입을 삐죽거리며 비아냥대자 투투가 멋쩍은 표정으로 웃어넘겼다. 광장 뒷산을 휘둘러보았다. 키 낮은 관목 사이로 난 휘움한 흙길이 야트막한 언덕을 가르마처럼 오르다 중간쯤의 평평한 땅에 멈췄다. 거기에도 사람 사는 모습들이 오종종하게 모여 있었다. 눈대중으로 훑은 오두막이 사오십 개는 되었다. 거기서 다시 계곡을 따라 불그스름한 길이 언덕 너머로 이어졌다. 그 뒤쪽에도 사람이 사는 것 같았다. 투투는 윗마을에 모두 삼백여 호쯤 산다고 했다. 어림잡아 보았다. 윗마을 추장의 어깨에 걸린 입들도 천 개를 족히 넘길 것이었다.

어깨를 반대로 돌려 툭 터진 방향으로 시선을 펼쳤다. 광장을 빠져나간 완만한 내리막은 수레가 다닐 만한 폭이었다. 길게 뻗은 길이 뱀처럼 구부러지던 꼬리를 강변에 내려놓았다. 횡으로 펼쳐진 모래밭을 우측으로 훑어 올리던 시선을 한 점에서 멈췄다. 아스라한 상류 쪽에 다리 하나가 엎드려 물을 가로질렀다. 경비가 삼엄하다는 그 다리 저쪽이 아랫마을이었다.

밤에는 추장의 집에서 기침소리가 건너왔다. 서로를 감시하기 좋은 위치였다.

—•—

인기척이 들렸다. 첫날부터 내가 늦잠을 잤나 보았다. 창틀 위의 안개는 이미 걷혀 있었다. 문을 열고 내려다

보니 투투였다. 그의 어색한 미소 곁에, 배꼽 아래로 중요 부위만 겨우 가린 여자와 발가벗은 아이가 서 있었다. 여자는 아직 앳된 얼굴에 긴장의 빛이 역력했다. 올라오라고 손짓을 했다. 호박만 한 젖퉁이에 엉덩이가 펑퍼짐한 그녀의 발밑에서 삐걱대는 사다리가 부러질까 걱정되었다.

투투에게 자초지종을 물었다. 그가 몹시 계면쩍은 얼굴로 나를 이해시키려 애를 썼다. 겨우 걸음마를 떼는 아이는 여자의 딸이었다. 말하자면 모녀는 추장의 선물이었다.

「날더러 어쩌라고, 말도 안 통하는데.」

「거절하면 추장이 화를 낼 겁니다. 여기서는 이 정도면 총각들이 욕심낼 미인이에요.」

혼자 지내는 남자 손님을 위한 각별한 배려였다. 언젠가 보았던 신석기시대의 미인상 토기가 떠올라 나는 고개를 끄덕였다. 풍만한 몸매의 여자는 인기가 높았고 출산 경력은 다산의 보증 수표였다.

「먹을 건 배급 받으면 되고요. 잡일이나 시키세요.」

투투가 말이야 그렇게 했지만 그 이상을 해결할 수 있는 파트너를 보내준 것이었다. 다산을 축복으로 여기는 그들의 풍속이었고 귀한 손님이 오래 머물러주길 바라는 뜻도 있었다. 내가 선물한 정글칼이 추장의 마음을 휘어잡은 게 틀림없었다. 게다가 투투가 나에 대해 어지간히 자랑질을 해댄 것 같았다. 여자가 데려온 아이는 일종의 보너스였다. 아이가 있어야 웃을 일이 생긴다는 믿음이야 지구상 어디나 통하므로 내가 이해 못할 것도 없었다.

「내가 아이를 잘 기를 사람 같아?」

「부담 갖지 마세요. 여기서는 모든 아이를 마을에서 길러줘요.」

공동 육아도 전통이었다. 마을의 노인들은 남녀 구분없이 육아에 참여한단다. 투투가 말하는 공동 육아에는 교육 과정도 포함되어 있었다. 그들은 모두가 탁아소 보모였고 학교 선생님이었다.

「그런데 저어, 이 여자 아랫마을에서 넘어왔어요. 굶어 죽은 시체가 강물에 떠다니던 해였는데….」

여자와 눈을 맞췄다. 처음부터 푸짐하진 않았을 터, 추장이 어지간히 거둬 먹였나 보았다. 그녀가 부끄러운 듯 웃어 보였다. 인상이 나쁘진 않았고 문득 그녀가 가여워졌다. 영어와 손짓으로 몇 살인지 물었으나 답은 투투가 대신했다.

「모를 겁니다. 여기서는 숫자 개념이 희박해요. 여자의 나이가 중요하지도 않고요. 이왕 이렇게 되었으니 잘해 보세요. 원하시면 낮에는 제가 아랫마을 작업장으로 데리고 다닐게요.」

「설마 이런 식으로 날 붙잡는 건 아니겠지?」

투투가 피익 실소를 터뜨렸다.

「우리는 오는 사람 막지 않고 가는 사람도 안 잡아요. 아 참, 이 여자 이름은 나나에요, 나나. 우린 저 새를 그렇게 불러요.」

그가 창밖을 내다보지도 않고 등 뒤로 검지를 뻗었다. 문득 짹짹거리는 소리가 크게 들려왔다. 참새와 닮은, 내가 이 나라에서 보아온 가장 흔해빠진 새였다. 글쎄 여기서는 사람의 이름을 동물이나 꽃에서 따온다지 않나. 하필이면 참샌가 싶었지만 검붉은 입술에 하얀 앞니를 드러내는 여자의 미소는 봐줄 만했다. 내 어깨를 묵직하게 누르던 얼음덩이가 슬며시 녹고 있었다. 남녀 사이에 꼭 특정 언어가 필요한 것도 아니고 내가 그녀와 철학을 논할 일은 더더욱 없지 않나. 이 마을에서 추장의 비위를 거스르면 좋을 게 없다잖아.

투투는 아침마다 내 숙소 밖에서 나나를 기다려주었

다. 나나가 아랫마을에서 곤혹스런 일을 당할까 걱정했지만 기우였다. 그녀가 윗마을을 밟은 뒤로 시간이 제법 흘렀고 아랫마을에서도 빠져나간 개개인에게 굳이 신경 쓰는 것 같지 않았다. 그녀에겐 무엇보다 투투라는 든든한 뒷배가 있었다. 나의 하루 일과는 윗마을 산책으로 시작되었고 마음 내킬 때마다 아랫마을 작업장으로 투투를 따라나섰다.

—·—

따분한 날이 이어지던 아침, 휘저어 놓은 흙탕물처럼 온 마을이 뒤숭숭했다. 누군가 밤중에 강을 건너가 사고를 치고 도망쳐 나온 것이었다. 아랫마을 사람들이 강가로 나와 증거물을 흔들어대며 아우성이었다. 살인 현장에 떨어뜨린 물건은 추장에게 내가 선물한 정글칼이었다. 겁탈당하던 아랫마을 처녀가 소리를 지르자 흉기로 찌른 모양이었다. 나는 직감적으로 추장의 아들을 떠올렸다. 아랫마을에서는 흔치 않은 물건의 임자를 수소문하며 윗마을의 누군가를 의심했을 터였다. 제 발이 저린 윗마을 추장은 나를 불러 정글칼을 주문했다. 그는 언제

터질지 모르는 전쟁이 두려운 눈빛이었다. 나는 묘한 전율을 느꼈다. 그것은 분명 설렘이었다.

나는 투투에게 한 가지 제안을 했다.

「그깟 코코넛 열매가 어느 세월에 돈이 되겠어. 이왕이면 늪에 득시글거리는 악어를 잡아 가죽을 만들자구.」

「글쎄요… 생각을 안 해본 건 아니지만… 납품할 곳을 찾을 수 없었어요.」

그는 그만큼 순진했다. 자본이 어떻게 부가가치를 창출하는지도 몰랐다. 공장에서 일할 때도 그는 원자재의 납품 단가에 무심했고 유통 과정을 알려고 들지도 않았다. 하지만 그는 무두질에 전문가였다. 마을에서 원피를 생산하는 일은 시간 문제였다.

「넌 이제 여기서 물건만 만들면 돼. 도시로 나가서 바꿔오는 건 내게 맡겨. 가죽은 얼마든지 내가 사줄게.」

나는 그 순간 나를 버리고 간 차상무를 떠올렸다. 그가 던져 놓은 마지막 미끼를 기꺼이 물 생각이었다.

「추장을 설득해서 악어가죽을 만들자고 해봐. 정글칼과 바꾸자고.」

나는 물물교환에 머물고 있는 투투의 한계를 깨뜨려주고 싶었다. 투투가 추장을 찾아갔고 나는 무기한으로 마을에 머물러도 좋다는 허락을 얻었다.

나는 투투의 카누를 빌렸다. 기회를 놓치고 싶지 않았다. 그가 불안한 얼굴로 따라왔다.

「걱정 마, 물길만 따라가면 되는데 뭘.」

각오의 이유가 분명한 형태로 다가왔다. 욕망이 용기로 둔갑한다는 게 신기하고 대견했다. 혼자 할 수 있겠어? 자문에 대한 자답은 그래야 다 먹지, 였다. 만용을 부린 대가로 발등을 찍고 싶었던 군대 시절이 불쑥 떠올랐지만 빠르게 기억을 지워냈다. 죽기야 하겠나, 인육을 먹는 족속이 남아 있을 리도 없고, 람보는 태어나는 게 아니야 만들어질 뿐. 그렇게 중얼거리곤 다시 우쭐해졌다.

카누가 물결을 탔다. 내려올 땐 이틀 밖에 걸리지 않았지만 되돌아갈 생각을 하니 까마득했다. 나는 중고 모터보트를 구입했다. 추장의 주문대로 열 자루의 정글칼을 싣고 돌아왔다.

나루터 근처에 별도의 작업장이 들어서고 있었다. 추장이 고함을 지르며 진두지휘하는 모습이 보였다. 강을 건너가는 부담을 덜고 몸소 원피 작업을 감독할 요량인 듯 했다. 추장이 마을 사람들을 시켜 악어를 잡아왔고 나는 무두질에 필요한 탄닌과 칼륨 성분의 약품을 내밀었다. 투투의 아랫마을 작업장이 추장의 관심권에서 밀려나는 분위기였다. 투투가 떨떠름한 얼굴로 일을 거들긴 했지만 그에겐 실력을 발휘할 곳이 하나 더 늘어난 셈이었다. 그는 악어가죽이 쓰일 부위에 상처를 내지 않고 잡는 요령을 잘 알고 있었다.

나는 칼 하나에 악어가죽 다섯 장씩을 제안했다. 추장은 받아들였고 나는 한 달 뒤에 최고급 원피 쉰 장을 얻었다. 줄여 잡아도 장당 오백 달러가 넘는 대박이었다.

다시 도시로 내려온 나는 모터보트를 정박시키자마자 부둣가 한적한 곳에 창고부터 마련했다. 임대료를 따지며 꾸물댈 겨를이 없었다. 잘 빠진 원피 석 장을 골라내 항공 우편으로 차상무에게 보냈다. 샘플이었다. 가까운 호텔을 찾아 비즈니스룸에서 한국으로 전화를 걸었다. 톤을 잔뜩 높이고 목에 힘을 주었다.

「최곱니다. 사흘 내로 받으실 겁니다. 단가는 잘 맞춰드릴 테니 염려마세요.」

「그래 그래 잘해보자고, 나도 이번에 아주 올인했어.」

「괜찮겠어요?」

「설마 잘나가는 공단을 닫겠어?」

차상무는 반가워했고 샘플을 받는 대로 발주하겠다고 했다. 나는 매월 1회 이상의 원자재 납품을 자신했다.

소음이 심한 중고 보트를 헐값에 넘기고 새 보트를 장만했다. 요트라 불러도 좋을 만큼 화려한 외장에 지름신이 왕림했다. 남은 퇴직금을 털어 계약금을 치르고 나머지는 매월 갚아나가기로 했다. 나는 혀에 붙은 노래 가사처럼 인생은 한 방이랬지, 를 되뇌었다. 뱃머리에서 은색 악어 장식이 반짝거렸다. 갑판을 타고 전해지는 엔진의 진동에서 힘이 느껴졌다. 상류로 오르는 동안 강가에 흔들리는 나뭇잎 사이로 파란 달러화가 어른거렸다.

윗마을에 도착하여 추장과 원로들 앞에 물건부터 쏟아 놓았다. 아랫마을 작업장에서 만든 코코넛 그릇과 바꿔온 생필품이었다. 카카오나무 그늘 밑으로 눈들이 모여들었다. 상자가 열리자 그들은 내용물을 확인하고 곧바로 곳간 문을 열었다. 통나무 기둥으로 뼈대를 세운 공동 곳간은 바닥이 내 이마만큼 높았다. 들쥐나 산짐승의 접근을 막는 구조였다. 대나무를 성글게 엮어 벽을 쳐놓았으나 새가 드나들기엔 구멍이 작았다. 바람만 통하게 하여 식료품의 신선도를 유지할 목적인 듯했다. 뒤꿈치를 들어 올리자 안이 들여다보였다. 바닥과 선반 위에 대나무로 엮어 만든 큼지막한 광주리들이 크기별로 정돈되어 있었다. 추장의 허락 없이는 아무도 사다리를 딛고 올라가 문을 열 수 없었다. 보관된 물건들은 추장이 정하는 날에 골고루 나누어질 터였다.

아랫마을 인부들에게도 하루 세 개씩 배급하던 얌이 다섯 개로 늘었다. 우기의 강물에 밭을 빼앗긴 그들에게 탄수화물 덩어리인 얌은 단비였다. 내가 가져오는 설탕도 보너스로 전달되었다. 투투가 만족스런 웃음으로 앞니를 드러내며 내게 눈을 찡긋거렸다. 굶어 죽은 자신의 가족을 생각하는 것 같았다. 그건 나나도 다르지 않을 것이었다.

투투의 작업장을 통해 두 집단의 접촉이 늘면서 서로에 대한 경계심이 누그러졌다. 그와 동행하는 사람들은 하루에 두어 명 꼴이었는데 더러 얼굴이 바뀌곤 했다. 작업장과는 무관한 사람들도 있다고 투투가 목소리를 낮췄다. 떨어져 살던 사람들을 거기서 몰래 만나게 해주는 눈치였다.

나는 강을 건너가 이따금씩 그들과 함께 식사를 했다. 일거리와 무관하게 작업장 식구가 늘어나고 있었다. 그 중엔 인부들의 가족으로 보이는 사람들도 끼어 있었다.

아랫마을 추장이 보낸 듯한 사내가 자주 나타나긴 했지만 인부들을 간섭하진 않았다. 감시 대상은 나였다.

「그들도 우리와 똑같은 사람이라는 믿음이 중요해요.」

투투의 희망이 현실로 드러나고 있었다.

—•—

나는 도시와 마을을 왕복하는 일정을 한 달에 두 번으로 늘려 잡았다. 도시로 나갈 때마다 투투의 작업장에서 나온 공예품을 가죽과 함께 보트에 실었다. 그 후로도 투투는 고집스럽게 그릇을 만들었다. 가죽보다 돈이 안 되는 공예품에 오히려 더 공을 들였다. 사람을 먹이는 일에 더 관심이 많다는 뜻이겠거니….

포트모르즈비의 도매상과 밀고 당기는 작업이 귀찮았다. 심드렁해진 나는 결국 도매상이 부르는 가격에 맞춰 그릇들을 넘겨버리고 그가 주는 대로 생필품을 받았다. 문득 내가 차상무를 눈 흘기며 닮아가나 싶었다. 간간이 국제전화로 연결된 유씨는 차상무가 회사 일엔 별로 관심이 없다고 했다. 사장 대리가 되어 전문 경영을 외치고 있지만 지병으로 출근을 못하는 사장이 동생에게 속고 있다는 거였다. 그가 그런대로 굴러가던 파푸아뉴기니 공장을 닫은 것도 인건비 때문만은 아니었다. 공장 이전은 방만한 경영으로 적자가 쌓이자 그가 찾아낸 탈출구였다.

부족민들이 애써 만든 공예품을 헐값에 넘길 때마다 투투의 얼굴이 시야를 가렸으나 무시하기로 했다. 차라리 가죽장사로 화끈하게 한탕하고 나랑 떠나자고 했을 때 그는 고개를 저었다. 어린 시절 백인 선교사와 함께 떠난 기억을 떠올리나 보았다.

"아랫마을 사람들에게 너무 잘해주지 마, 함정에 빠질지도 몰라."

"나도 알아요 형."

그건 윗마을에서도 마찬가지였다. 사람들의 박수가 독이라는 것을 그도 동물적 후각으로 감지한 듯했다.

—•—

공동생산 균등분배, 여느 때처럼 부족의 전통이 내 눈앞에 펼쳐졌다. 내가 도시의 물건들을 다시 싣고 돌아온 며칠 뒤였다. 아침부터 큰 마당이 시끌벅적했다. 추장의 집무실 앞으로 나온 남자들이 일렬횡대로 섰다. 젊은 사내들은 하시라도 동원되는 노동 인력이었고 가장인 동시에 군인이었다. 중대 병력은 거뜬히 넘었다. 추장이 사열하듯 천천히 지나가면 그들이 차례로 바닥에 무릎을 꿇었다. 군기를 바짝 조이는 분위기였고 충성 맹세의 몸짓들도 전보다 요란해졌다. 추장이 그들을 이끌고 광장의 중앙으로 이동했다. 추장은 손바닥보다 작은 설탕 봉지를 주면서도 머리를 조아리게 했고 엎드린 뒤통수들을 하얀 깃털로 쓰다듬었다.

사람들은 추장의 손에서 물건을 건네받으면서도 고개를 꼬아 투투를 일별했다. 추장이 일장 훈시를 했다. 투투의 이름은 입에 오르지 않았다. 외려 그는 투투의 공을 감추려는 눈치였다. 추장 곁에서 일을 거들던 투투는 그때마다 말없는 미소로 면구스러워하는 얼굴들에 응답했다.

배급 날 저녁은 축제가 열렸다. 돼지를 여러 마리 잡았다. 토막 낸 고깃덩이가 넓은 이파리에 싸여 달궈진 자갈과 함께 여기저기 파놓은 구덩이에 묻혔다. 고기가 익을 때까지 사람들은 팀을 나눠 구덩이 주위를 돌며 노래를 부르고 춤을 추었다. 냄새를 맡은 개들이 몰려올 때쯤 잘 익은 고기가 모습을 드러냈다. 가장들이 다시 줄을 섰고 가구별 분배가 시작되었다. 침묵과 긴장이 광장을 덮었다. 어른들은 기침을 참았고 어린애 보채는 소리만이 바람에 섞였다. 추장의 손놀림에 모두의 시선이 꽂혔다. 그는 익숙한 솜씨로 정확한 비율에 신경을 집중했다. 나누는 데만 한 시간이 넘게 걸렸다. 누군가에게 편애의 흔적이 엿히는 날엔 추장의 지위가 무너질지도 모를 일이었다. 공산주의의 둑이 무너진다면 그것은 배급에 균열이 생길 때다. 어느 책에선가 읽은 구절이었다.

날이 어두워지자 사람들이 제 각각 집으로 돌아갔다. 처녀총각들이 남아 모닥불을 지키며 나무통에 든 액체를 나눠 마셨다. 알콜 성분이 포함된 과실 음료였다. 밤이 익었고 별이 총총했다. 반짝이던 점이 간간이 까만 하늘을 가로질렀다. 그들은 짝을 지어 어둑한 구석으로 향했다. 달뜬 웃음소리들이 그들을 좇았다.

—•—

나는 도시에서 가져온 식품들을 창고에 부려놓을 때마다 미리 챙겨둔 보따리를 투투에게 몰래 건넸고 그가 아랫마을로 가져갔다. 내가 투투와 다리를 건널 때 사내들이 눈알을 좌우로 굴리며 슬그머니 뒤를 밟았다. 그중 한 명은 낯이 익었다. 윗마을 추장의 심복이었다. 키가 크고 턱이 각진 데다 콧방울이 유난히 큰 그는 인상이 험악했다. 눈빛마저 음흉해 보이는 그가 자주 내 주변을 서성거렸다. 그를 피하고 보는 게 상책일 듯했다. 발을 재게 놀려 사내와 멀찌감치 멀어질 때쯤 투투가 내 옆구리를 쿡 찔렀다.

"사람들이 저 친구를 후루루라고 불러요. 잘 봐두세요."

후루루는 꼬리가 길고 깃털이 화려한 새의 이름이기도 했다. 공작새를 닮은 수컷은 머리에 벼슬을 이고 거추장스런 꼬리 깃털을 끌고 다녔는데 그 때문에 눈에 잘 띄었다.

"깃털이 화려해야 암컷을 유혹하니까요."

투투는 후루루에 대한 인상을 수새의 탐욕스런 습성으로 귀결 지었다. 투투가 후루루의 음험한 눈빛을 떠올리는 모양이었다. 왕성한 식욕이 제 유전자를 남기기엔 효과적일 것이었다. 수새는 굼뜨고 멀리 날지도 못했다. 욕심껏 먹어댄 결과일 터, 원주민들에게 좋은 사냥감이었다.

"덩치를 키워야 수컷들 사이에서 돋보이겠지?"

내가 맞장구를 쳤다. 추장의 곁에서 호가호위하던 그에게서 나도 범상치 않은 의지를 엿보았던 터였다. 인류의 역사는 화려한 욕망의 끝을 추락으로 증명한다. 자신의 무게 때문에 날지 못하는 새가 본보기였다. 후루루…, 왠지 그에게 잘 어울리는 이름이라는 생각이 들었다.

—•—

투투가 바쁠 땐 나나가 나를 위해 심부름을 대신했다. 나는 그녀에게 영어를 가르쳐볼까도 생각해봤지만 이내 고개를 저었다. 그녀가 너무 똑똑해지면 화근이 될지도 몰랐다. 그녀가 영어를 배우면 문자를 터득할 것이고 글을 읽다보면 내 업무상 비밀도 누설되기 십상이었다. 그녀가 내 기록물에 관심을 가질 건 당연지사였다. 나는 전기 없는 곳에서 무용지물이 된 노트북 컴퓨터 대신 수첩을 사용했다. 그녀의 문맹은 나와 계급의 격차를 유지시키는 효과적인 장치였다.

생김새와 달리 나나는 영리했다. 급할 때 나도 모르게

튀어나오는 한국어를 제법 잘 알아듣곤 했다. 보디랭귀지에도 빠르게 적응했다. 기본적인 역할엔 기본적인 소통 방식이면 족했다. 그럼 된 거였다. 오히려 나는 나나한테 원주민 언어를 배우기 시작했다. 그들의 말을 익혀두면 사업에도 도움이 될 뿐 아니라 그들을 관리하는 데도 효과적일 성싶었다. 안 그래도 그녀는 내게 뭔가 기여하고 싶은 눈치였다.

나나로부터 배운 인사말들을 길에서 만나는 마을 사람들에게 슬쩍 던져보았다. 반응은 예상 밖이었다. 먼발치에서 나를 발견하고 오던 길을 바꾸던 사람들이 내가 먼저 인사를 하면 웃으며 다가왔다. 특히 아이들이 나를 따라다니며 내가 던진 단어를 복창했다. 통하는 거였다. 그냥 말이 아니라 감정이 통했다. 내가 그들의 언어를 다양하게 시험할수록 그들은 한 꺼풀씩 경계를 풀었다.

나는 목표를 세우고 가능성에 은근히 기대를 걸었다. 시간이 흐르면 투투를 제쳐놓고 직거래를 하리라. 그렇잖아도 그에게 일일이 물어보고 한 걸음씩 내딛는 절차가 거추장스럽던 참이었다. 추장에게 긴 설명을 해도 종종 꼬리 잘린 문장이 건너가는 듯싶었다. 내 비즈니스에 투투가 그다지 흥미를 느끼는 것 같지도 않았다. 조만간 내 물건을 살피며 자기들끼리 수군거리던 말들이 내 귀에 들어올 터, 그들이 함부로 나를 속이지도 못할 것이다.

말 배우기는 나나를 내 곁에 묶어둘 좋은 구실이었다. 그녀가 내게서 멀어지면 나에 대해 불리한 소문을 퍼뜨릴까 은근히 염려되었다. 알려진 비밀도 때로는 감추는 게 신상에 이로운 법, 내 영업 비밀을 부러 노출할 이유는 없었다. 나는 영문으로 깨알같이 적어둔 수첩을 침대 밑 가방 속에 꼭꼭 숨겼다. 공장에서 영업 장부를 보관하던 습관이었다. 주문량과 생산량은 물론이고 원피의 품질 등급도 그 속에 기록했다. 도시에서 구입한 무기의 종류와 수량 납품일, 납품 단가에 따른 수입과 지출 내역도 빼놓지 않았다. 향후 기간별 판매 목표는 도표로 그려 놓았다. 그 옆에 비고란을 따로 만들어 발주자의 인상착의를 적어두는 일도 잊지 않았다. 그 방식은 아랫마을 추장의 심복들을 기억하는 데 특히 유용했다. 그들과 느닷없이 맞닥뜨린 날의 기록은 이랬다. '두 남자. 험악한 인상. 머리에 붉은 깃털. 푸른 깃털의 윗마을 병사들과는 구별됨.' 나는 수첩을 꺼내 해를 넘긴 흔적을 더듬었다. 아랫마을 추장과 첫 거래를 트던 기억이 돋을새김으로 지면을 빠져나왔다.

곱게 다듬은 악어가죽을 싣고 윗마을을 떠나 도시로 나올 때였다. 두 번의 납품을 맞춰준 뒤 나는 자신감에 들떠 있었다. 물살을 타고 반시간쯤 내려왔을까. 물길이 좁아지는 병목에서 창을 치켜든 사내 둘이 카누를 타고 다가와 보트 앞을 막아섰다. 그들의 머리에 꽂힌 빨간 깃털 장식이 강바람을 탔다. 아랫마을에서 보낸 전사들임을 직감했다. 나보다 한 뼘이나 큰 키와 악어 문신을 새긴 어깨 근육에서 호전성이 물씬 풍겼다. 그냥 밀고 나갈까 하다가 엔진을 껐다. 그들의 몸짓이 공격적으로 보이지 않았고 뭔가 할 말이 있는 것 같았다. 그들의 창끝을 따라 모래톱에 배를 붙였다. 나는 긴장을 누르고 표정 관리에 신경을 썼다. 그들이 길쭉하게 감싼 바나나 잎을 조심스레 벌려 물건을 꺼냈다. 강을 건너가 피맛을 본, 눈에 익은 정글칼이었다. 그들이 칼을 앞에 두고 손가락을 폈다 오므리기를 반복했다. 퍼뜩 투투의 말이 떠올랐다. '이들은 숫자 개념이 허술해요.' 언젠가 추장이 손가락으로는 부족했는지 발가락까지 만져가며 내게 주문을 했었다. 이번엔 아랫마을의 추장이 자신의 호위무사를 보내 내게 교역을 청하는 거였다. 나는 보트의 창고를 열어 악어가죽을 보여주었고 그들은 고개를 주억거렸다. 계약이란 굳이 형식을 갖춘 공통 언어와 서류 따위를 필요로 하는 게 아니었다. 칼은 누가 구입하든 상관없었다. 무기란 어차피 사용자의 심성과 욕망에 따라 춤추는 물건이었다.

—•—

차상무로부터 밀린 납품 대금을 받은 건 이쪽에서 원자재를 세 번이나 더 보낸 뒤였다. 가까이 지내던 교민에게서 빌린 원리금 합계가 감당할 수준을 넘어서던 참이었다. 독촉을 해볼까, 그간에도 도시로 나올 때마다 수첩에 적힌 차상무의 휴대폰 번호를 노려보며 수없이 내 인내심을 시험했었다. 납품 대금을 미루는 건 차상무의 영업 스타일이었다. 물건 받는 즉시 완납해준다는 그의 장담은 흘려듣는 게 정신 건강에 좋았다. 그는 완성품을 팔아 돈을 챙긴 뒤에도 아웃소싱을 준 하청업체 사장들에게 우는 소리부터 해댔다. 물건이 팔리지 않아 죽을 지경이라는 거였다. 그의 빤한 레퍼토리에 속을 위인은 없었지만 그렇다고 대놓고 화를 내는 사람도 없었다. 그는 갑이었고 그에게서 돈을 받으려면 납작 엎드려야 했다. 거래를 끊을 거냐는 협박이 나오기 전에 다들 꼬리를 내리곤 했다. 그때까지만 해도 나는 차상무 쪽에 서 있었다. 이제 나는 맞은편에서 그를 상대해야 했다.

나는 계좌에 새로 찍힌 숫자를 확인하며 전의를 불태웠다. 꼬리가 10프로나 잘려 들어왔지만 그게 어디냐 싶었다. 거래선을 붙잡아두는 조치려니 했지만 그에게 삥을 뜯길 가능성도 없지 않았다. 그렇잖아도 단가 후리기와 꼬리 잘라먹기는 그의 주특기였다. 내가 보내준 원피 한 장이면 고급 핸드백 두 개와 때깔 좋은 지갑을 덤으로 만들 수 있었다. 그중 악어의 얼굴 부위로 만든 가방은 천만 원을 호가할 것이었다. 내가 공급가를 조금은 더 올려도 무방할 터였다.

멋대로 결제를 미루지 못하게 닦달도 할 겸 차상무에게 전화를 걸었다. 품질과 단가에 어지간히 자신이 있었다.

"아이고 상무님, 요즘 그놈들이 씨가 마르는지 물건이 귀해요. 보내달라는 데는 많고 흐흐."

말이야 그렇게 했지만 기실 거래선을 바꿔 신뢰를 새로 쌓을 엄두가 나지 않았다. 그래봐야 차상무보다 나을 거라는 보장도 없었다. 그나마 속을 아는 구관이 명관이었다.

"이 사람이 갑자기 왜 이래. 올해만 잘 넘기자구. 오리지널 라인을 배로 늘렸는데 원피를 줄이면 여기는 어쩌나. 이번에 자리만 잘 잡으면 새로 입주한 공장을 자네에게 맡길 생각이라니까."

내가 두 번 속을 일 있나, 속으로 되뇌며 차상무의 말을 곱씹었다. 포트모르즈비의 룸살롱에서 폭탄주로 바람을 잡던 차상무의 입이 저만치에서 헤벌쭉 어룽거렸다. 속썩이는 직원들도 없고 노사분규는 잊어도 된댔지. 임금협상도 단체협약 방식으로 정부 차원에서 다 해준다잖아. 월급날 직원들 눈치 볼 일도 없을 것이고. 한꺼번에 넘겨주면 그쪽 당국에서 일일이 나눠준다니…. 내가 발을 담근 원시 공동체에서 비행기로 열 시간이나 떨어진 그 땅에서도 공동생산 균등분배의 원칙이 이루어지나 보았다. 그렇다면 나는 이미 유사한 환경에서 적응 훈련을 마친 전문 경영인이었다. 은근히 가슴이 뛰었다. 보험 하나 들어둔 셈 치기로 했다. 아무튼 기분은 좋았다. 라인을 늘렸단 말이지…. 전의가 충만해진 나는 마을로 돌아가기 전에 한 단계 높은 전술을 구상했다.

—•—

엔진을 끄고 보트를 기슭으로 밀었다. 물건을 싣고 마을로 향하는 길이었다. 풀숲에서 붉은 깃털이 솟았다. 나를 기다리던 두 사내가 보트로 다가왔다. 아랫마을 추장의 전령들이 구면임에도 나는 땀 찬 손바닥을 오그려 쥐었다. 긴장을 풀자. 부러 미소를 흘렸다. 무기는 힘이다. 그것을 내가 갖고 있지 않은가. 내가 그들을 가르치는 위치라는 사실을 되뇌었다. 일주일 전 도시로 나갈 때 그들로부터 받은 주문량부터 재확인시켜 주었다. 정글칼 스무 자루.

나는 거기에 특별 보너스를 하나 얹어주었다. 석궁이었다. 나는 장전과 발사 요령을 가르쳤고 성난 듯 무뚝뚝한 그들이 내 동작을 고분고분 따라했다. 나는 약간의 거드름을 섞어가며 반복 숙달을 지시했다. 힘의 사용법을 가르칠 때 나는 이미 명령하는 자가 되어 있었다. 장전 시범을 보일 때 석궁은 날렵한 곡선으로 팽팽하게 저항했고 나는 물오른 처녀의 매끈한 허리를 끌어당기는 흥분을 느꼈다. 사냥에 활을 사용해온 그들에게 석궁 사용법을 가르치긴 쉬웠다. 명중률과 파괴력에서 내 선물은 그들의 활 따위와 비교가 되지 않았다. 조만간 그들은 내게 석궁용 화살을 주문할 것이었다.

그날 밤 나는 정복자가 되어 있었다. 나나에게 아이를 이웃집에 맡기고 오라고 했다. 그리고는 석궁을 장전하던 흥분으로 그녀를 거칠게 품었다. 그녀는 순종했고 나는 그녀의 몸속으로 거침없이 들어갔다. 그녀가 소리를 냈다. 남자의 고조된 흥분에 맞춰주는 장단이었고 훈련받은 추임새였다. 그녀에게는 섹스 파트너에 대한 예의였지만 내겐 집중력과 성감을 떨어뜨리는 소음이었다. 밖에 인기척이 없는데도 나는 그녀의 입을 손바닥으로 막았다. 실인족, 마을에서는 아무도 남의 애정 행각에 관심을 두지 않았다. 남녀상열지사는 자연의 이치였고 연애 또한 자유로웠다. 처녀총각들은 누구에게도 속해 있었고 누구의 것도 될 수 없었다. 나는 여느 때처럼 콘돔을 사용하는 걸 잊지 않았다. 뱀과 모기가 들끓는 원시림에 자손을 남기고 싶지 않았다. 나나는 내 행동을 이해하지 못했다. 그녀가 울었다. 하지만 나는 방법을 바꿀 마음이 없었다.

묘하게도 그녀의 몸에서 역한 냄새가 나기 시작했다. 몸에 발라 모기를 쫒는 스프레이 제품에서 맡던 풀냄새와 비슷했다. 뭔가를 밀쳐내는 냄새…. 그녀에 대한 거부감이었다. 내 후각을 건드린 그 냄새의 첫 진원지는 그들의 주식인 얌이었다.

내가 도착한 첫날 저녁 그들이 벌인 환영식에서였다. 긴 고구마처럼 생긴 뿌리를 얇게 자를 때까지는 아무런 문제도 없었다. 단초는 얌 조각 사이에 넣는 재료에 있었다. 그들은 썩은 나무를 후벼 끄집어낸 벌레를 불에 구운 얌에 곁들였다. 특식이었다. 어른의 가운데 손가락만 한 애벌레가 쪼갠 얌 위에서 하얗게 꿈틀거리다 사람의 입속으로 들어갔다. 그들이 그것을 씹으며 흡족한 미소를 흘렸다. 애벌레 속에서 나오는 녹색의 진액이 맛있는 모양이었다. 백인들이 샌드위치 속에 쏘시지를 넣어 먹는 모습과 흡사했는데도 나는 돌아서서 구토를 했다. 역겨운 냄새가 애벌레에서 나온 것인지는 분명치 않았지만 그 뒤로 나는 그 냄새를 애벌레와 한데 묶어 연상하곤 했다. 그런데 그 냄새를 다시 나나에게서 맡은 것이었다.

나는 거부감의 또 다른 원인을 내 안에서 발견했다. 그녀가 추장의 여자였다는 점과 그녀가 딸의 아비를 모른다는 사실이 못내 불쾌했다. 왼쪽 젖가슴 위의 악어는 첫날부터 눈에 거슬렸다. 추장의 짓이었다. 피부를 긁어 만든 악어 문양은 추장 근위병들의 가슴과 어깨에도 붙어 있었다. 소속을 분명히 해두려는 거였다. 사내들에게는 계급이고 훈장이었으나 붙잡혀온 나나에겐 가축의 궁둥이에 찍힌 낙인과 다를 게 없었다. 말하자면 나는 대나무 통에 남근을 끼운 사내에게서 소유권을 잠시 빌린 셈이었다.

악어 문신이 자꾸만 내 성욕을 쪼그라뜨렸다. 그럴수록 나는 악어를 더 많이 잡아들여 가죽 생산량을 늘릴 궁리를 했다. 나는 나나가 데려온 어린애의 얼굴을 자세히 뜯어보며 늙은 추장과 비교를 했다. 가끔은 아이의 얼굴이 후루루와 겹치기도 했다. 동시에 그곳에서 나나가 내 자식을 낳아 기르는 상상을 했다. 께름칙한 느낌이 소름으로 돋아났다. 문득 내 자신의 이중성이 유치하게 느껴졌다.

내게도 원시에 적응하려는 노력이 없진 않았다. 성과도 있었는데 그중 하나가 비누를 버린 것이었다. 돌이켜보면 나는 지나치게 위생에 집착했었다.

투투의 카누를 타고 들어온 첫날에도 내 배낭 속에는 샴푸에 린스까지 들어 있었다. 다음날 오전, 투투가 핀잔을 주며 나를 개울가로 이끌었다. 여자들이 목욕을 하고 있었다. 홀랑 벗은 여자들이 부끄러워하는 것 같았는데 투투는 오히려 자세히 들여다보길 주문했다. 여자들의 젖꼭지에서 시선을 떼지 못하는 내 얼굴에 그가 손바닥을 바짝 대고 흔들었다.

「어허, 혀엉! 저기 저 물건에만 집중하시죠.」

그녀들이 비벼대는 초록의 이파리 한줌에서 신기하게도 비누 거품이 생겨났다. 그걸 수세미 삼아 그녀들이 온몸을 밀고 있었다. 때수건 겸 비누였다. 나는 투투를 따라다니며 그 식물의 자생지를 찾아내 세밀하게 관찰했다. 비누와 샴푸가 땅속에서 올라오고 있었다. 그 후로 말라리아에 쓰는 이파리와 배탈 설사에 먹는 뿌리도 숲에서 발견했다. 설탕과 소금 대용품도 찾아내긴 했지만 적응이 쉽지 않았다. 원시는 꿈속에 있었고 나는 문명인이 되돌아갈 수 없는 거리만 재확인했다. 도시에 머물다 마을로 돌아갈 때가 되면 나는 화장지와 치약 라면 필기도구 등을 구입했다. 삽이나 드라이버와 같은 공구도 챙겨서 보트에 실었다. 군대에서 배운 야전 수칙이었다.

마을 사람들은 대변을 보고 뒤처리를 하는 방식도 나와 달랐다. 그들은 네팔이나 인도인처럼 반드시 물로 씻었고 왼손만을 사용했다. 아침이면 광장 뒷산에서 흘러내려오는 개울 속에 들어가 본능을 배설했다. 그 시간만은 남녀노소의 구분이 없었다. 물줄기를 따라 줄지어 쪼그려 앉아 엉덩이를 담근 모습이 우스꽝스러웠다. 그들은 좌우로 얼굴을 돌리며 담소를 나누기도 했다. 몸에서 나온 것들은 강으로 떠내려가 물고기의 먹이가 될 터, 대자연의 순환에 맡기는 방식이었다. 그들 중 나의 사생활에 관심을 둔 자는 내가 그 부분을 어떻게 처리하는지 몹시 궁금할 법도 했다. 나는 문명인의 때를 쉽사리 벗겨내지 못했다. 숙소 밑 구석진 곳을 정해 기둥에 천막을 묶고 땅을 팠다. 간이 화장실이었다. 마을에 들어온 날 제일 먼저 해치운 작업이었다.

—•—

내가 등을 돌릴수록 나나는 나의 씨앗을 얻고 싶어 했다. 간간이 나는 그녀에게 욕정만을 처리했다. 그때마다 그녀의 흐벅진 두 다리 사이에서 그 냄새가 애벌레처럼 꿈틀거렸다. 결국 그녀의 얼굴을 끌어내려 내 샅에 묻었고 정점에 다다르자 그녀의 입속에 난사해버렸다. 그녀는 나의 배설 도구로 전락하고 있었다. 미안한 마음이 들수록 그녀에 대한 거부감도 깊어갔다. 그것은 내가 노회한 추장을 싫어하는 것과 맥을 같이했다. 그녀에게 어룽거리는 추장의 흔적을 떼어내기가 쉽지 않았다. 그녀는 여전히 투투를 따라 아랫마을 작업장으로 출근했고 밤에는 전보다 더 자주 울었다.

내가 가져온 생필품이 내 숙소에서 나도 모르게 조금씩 자취를 감췄다. 나나의 짓이었다. 그걸 도둑질이라곤 할 수 없었다. 부부별산제는 통하지 않는 사회였다. 그녀가 물건을 아랫마을 작업장으로 가져가는 것 같았다. 투투가 알고 있을까. 아니면 그녀도 비밀리에 뭔가를 계획하고 실행하는 중일까. 나는 수첩을 바꿨다. 영업일지에 한글이 늘었다. 투투가 보면 안 되는 내용이 많았다.

내 물건에 축이 난 밤이면 나나를 거칠게 다뤘다. 그녀를 이해 못 할 건 아니었으므로 손버릇을 나무라는 대신 나는 평소와 다른 체위를 요구했다. 문명인의 소유욕이 보상 심리로 작동한 것이었다. 그녀는 마지못해 응하다가도 갑자기 돌아눕곤 했다. 나는 채우지 못한 욕정을 움켜쥐고 안절부절못했다. 정면으로 나를 응시하는 그녀의 눈길이 싸늘했다. 위스키로 병나발을 불다 그녀의 뺨을 후려친 날부터 그녀가 더 이상 울지 않았다. 묘하게도 그녀는 나를 떠나지 않았고 여전히 물건들이 조금씩 사라졌다. 나는 나날이 진지해지는 그녀의 표정이 부담스러웠다.

투투가 내게 경고를 날렸다.

"도시의 물건을 부족민들 앞에 함부로 꺼내 보이지 마세요."

말투야 부드러웠지만 뼈가 있었다. 나는 움찔했다. 그가 아편 운운하며 고개를 절레절레 흔들었다. 자기도 몹시 조심스럽게 사용한다고 했다. 문명의 찌꺼기들은 인화성과 파급력이 강해 어떤 폭발을 일으킬지 모른다는 것이었다. 나는 그가 추장에게 위스키를 전달하면서 무슨 생각을 하는지 궁금했다. 그가 아랫마을로 가져간 설탕과 소금 등이 어떻게 분배되는지도 나의 관심사였다. 아편이라…, 모든 마약이란 잘 쓰면 보약이고 잘 못 쓰면 독이 된다. 이곳에 들여온 문명의 배설물을 누가 어떤 용도로 사용케 할 것인가. 나는 강을 내려다보며 양측의 수뇌부를 이용할 꼼수를 뾰족하게 다듬었다.

—•—

예상이 적중했다. 매끈한 화살이 강을 넘어왔다. 아랫

마을에서 석궁을 날린 모양이었다. 마을 분위기가 어수선했다. 날카롭게 반짝거리는 금속 촉을 처음 만져본 윗마을 추장이 살기를 느꼈을 것이었다. 이윽고 대응 훈련이 시작되었다. 광장에 군사들이 모였다. 족히 50명은 되었다. 어깨와 가슴에 악어 문양을 새기고 얼굴에 하얀 분칠을 한 정예 부대였다. 그들이 강변으로 발을 맞춰 달려갔다. 함성이 들려왔다. 시위만 하고 말겠지 싶다가도 저러다 정말 전면전이 벌어지면 어쩌나 걱정스러웠다. 양쪽에서 또 얼마나 많은 사람들이 쓰러질 것인가. 운이 나쁘면 나도 다치지 않으리라는 보장이 없었다. 에이 설마, 굿이나 보고 떡이나 먹으면 되지 뭘, 했다. 나는 숙소로 되돌아갔다.

잠시 후 밖에서 웅성거리는 소리가 들렸다. 투투가 달려와 전해준 것은 믿기 힘든 소식이었다. 윗마을 추장이 죽었다는 거였다. 군사 훈련 중 어깨를 스쳐간 화살에 거품을 물고 사지를 떨다 숨이 끊어졌다고 했다. 촉에 독을 바른 화살이었다. 양측이 으르렁거릴수록 무기의 성능은 고도화되기 마련이었다. 아랫마을의 신무기에 맞서 윗마을에서는 독화살을 준비한 듯했다. 자기편이 쏜 화살에 추장이 맞은 것이었다. 범인은 병사들 사이에 숨어 있었을 터, 하지만 함성과 동시에 발사된 화살이 누구의 것인지 알아내긴 불가능해 보였다.

우는 사람과 수군거리는 자들이 광장에 함께 모여들었다. 마을의 원로들이 카카오나무 아래 모였다. 사고 수습과 장례식 준비가 동시에 진행되었다. 장례는 몇 사람의 노인이, 사고 수습은 후루루가 맡았다.

다음날 아침 광장에 병사 한 명이 끌려나왔다. 후루루와 그의 측근들이 끌려온 병사에게 오발 사고의 책임을 물었다. 군중에 둘러싸여 그는 채찍을 맞고 마을 뒷산으로 쫓겨났다. 유배형이었다. 고의성 없음이 인정되어 사형만은 면한 조치였다. 두 손이 묶인 채 끌려가는 몸뚱이가 피투성이였다. 그는 영영 마을로 되돌아올 수 없다고 했다. 속전속결이었다. 나는 어떻게 범인을 색출해냈는지 몹시 궁금했다. 투투도 고개를 갸웃거렸다. 불안해진 민심을 가라앉히려고 저항하기 어려운 자를 지목한 것 같았다.

"저 몸으로 숲속에서 며칠이나 견디겠냐."

"그러게요."

혀를 차는 내게 투투가 힘없이 대꾸했다. 손을 써볼 수 없는 자신의 무력감을 탓하는 얼굴이었다.

그 병사는 연고자가 나타나지 않았다. 가족이 오래전 아랫마을로 쫓겨났고 혼자 살아남았다고 했다. 그는 후루루의 직속 부하였다. 투투는 그가 우직하고 순진한 친구였다고 했다. 내 상상력이 불현듯 후루루에게 옮겨 붙었다. 그렇다면…. 원시사회도 인간의 머릿속이 복잡하긴 마찬가지였다. 협잡 증오 질투 음모와 배신 합종연횡 등, 문명사회의 온갖 셈법이 그곳에도 있었다. 처한 환경이 다를 뿐 지능에도 차이가 없었다. 어릴 때 뉴욕으로 데려다 문명을 익혀주면 그들 역시 의사도 되고 변호사도 되며 음흉한 정치인도 될 것이었다.

—•—

추장의 장례식이 엄숙히 이뤄졌다. 떠오른 해가 카카오 이파리에서 이슬을 거둘 무렵이었다. 원로들이 넓적한 이파리로 둘러싼 시체를 광장에 내놓고 마을 사람들을 모았다. 사람들이 시체 주위를 돌며 통곡을 했다. 아이들이 슬픈 곡조를 따라 불렀다. 원로들이 앞장서 산에 오르고 젊은 사내들은 시신을 메고 뒤를 따랐다. 나는 느리게 이동하는 무리의 꽁무니에 따라붙었다. 중턱에 이르자 갑자기 길이 좁아졌다. 가운데가 수직으로 갈라진 거대한 바위 앞에서 행렬이 멈춰 섰다. 한 사람이 어깨를 좁혀 겨우 지나갈 길목을 시신을 지고 빠져나갈 모양이었다. 그 너머 오른편은 낭떠러지, 바위 절벽의 허리춤을 쪼아 길을 낸 흔적이 아슬아슬했다. 관례인 듯 마을 사람들이 발길을 돌렸다. 좁은 바위틈이 이승과 저승을 가르는 관문이었다. 그쯤에서 나도 뒤따르던 호기심을 접어야 했다.

저녁 무렵 원로들이 되돌아왔다. 광장에 다시 사람들이 모여들었다. 원로들이 되가져온 조그만 보따리가 열렸다. 살을 깔끔히 발라낸 뼛조각이 들어 있었다. 살덩이와 대부분의 뼈는 산짐승의 먹이로 던져주고 온 모양이었다. 곁에 서있던 투투가 내 얼굴을 살피며 한마디 던졌다.

"인간의 피와 살도 자연에서 얻은 것이니까요."

그렇게 얻은 것들을 원래대로 돌려주는 행위로 이해했으나 느닷없이 거북한 냄새가 광장을 떠다녔다. 나나에게서 맡았던 풀내였다. 구경 나온 사람들은 마치 벼룩시장에서 진기한 물건을 보는 얼굴들이었다. 군중 사이로 끼어드는 개들을 쫓으며 투투가 내게 귓속말을 했다.

"추장의 손입니다. 여기서는 죽은 자의 손을 얻으면 힘도 물려받는다고 믿어요."

나는 추장의 자리를 누가 물려받을지 맞출 수 있었다.

이틀 후 원로들이 사람들을 다시 모았다. 나는 광장에서 나의 통찰력을 확인했다. 후루루가 깃털 모자를 쓰고 큰 키를 세웠다. 열병식이 거행되었다. 길고 하얀 깃털이 바람을 타고 진저리를 쳤다. 하늘의 기운이 그것을 통해 자신의 정수리에 내려앉는다고 믿는 걸까. 하얀 얼굴을 가진 선지자가 나타나 자신들을 이끌어줄 거라는 신앙이 여전히 살아 있는 모양이었다.

노인들 다섯이 일렬횡대로 후루루 앞에 섰다. 그들도 머리띠에 하얀 깃털을 꽂았지만 추장의 것보다 초라했다. 추장의 깃털은 머리를 빙 둘러 촘촘히 박혀 있었고 노인들의 것은 두 개씩에 불과했다. 연장자인 듯한 노인이 실에 꿰어 한 벌로 맞춘 '전임자의 권위'를 그의 목에 걸어주었다. 투투가 내게 원로의 연설을 통역했다.

"추장 자리가 비어 있는 날이 길어지면 위험합니다. 적이 언제 쳐들어올지 모릅니다. 새 추장에게 힘을 몰아줍시다."

어디선가 자주 듣던 패턴이었다. 나는 후루루의 미소

를 처음 보았다. 흡족한 얼굴의 그는 더 이상 심복이 아니었다. 새로운 권력의 탄생이었다.

후루루가 투투를 대동하고 내 숙소를 찾아왔다. 추장이 된 지 사흘 만이었다. 그가 내게 거래를 청했다. 죽은 추장을 곁에서 지키며 전임자의 행동을 낱낱이 보고 익혔던 그였다. 역시…, 후계자다웠다. 나는 석궁 하나에 품질 좋은 악어가죽 열 장씩을 제안했다. 단가 후려치기라면 타의 추종을 불허하던 차상무가 내 귀에 속삭이고 있었다. '밟아보고 물렁하면 더 세게 밟는 거야.' 그 순간 내 머릿속에서 계산기가 빠르게 돌았다. 후루루가 끄덕이기만 하면 나는 열 대의 석궁을 납품하고 수십 배의 차익을 챙길 수 있다. 무기는 공격용인 동시에 방어용이다. 새로운 무기에 대한 기대는 자신이 상대보다 한 수 위라는 믿음을 심어준다. 그것은 상대방이 감히 자신을 공격할 수 없을 거라는 믿음과도 같다. 그러나 그 안도감은 결국 힘의 균형이 깨지는 걸 전제로 한다. 그것은 내 사업의 성공으로 이어진다. 나는 더욱 진화된 무기로 새롭게 평형을 맞춰줄 궁리를 했다.

깊은 눈을 껌벅이던 후루루가 내게 조건을 걸었다. 아랫마을에는 절대로 석궁을 팔지 말라는 거였다. 옆에서 통역하던 투투가 심각한 표정으로 나를 바라보았다. 무언의 압박이었다. 둘은 이미 합의가 된 모양이었다. 나도 조건을 달았다. 그걸로 아랫마을을 공격하지 않겠다는 약속이 필요했다. 그들에게 나는 평화의 메신저여야 했고 전면전은 내게도 재앙이었다. 젊은 노동력들이 싸움에 내몰리면 결국 내 사업도 끝이었다. 내겐 잘 굴러가는 양측의 작업장이 필요했다.

—·—

염려가 현실로 다가왔다. 후루루가 석궁을 받자마자 군사 훈련에 돌입했다. 새로 권력을 잡은 실력자가 자신의 힘을 과시하고 충성을 유도하는 행사였다. 구성원들에게 긴장감을 불어넣는 방식은 고래로 유효한 것이었다. 전임자의 측근들이 후루루 주위에 보이지 않았다. 후루루가 병력을 재배치한 것이었다. 달라진 게 하나 더 있었다.

어느 날부턴가 그가 병사 한 명을 내 집 앞에 세웠다. 뜬금없었지만 돌려보내기가 뭐했다. 후루루에게 다녀온 투투는 어색한 웃음으로 추장의 선물이라고 설명했다. 병사가 내 앞에서 한쪽 무릎을 꿇고 창을 세워 바닥을 찍으며 뭐라고 외쳤다.

"신변 보호를 해드리겠답니다."

투투가 양 어깨와 손바닥을 멋쩍게 들어 올리며 통역을 했다. 전임자는 여자를 보내더니 이번엔 경비병을 배치한 거였다. 그때까지 나는 마을 안에서 그다지 신변의 위험을 느껴보지 않았으므로 경비병의 임무를 즉각 눈치챘다. 내가 후루루를 요주의 인물로 찍었듯이 그 역시 나를 감시 대상으로 찍은 것이었다. 졸지에 경호원을 두게 되었지만 여전히 내 물건은 알게 모르게 축이 났다. 나나가 꾸준히 자신의 세를 넓히는 모양이었다. 여자도 웃통을 드러내는 마을에서 가슴에 새겨진 나나의 신분을 모를 리 없지만 선심 앞에서 누가 거리를 두겠나 싶었다. 그렇잖아도 최근의 홍수로 배급량이 줄어 두 마을의 민심이 전 같지 않다는 소문을 듣던 참이었다.

그러던 중 손가방 속에 넣어둔 수첩 한 권이 사라졌다. 영문으로 꼼꼼히 기록해둔 영업일지였다. 나는 몇 달 전부터 수첩을 바꿔 한글로 적고 있었으므로 그 영문 수첩에 관심을 두지 못했었다. 언제 잃어버렸는지도 가늠할 수 없었다. 회색 서류 가방은 여전히 침대 밑 위스키 상자 옆을 얌전히 지키고 있었다. 내 숙소에 외부인의 흔적은 없었다. 나나를 추궁해볼까 하다가 관뒀다. 내용을 읽을 줄 아는 유일한 인물이 떠오르기도 했지만 나는 긁어부스럼을 염려했다.

—•—

후루루가 점점 규모를 늘리더니 연일 백 명이 넘는 병력을 이끌고 강가로 나갔다. 회반죽으로 온몸에 해골 무늬를 그린 사내들이 소리를 지르며 과녁을 향해 늘어섰다. 그들은 열 명씩 교대로 활시위를 당겼다. 나무둥치에 그려놓은 동그란 과녁에 화살들이 박혔다. 그때마다 파르르 떨리는 꼬리 날개에서 나는 그들의 증폭되는 공격본능을 느꼈다. 고의성이 의심되는 화살들이 강을 넘어갔다. 그래 맘껏 쏴라. 회수할 수 없는 소모품들은 늘어난 주문량으로 내게 보답해줄 것이다. 내 상술이 예정된 코스를 달리고 있었다.

아랫마을 사람들도 반대편 강변으로 모여들었다. 좁은 강폭을 사이에 두고 양측은 함성을 주고받았다. 나는 서로의 험악한 표정까지도 어림짐작할 수 있었다. 후루루는 허공에 주먹을 휘두르며 병사들을 독려했다. 당장에라도 강을 건너 쳐들어갈 것 같았다. 터질 듯한 긴장이 주변의 공기를 팽팽하게 압축시켰다. 투투는 후루루를 말리느라 진땀을 뺐다. 눈들이 투투에게 몰렸다. 후루루가 이윽고 병사들을 뒤로 물렸다. 멀리서 구경하던 사람들이 투투에게 박수를 치며 환호를 보냈다. 후루루가 씩씩거리며 투투를 쏘아보았다. 투투는 몹시 곤혹스러운 얼굴이었다.

숙소로 돌아온 나는 장고에 들어갔다. 걱정은 상상력을 가진 인간의 본능이다. 걱정 많은 대중은 호전적인 지도자 밑에 모여들고 지도자는 다시 불안과 증오를 조성한다. 증오가 없으면 공포도 없다. 불안한 자들은 상대를 믿지 못하므로 무장을 하고 상대의 몰락을 원한다. 그러므로 평화는 군비 경쟁 앞에서 무력하다. 장기간의 교류로 이익을 공유하며 서로를 믿게 할 수 없다면, 힘으로 균형을 맞춰 서로를 두려워하게 만들자. 전자가 진짜 평화라면 후자는 짝퉁이며 전쟁의 유보에 불과하다. 장고의 끝이 결심을 재촉했다. 나는 짝퉁을 선택했다. 무기의 진화에 맞춰 새로운 비즈니스 전략을 세워나갔다.

—·—

도시로 내려가는 날, 나는 약속된 장소에 다시 배를 붙였다. 아랫마을 사내들이 덤불 뒤에서 낯익은 모습을 드러냈다. 그들이 물건 두 뭉치를 갑판에 부려놓았다. 잘 손질된 악어가죽 200장이었다. 석궁을 주문하는 거였다. 윗마을과 가격을 맞춘다면 스무 대를 납품해주면 될 것이었다. 나는 고개를 저었다. 우선 윗마을과의 약속을 지켜야 했다. 그들의 얼굴에 잠시 혼란과 갈등의 빛이 스쳤다. 그들이 내 배 안으로 손을 뻗어 원피 뭉치를 다시 집어 들었고 나는 손바닥으로 물건을 누르며 여유 있는 미소를 지어보였다. 그간의 거래가 효력이 있었다. 막연하게나마 그들이 나를 믿어주는 것 같았다. 후루루가 던진 교역 조건이 퍼뜩 뒷목을 찔렀다. 나는 재빨리 잔머리를 굴렸다. 석궁만 아니면 되잖아.

선착장에 배를 정박하고 물건을 소형 트럭으로 옮겼다. 인천행 국제 특송으로 원피를 실어 보냈다. 홀가분한 마음으로 끼어든 도시의 뒷골목은 여전히 시끌벅적했다. 내게 석궁을 팔던 중국인 총포상에 들어갔다. 엽총을 보여 달라고 했다. 총열이 긴 모델로 두 정을 골랐다. 총소리는 클수록 좋았다. 몸에 박히는 탄환보다 때로는 소리가 더 위협적일 것이었다. 총기 소유 등록을 해야 한다는 말에 나는 웃돈을 던져주었다. 총포상을 나와 식료품 상점에 들렀다. 보따리들을 트럭에 옮겨 실었다. 시내로 들어올 때 맡겨둔 공예품과 맞바꾼 생필품이었다. 부두로 나왔다. 통나무 카누를 저어 오를 땐 꼬박 닷새를 잡아먹던 물길이 신형 모터보트로는 이틀도 걸리지 않았다.

섬이 점점 커졌다. 폭이 좁아진 강가의 숲에서 붉은 깃털이 어김없이 나타났다. 그들은 총을 처음 보는 것 같았다. 개머리판을 머리에 두드려보기도 하고 총구에 눈을 대고 안을 들여다보기도 했다. 나는 온몸을 동원하여 아랫마을 추장에게 전달될 사용법을 설명했다. 해를 넘기며 배운 원주민 언어도 몇 마디 섞었다. 방아쇠는 함부로 당기지 말 것을 신신당부했다. 천둥이 내리칠 거라는 경고도 잊지 않았다. 두 사내가 미간을 바짝 조였다. 눈앞에 놓인 쇠막대기 두 개가 악어 200마리와 바꿀 만한 가치가 있는지 의심과 불안이 교차하는 눈빛들이었다. 그 많은 악어를 잡아 손질하는 데 몇 달이 걸렸을 것이었다. 섬 안의 노동력을 몽땅 동원했을지도 몰랐다. 그 순간 윗마을 추장이 악어를 잡아들이던 장면이 빠르게 눈앞을 스쳤다.

그날은 첫 거래를 튼 뒤라 호기심이 더했다. 추장이 급조한 작업장으로 발걸음을 재촉했다. 산 짐승의 가죽을 벗기는 현장은 내게도 처음이었다. 입구에서부터 피비린내가 코를 찔렀다. 통나무로 지붕만 겨우 받쳐 놓은 공간에 삼각대처럼 세운 막대기가 눈높이로 줄지어 있었다. 원주민들은 강에서 끌어올린 악어를 몽둥이로 때려 기절시킨 다음 주둥이부터 묶었다. 그들은 검은 돌멩이를 깨뜨려 연장으로 사용했다. 예리하게 잘린 단면이 유리 조각처럼 반짝거렸다. 그들은 돌칼의 뭉툭한 부분을 움켜쥐고 날카로운 예각으로 짐승의 뒷목을 베었다. 피를 먼저 뽑아내는 과정이었다. 삼각대에 매달린 기다란 몸뚱이에서 붉은 액체가 한참동안 흘러내렸다. 그들은 다시 목 부분을 고리처럼 잘라내 가죽을 꼬리까지 벗겨 내렸다. 목 밑으로 갑옷을 벗은 살덩이가 죽지 못해 하얗게 꿈틀거렸다. 강으로 이어진 도랑 끝에 여러 개의 웅덩이가 있었다. 거기서 곧 무두질이 시작될 모양이었다. 나는 불현듯 구토증을 느꼈다. 슬그머니 그곳을 빠져나왔다. 그러거나 말거나 살을 발라낸 가죽은 부드럽고 습기에 강한 원자재로 재탄생할 것이었다. 교역량이 늘어난 뒤, 윗마을 강변을 지나다 흘낏 바라본 추장의 작업장은 규모가 커져 있었다. 스며든 피가 엉겨 붙은 흙바닥이 거무죽죽했다. 덜 굳은 액체가 그 위로 층을 만드는 중이었다. 아랫마을의 현장도 크게 다르지 않을 터였다.

나는 붉은 깃털 앞에서 일부러 험악한 표정을 지었다. 의심스러우면 가죽을 도로 갖다 주겠노라고 큰소리쳤다. 그 많은 가죽을 단기간에 모을 자신은 없었지만 협상은 원래 그런 것 아닌가. 나는 손가락으로 내 목을 긋는 시늉을 해보였다. 상대를 안심시키는 최후의 방법이었다. 깃털 두 개의 사내가 고개를 갸우뚱했다. 의심의 눈초리가 내 몸을 뚫고 들어왔다. 짧은 침묵이 깔렸다. 모든 동작들이 한 장의 정물화 속에 들어간 듯 멈췄다. 사내가 보트 바닥에 내려놓았던 창을 집어 들었다. 자신들의 추장을 설득할 자신이 없으면 그들은 주문한 물건 대신 내 목을 가져갈 것이었다. 나는 잽싸게 엽총을 들어올렸다. 장전 시범을 보이던 총알 하나가 그대로 들어 있었다. 내 가슴에 그의 창끝이 닿는 듯했다. 방아쇠를 당겼다. 위로 향한 총구에서 천둥이 울렸다. 창을 떨어뜨린 그가 보트 바닥에 엎드려 이마를 찧었다. 나는 문명의 역사를 잠시 되밟았으나 그들의 눈엔 과학의 위력과 신의 기적이 구별

되지 않을 터였다. 바닥에 엎드린 두 사내가 손바닥을 위로 올려 부들부들 떨었다. 총알은 아홉 개를 줬다. 열 개들이 한 박스에서 남은 거였다. 총과 함께 구입한 스무 박스는 보트 갑판을 뜯어낸 비밀 창고에 숨겨두었다. 소모품은 조금씩 따로 파는 게 상술이니까.

언제나처럼 내 보트 주변으로 아이들이 모여들었다. 그중 몇이 뱃머리에 올라앉은 악어 장식을 만져보았다. 나 자신을 포함해 내 물건은 뭐든지 그들에게 신기한 구경거리였다. 잠시 후 우뢰와 함께 빗방울이 떨어졌다. 그들이 총소리의 위력으로 여길지도…. 우기의 시작이었다.

—·—

한밤중에 소리를 들었다. 나는 그것이 천둥소리와 다르다는 것을 즉각 알았다. 아랫마을에서 신무기의 성능을 시험하고 있었다. 예고 없는 핵실험이 그러하듯 그들도 느닷없는 밤을 골라 공포감을 증폭시켰다. 거푸 세 번을 울린 총소리였다. 무기는 스스로를 시험하게 만드는 힘이 있었다. 방아쇠에 손가락을 댄, 그리하여 무기의 공격 본능을 기어이 확인하고 싶은, 지배자의 욕망이 강을 건너 광장의 어둠을 찢어 놓았다. 그리고 잠잠해졌다. 거기까지였다. 나는 네 번째 소리를 기다리다 잠이 들었다.

날이 밝자 사람들이 강가로 모여들었다. 그들이 수군대며 서로의 얼굴과 맑은 하늘을 번갈아 쳐다보았다. 어젯밤 그 소리의 진원지를 궁금해 하는 것 같았다. 후루루가 석궁으로 무장한 호위병들을 데리고 강가로 나왔다. 오늘도 훈련을 하는 모양이었다. 그들이 나무 둥치에 회칠로 그려놓은 과녁 앞에서 석궁에 화살을 장전할 때쯤, 또다시 총 소리가 달려왔다. 아랫마을 돌산 어디쯤인 것 같았다. 물을 건너 날아온 소리가 광장 뒷산에 부딪혀 메아리로 퍼져나갔다. 앞줄에 서 있던 노인 하나가 엎드리자 강가로 나온 수백 명의 남녀노소가 동시에 무릎을 꿇어 땅바닥에 이마를 박았다. 얼굴을 감싼 손들이 부들부들 떨렸다. 투투가 사람들 앞으로 나섰다. 내가 알아들을 수 없는 말로 그가 외쳤다. 하늘이 노한 게 아니라고 사람들을 설득하는 것 같았다. 얼결에 바닥에 엎드렸던 후루루가 슬그머니 일어나 자리를 떴고 사내들이 그 뒤를 따랐다.

그날 밤 투투가 내 숙소를 찾아왔다.

"형이 팔았어요?"

그에게 총이 새삼스러운 물건은 아닐 터, 나는 어깨를 으쓱하며 양 손바닥을 들어올렸다. 침묵이 방안을 채웠다. 말없이 내 눈을 응시하던 그가 한숨을 쉬며 돌아섰다. 나는 그의 뒤통수에 대고 말했다.

"힘의 균형이 전쟁을 막아준다는 걸 몰라? 물자가 부족한 저들은 한 방이 필요한 거야."

나가려다 말고 그가 돌아섰다. 그의 눈이 붉었다. 내가 균형을 맞추려고 의도적으로 균형을 깬다는 것을 그가 모를 리 없었다.

다음날 후루루가 수상한 천둥소리에 대해 내게 물었다. 나는 투투에게 했던 것과 똑같은 몸짓을 보여줬다. 그가 투투에게 통역을 시켰다.

"자문을 구하네요."

나는 감시탑을 세우라고 말했다.

"소리가 어디서 나오는지 알아내야겠죠?"

나는 진지한 표정으로 천천히 한 단어씩 꾹꾹 눌러가며 매우 친절하게 자문해줬다.

"아랫마을 돌산이 잘 보이는 곳, 큰 마당 옆 언덕에, 가능한 높게…."

투투는 머리를 절레절레 흔들었지만 다음날부터 공사

가 시작되었다. 그가 추장에게 감시 행위의 불필요함을 설득하는 데 실패한 듯했다. 나 역시 투투에게 군비 경쟁의 필연성을 설득할 자신은 없었다. 반면에 내겐 자신 있는 예감이 있었다. 윗마을에 불쑥 솟아오른 감시탑은 분명 아랫마을에 불안감을 부채질할 것이고 그쪽에도 곧 공사가 시작될 거라는….

투투와 나는 서로 다른 곳을 바라보며 달렸고 너무 멀리 온 것 같았다. 이왕 여기까지 온 것, 나는 양 집단이 보폭을 맞춰가며 달릴 수밖에 없다고 했고 투투는 지금이라도 이들에게 되돌아갈 길을 찾아줘야 한다고 주장했다. 그가 달아오른 얼굴로 씩씩거렸지만 나는 황금알을 낳는 거위를 놓아주고 싶지 않았다. 후루루는 나와 한 배를 탄 모양새였고 투투는 다른 배를 타고 후루루의 행로를 벗어나는 꼴이었다.

"너 아랫마을 그거 좀 쉬면 안 되겠니?"

나는 조심스런 어투로 투투에게 물었고 반응은 냉담했다.

"후루루의 감시망이 단순히 아랫마을로만 향하지 않을 거야."

"신경 안 써요."

"네가 지금 균등분배의 전통을 어기고 있는 거 알아?"

두 마을을 오가며 노인들과 홀로된 아낙들에게 슬그머니 생필품을 나눠주는 그가 권력자의 눈 밖에 날까 염려하던 터였다. 상대적으로 형편이 어려운 아랫마을에 그의 마음이 쏠려 있었다. 윗마을엔 투투에게 불만을 품은 세력도 있는 모양이었다. 투투가 어느 편인지 의심하는 눈치였다. 그들이 아랫마을 추장의 호전성을 거론하며 투투를 이적 행위자로 몰아세울까 봐 걱정되었다. 그동안 모든 물품을 추장을 통해 똑같은 비율로 받아온 자들이었다. 신기한 물건들을 약자들에게만 직접 건네주는 그의 행위를 납득하기 어려울 것이었다. 공유 대상물을 생산 수단에만 한정하지 않는 관습이 문제였다.

"모두에게 똑같이 분배하는 게 전통이라면 저는 거부합니다. 그건 기계적 평등일 뿐이에요. 정의도 아니고요. 큰 틀에서 균형을 맞춰주는 게 옳지 않나요?"

투투의 심지가 단단했다. 문득 그가 다른 사람으로 보였다. 내가 아는 한 그는 이념과 거리가 멀었다. 공산주의자의 냄새를 풍긴 적도 없고 그렇다고 자본주의에 무게를 싣지도 않았다. 무두질에 최고의 솜씨를 가졌음에도 고향에 득시글대는 악어를 상품화하려고 시도하지도 않았었다. 굳이 규정하자면 그는 순진한 휴머니스트였다. 나는 그를 따라 아랫마을에 첫 발을 디딘 날을 기억해 냈다.

새벽부터 광장을 날아다니는 나나새 소리에 선잠을 깼다. 그의 작업장을 보고 싶은 설렘으로 채비를 서둘렀다. 윗마을 경비병들의 검문을 간단히 통과했다. 밧줄로 엮은 흔들다리를 건너자마자 건장한 사내들이 창을 들고 우리를 막았다. 그들은 우리와 함께 들어가는 윗마을 사람들의 짐을 수색했다. 입성이 헐거운 원주민들에게 몸수색은 요식 행위에 불과했으나 사내들의 눈빛만은 험악했다. 투투가 그들에게 무슨 말을 건네자 그들은 내 몸에 손을 대지 않았다. 멀찌감치 들어 올린 시야에 옹기종기 모인 오두막들이 잡혔다. 산중턱에 터를 잡은 건 우기의 홍수를 피하기 위해서였다. 우리는 강변에서 십 분쯤 더 걸어 한적한 숲길로 들어갔다.

투투의 작업장은 한국 농촌의 어느 집 마당 같았다. 길고 넓적한 나뭇잎을 엮어 덮은 지붕 아래서 땡볕을 피한 사내들이 긴 통나무에 걸터앉아 코코넛 열매의 하얀 속을 파냈다. 대각선 방향에서는 여자들이 땅바닥에 다리를 뻗고 둥그렇게 모여앉아 붓질을 했다. 그래봐야 스무 명 남짓이었는데 그녀들은 마른 껍질의 안쪽에 식물성 염료로 보이는 물감을 찍어 발랐다. 수다가 끊이지 않았다. 작업장 인부들은 모두 아랫마을에서 동원됐다고 했다.

아이를 안은 여자가 작업장 안을 기웃거렸다. 투투가 그녀에게 종이봉투에 싼 물건을 건넸다. 분유였다. 가죽만 남은 아이는 배가 터질듯 불룩했다. 영양실조로 꺼져가는 목숨들이 투투의 응급 구호 대상이었다. 그가 산에서 직접 캐온 약초도 인기 품목이었다. 작업장 입구에서 기다리던 노인들이 다가오자 그가 말린 뿌리를 꺼냈다. 쪼글쪼글한 노인들의 듬성듬성한 이빨 사이로 기꺼운 미소가 빠져나왔다.

「저긴 우리 공장 탁아소에요.」

투투의 흐뭇한 눈짓을 따라 시선을 옮겼다. 그늘 짙은 오두막엔 아이들이 낮잠에 빠져 있었고 나이든 여자가 연신 부채질을 하며 아이들의 얼굴에서 파리를 쫓았다. 곁에서 젊은 여자는 코코넛만 한 유방으로 갓난쟁이에게 젖을 물렸다. 내 자식이 아니더라도 어미가 되어주는 공동육아의 현장이었다. 마당 구석에서는 발가벗은 코흘리개들이 막대기로 땅을 파며 흙장난을 했다. 탯줄을 너무 길게 잘랐나싶은 배꼽들이 참외꼭지 같았다. 투투는 제 자식이라도 되는 양 아이들을 끌어안고 배꼽을 간질이며 장난을 쳤다. 짜아식 장가도 못 가본 주제에…. 나와 느낌이 다를까 싶었지만 그의 어린 시절이 내 가슴 한 구석을 아릿하게 찔렀다. 여자들이 나를 흘끗거렸다. 웃음소리가 자주 터져 나왔다. 수다 속에 나나와 나에 대한 이야기도 섞여 있는 듯했다. 나와 눈이 마주치면 그녀들은 부끄러운 듯 하얀 이를 드러냈다.

—·—

투투가 내 숙소에 사적인 발길을 끊었다. 그도 나와 타협을 포기한 눈치였다. 그가 지금쯤은 위스키나 설탕 등을 갖고 들어온 자신의 행위를 후회할지도 몰랐다. 하지만 전통과 문명 사이에서 버릴 것과 취할 것을 가려내기도 녹녹치 않은 일, 도시에서 교육받은 그가 문명의 효율성을 떨쳐내긴 쉽지 않을 것이었다. 나를 대하는 그의 태도에서도 보존과 발전의 틈바구니에 낀 자의 갈등을 보았던 터였다.

형제이자 동지였던 내가 마침내 그의 계륵이 되어가고 있었다. 내 쪽에서 보자면 역(逆)도 성립했다. 내 눈엔 그도 이미 정치인이었다. 소신을 펼치자면 힘이 있어야 하고, 굳이 제 발로 나가 힘의 원천을 구해오지 않을 거라면 차라리 나 같은 중개상이 편리한 법이었다. 그가 결국 선진 무기의 유혹을 이겨내지 못할 것이다, 에 나는 주사위를 던졌다.

그는 공예품을 가져올 때만 나타났다가 내가 바꿔온 생필품을 받고 말없이 돌아가곤 했다. '아편' 운운했을 때 그는 이미 눈빛이 달라져 있었다. '당신이 잇속을 채우는 동안 나는 공익을 위해 그걸 사용한다'는 자부심 같은 거였다. 나도 더 이상 그의 통역이 필요하지 않았다. 꼭 필요한 단어는 이미 나나에게서 익혔고 후루루의 눈빛만 봐도 그가 원하는 걸 짚어낼 수 있었다.

후루루는 전임자보다 권력에 대한 집착이 강했다. 초기에 체계를 틀어쥐지 못하면 자신의 위상에 금이 갈지 모른다는 두려움, 그 느낌이 내게도 전해졌다. 나는 그가 측근들을 다루는 방식을 눈여겨보았다. 어느 사회나 정적은 가까운 곳에 있게 마련이었다. 그도 자신의 이인자를 경계하며 충성을 강요하는 눈치였다. 그는 내게서 받아둔 물건들을 측근들에게 분배할 때 서열대로 비율을 달리했다. 그를 근접 경호하는 호위 무사가 더 많은 설탕과 위스키를 받았다. 일반 주민에게는 똑같이, 선택받은 전사들에게는 충성도와 기여도에 따라 차등적으로. 전례를 깬 새로운 방식이었다. 먹을 권리는 누구에게나 평등하다는 도식이 엘리트층에서 먼저 무너지고 있었다. 그러거나 말거나, 나는 그가 가져오는 원피 물량에 맞춰 원하는 물건을 공급해주면 그만이었다. 다행히 후루루는 악어 사냥에 전임자보다 더 열성을 보였다.

그간에도 투투는 내가 바꿔다주는 설탕이나 쌀 밀가루 얌 등의 생필품을 모아 노약자나 고아들을 돌봐주었고 아랫마을로 꾸준히 대상을 넓혔다.

못 보던 물건들을 나나가 집으로 들고 오기 시작했다. 아랫마을 작업장에서 생산하는 품목이 아니었다. 조그만 열매나 씨앗으로 만든 장신구가 대부분이었고 풀이파리로 만든 가방도 있었다. 때로는 솜씨 좋은 장인이 엮었을 법한 멍석도 어깨에 메고 왔다. 작업장 밖에서 물물교환이 이루어지고 있었다. 그녀는 내가 도시로 나갈 때마다 그걸로 설탕이나 소금 등과 바꿔오기를 부탁했다. 그녀가 전도라도 하듯 아랫마을 사람들을 끌어모으는 것 같았다. 나는 그녀의 행동에 흥미를 느껴 새로운 실험에 동참했다. 식료품 사이에 손거울이나 플라스틱 빗 따위를 끼워주었다. 신기한 물건을 얻은 사람들의 반응이 몹시 궁금했다.

이른 아침 나는 나나의 부탁으로 평소보다 많은 물건들을 배낭 속에 욱여넣었다. 그녀를 따라 강을 건넜다. 윗마을 경비병들은 여전히 내 물건에 손을 대지 않았다. 그들의 통치권자와 직통 라인을 유지하는 나를 건드리긴 어려울 것이었다. 더구나 나는 허여멀건 얼굴에 흰옷을 갖춰 입지 않았나. 아랫마을에서도 나는 벌써 유명 인사였다. 작업장에서 멀리 벗어나지만 않으면 감시병이 따라붙지도 않았다. 나나도 강을 건너기 전엔 주변을 자주 흘끗거리다가 오히려 아랫마을에서 긴장을 풀었다. 거기서는 자신의 신분을 의식하지 않는 눈치였다. 그녀에게 알은체하는 사람도 많았다. 투투가 신원을 책임지기도 했거니와 그녀가 굳이 형편이 더 어려운 아랫마을에 배곯을 각오로 눌러앉을 이유는 없어 보였다. 그리로는 동행이 금지된 그녀의 아이가 윗마을에 있었다.

짐작대로였다. 작업장 입구가 북적거렸다. 아낙들이 둘러앉아 갖고나온 물건들을 꺼내 놓았다. 투투나 나나가 일전에 가져다주었을 도시의 물건들, 아랫마을 사람들도 물물교환을 통한 부가가치를 경험하는 중이었다.

나나가 그들 옆에 자리를 폈다. 그러고는 내 배낭을 뒤집어 물건을 쏟았다. 갑자기 와 하고 사람들이 모여들었다. 작업장에서 일하던 사람들까지 뛰쳐나와 싱글벙글 들썩거렸다. 색색의 플라스틱 손잡이가 달린 손거울을 여자들이 신기한 눈으로 앞다퉈 움켜쥐었다. 두 여자가 노란 꽃 장식 달린 머리핀 하나를 동시에 붙잡고 옥신각신했다. 그들의 공유 경제에 구멍이 뚫리고 있었다. 그들도 일단 개인의 손에 들어간 생필품만은 빼앗지 못했다. 조만간 그들 중 누구도 입속에 들어온 고깃덩이를 먼저 삼키며 죄책감을 느끼지 않을 것이었다. 인부들이 장마당에 정신을 파는 동안 투투가 작업장 안에서 밖을 내다보며 이를 드러내 웃었다. 경비를 서던 사내들도 왁자지껄한 틈으로 어깨를 끼워 물건을 골랐다.

투투와 이야기를 나누던 감시병 중 하나가 낯이 익었다. 나와 마주치자 그가 긴장된 얼굴로 눈을 끔벅였다. 머리 위의 붉은 깃털장식과 큰 키로 나는 그를 단박에 알아보았다. 내가 도시로 나갈 때 악어가죽을 보트에 실어주던, 아랫마을 추장의 최측근이었다. 내게 엽총 사용법을 배워간 자가 투투와 얼굴을 맞대고 있다니…. 투투가 중요 인물이므로 상대편에서도 측근에게 감시를 맡겼거니 했지만 분위기가 예사롭지 않았다. 두 남자가 작업장 뒤에서 조용히 이야기를 나누다 주위를 살피며 헤어졌다.

—•—

태풍이 밭들을 모질게 훑었다. 장대비 속에서도 감시탑 공사는 진행되었다. 나는 마을을 구석구석 쏘다니며 정보 수집에 촉각을 곤두세웠다. 그간 내가 서비스 품목으로 심심찮게 끼워준 무쇠 도끼가 제 몫을 하고 있었다. 허기진 남자들이 지쳐 드러눕자 후루루의 명령이 여자들에게 하달되었다. 산에 올라가 통나무를 베어 옮기는 작업 중 부상자가 속출했다. 추장은 술과 설탕을 측근들에게만 지급했다. 그간 똑같이 나누어지던 얌도 차등 분배의 대상이 되었다. 생필품이 아닌 술과 설탕은 그렇다 쳐도 주식(主食)의 불평등은 민감한 문제였다. 추장은 작업에 굼뜨거나 소극적인 자들에게 얌의 배급량을 줄였다. 전통을 무너뜨려서라도 본때를 보이는 중이었다. 마침내 보통사람들에게도 차등 배급제가 시행된 것이었다. 공사의 필요성을 의심하는 사람들이 늘어났지만 서로 마뜩찮은 눈길만 주고받을 뿐이었다.

이윽고 아랫마을에서도 탑을 세운다는 소식이 들려왔다. 동원령에 저항하던 사람들이 채찍을 맞는다거나 나무 베던 노인이 깔려 죽었다는 소식이 꼬리를 물었다. 무기 체계가 업그레이드될 때마다 이어지는 충성 강요와 줄 세우기는 그쪽이라고 다르지 않았다.

아랫마을에서 하나둘씩 강을 건너오기 시작했다. 그들은 더 이상 도둑으로 몰리지 않았고 윗마을 광장에서 매질을 당하지도 않았다. 배고픔을 견디지 못해 도망쳐 나온 사람들에게 음식이 제공되었다. 후루루가 정책을 바꿨나 보았다. 그는 이탈자를 찔러 죽이던 광장 한쪽에 움막을 지어 별도의 숙소를 제공하고 감시병을 배치했다. 윗마을 사람들과 섞이지 못하게 하는 조치였다. 며칠 뒤 후루루의 병사들이 뾰족한 돌칼로 잡혀온 자들의 이마를 긁어 상처를 냈다. 남녀노소를 가리지 않았다. 모두들 하사 계급장 같은 갈매기 표식을 달고 감시탑 공사장으로 끌려갔다. 졸지에 노예제도가 생겨난 거였다. 동원령에 지친 윗마을 사람들을 다독이기 위해 짜낸 후루루 나름의 묘안이었다. 이마에 표식을 단 자들은 채찍을 맞아가며 온종일 노동력을 제공했고 쉬는 시간이면 공사장 밖을 멍한 눈으로 바라보았다. 원시의 자연에서 형성된 그들의 유전자가 구속을 오래 견디진 못할 것 같았다.

—•—

“사람들이 뭐라든?”

오랜만에 물건을 받으러 나타난 투투의 손목을 붙잡고 물었다. 감시탑 인부들을 바라보는 윗마을 사람들의 호불호가 궁금하던 터였다. 내 비즈니스에도 여론조사는 기본이었다. 내 재촉에 그가 뚱한 표정으로 입을 열었다.

“저 사람들까지 먹일 게 어디 있냐고 합니다. 그들 덕분에 공사장으로 끌려가지 않은 젊은 축도 나눠주는 건 싫어하고요.”

투투가 마뜩잖은 표정으로 대답했다. 밖에서 굶느니 채찍을 맞더라도 차라리 공사장 안에서 배를 채우는 게 낫다는 목소리도 있나 보았다. 비가 억수로 쏟아진 다음 날엔 광장 구석의 움막도 늘어났다. 수십 명을 따로 먹일 식량을 추장이 어떻게 마련할지 호기심이 일었다. 추장의 면전에서 조아리던 사람들도 두 패로 갈릴 게 빤했다. 독재자의 줄 세우기는 민심을 쪼개놓기 마련이었다. 맹

목적으로 충성하는 그룹과 뒤에서 불평하는 그룹, '그래도'로 말문을 트는 축과 '그러나'에 방점을 찍는 축이 조만간 서로 으르렁댈 터였다.

후루루는 자신의 근위병들을 최신 무기로 무장시켰다. 근위병과 그들의 가족들은 이미 엘리트 계급이었다. 신분 상승을 노리는 자들이 추장의 집무실로 찾아갔다. 그들은 추장을 만날 수 없었고 측근들이 방문자에게 닭이나 돼지를 요구했다.

추장을 찾아온 사람들이 내 숙소에서 내다보였다. 거개는 집무실 앞에서 긴 줄을 서다 힘없이 발걸음을 되돌렸다. 추장을 만나려던 노인이 근위병에게 매를 맞는 사건이 발생했지만 아무도 후루루를 들먹이며 불만을 표시하지 못했다. 배급과 계급에서 소외된 자들이 빠르게 늘고 있었다. 추장이 권위를 유지하고 통합을 이루자면 길은 하나, 마을 사람들의 허기를 채워주는 게 급선무였다. 새로운 기회가 내게 다가오고 있었다. 유능한 사업가란 계란을 한 바구니에 몰아 담지 않는 법, 악어가죽을 식량으로 바꿔주면 되는 거야. 그들이 기다리던 하얀 천사가 혹시… 내가 아닐까.

그날 밤 나는 들뜬 기분으로 나나에게 다가갔다. 그녀

의 얼굴에서 웃음기를 찾아볼 수 없었다. 아마도 작업장에 내몰린 고향 사람들을 생각하는 것 같았다. 위로를 해줄 겸 몇 마디를 건네 보았다. 내가 권한 위스키 잔을 그녀가 손등으로 밀어냈다. 오랜만에 진한 서비스를 받아볼까 싶었던 생각이 제풀에 떨어져나갔다. 풀냄새가 확 풍겨왔다.

—·—

이윽고 망루를 얹은 탑이 윗마을 언덕 위에 위용을 드러냈다. 우기가 끝나갈 때쯤이었다. 오륙층 건물 높이에 사람이 오를 계단도 붙어 있었다. 망원경을 팔 기회였다. 지금쯤 다음 봉우리에서 두 번째 탑의 기초 공사도 진행되고 있을 터였다. 양쪽에서 받을 곱빼기의 주문량을 계산하며 나는 또다시 벅차올랐다. 물속에 악어의 씨가 마르지 않을 만큼만 가죽을 요구하면 될 것이고 씨가 말라도 방법은 있었다. 원주민들에게 파충류 양식법을 알려주면 되는 거였다. 널려 있는 수요에 내 사업이 꺾이겠나.

불현듯 나는 생산과 판매의 전 과정을 지휘하고 싶어

졌다. 바이어 눈치를 살피며 악어나 잡아다주는 기간은 짧을수록 좋았다. 나라고 브랜드 오너가 되지 말란 법이라도 있나. 나는 서울 본사에서 디자인 작업도 해봤고 백화점에 납품한 영업 경력도 있는데…. 이참에 차상무에게 그쪽 생산 라인 하나를 뚝 떼어달라고 해볼까. 내가 꾸준히 원피를 대주는 조건으로 말이지. 그거야 지입 방식인데 이쪽에서 수수료만 적당히 쳐주면 안 될 게 뭐야. 나는 여기서 일하고 그쪽 라인엔 믿음직한 내 측근을 심어두면 되지 않겠어. 그 동네가 그렇게 땅 짚고 헤엄치기라면…. 내친김에 왕창 당겨보는 거야. 나는 허파를 잔뜩 부풀렸다.

더 큰 그림을 그리자면 나만의 원피 공급선이 튼튼해야 했다. 나는 계획을 꼼꼼히 세워나갔다. 새 아이템이 된 망원경은 무기가 아니므로 골치 썩을 일도 적을 터, 게다가 구하기도 쉬운 품목이었다. 중고품도 무난할 듯했다. 굳이 값비싼 군사용을 가져다줄 이유도 없었다. 성능에 비해 저렴한 것을 찾으면 그만이었다.

도시로 나오자마자 차상무에게 통화를 시도했다. 원자재를 긁어모아 겨우 물량을 맞췄고 오늘 아침 항공편에 급히 실어 보냈다는 보고도 할 겸 잔뜩 생색을 낼 참이었다. 나는 목젖을 긁어 톤을 낮추며 너스레부터 깔았다.

"에 에 거긴 잘 돌아갑니까?"

저쪽에서 초조한 목소리가 먼저 건너왔다.

"라인은 늘려놨는데 분위기가 심상치 않네. 월경 절차도 까다롭고. 통일부가 통일에 영 도움이 안돼요. 아 니기미, 협조를 하겠다는 건지 말겠다는 건지 이거 원."

"설마 공단 폐쇄로 가겠습니까."

"그게 글쎄… 그럴 것 같다니까 그러네. 저쪽에서 핵실험을 해대니까 이쪽에서도 뭔가 제스처가 필요한 건 알겠는데… 하필이면 니기미… 그 불똥이 우리한테 튀게 생겼다 이 말이야."

"입주 기업 모집할 때 정부에서 들어준 보험이 있잖아요."

"아이고 이 답답한 사람아, 그걸로는 밀린 원자재 대금도 해결 못해."

새벽부터 서둘러 보낸 원피가 뒷골을 쳤다.

멍해진 기분을 추스려 유씨에게 전화를 넣어보았다. 잠깐만요, 하더니 끊어졌고 한참 뒤에 내게로 걸려왔다. 곁에 귀가 많은 모양이었다. 통화하는 곳이 서울 본사란다. 지금쯤 공장에 있어야 될 사람인데…. 나는 회사 재정 상태부터 물었다. 회사 밥을 20년도 넘게 먹은 그가 분위기 파악을 못 할 리 없었다.

"여긴 시방 난리도 아니랑게요. 쇠가죽 값 받으러온 사람들이 진을 친 지 오래구먼요. 차상무 그 인간이 빼돌린 돈이 몇 십억인지 몰라요. 우리 월급도 석 달째 밀려 있고…."

뱃살이 꼿꼿해졌다. 그러니까 회사가 어려워진 건 딴 주머니를 찬 그 작자의 횡령 때문이었다. 새로운 공단 입주가 그의 운영 실패를 막아줬다면 금번의 공단 폐쇄는 그의 범죄를 은닉해줄 시의적절한 핑계가 될 참이었다. 내가 들어갈 공장장 자리는 고사하고 또 다시 물린 원피 값이 아득히 날아가고 있었다. 나는 설마와 혹시 사이를 시계불알처럼 오가며 그간 접촉을 미뤄둔 다른 바이어들을 하나씩 떠올렸다. 단가라면 나도 바이어들의 입을 쩍 벌려놓을 자신이 있었다. 세상은 돌고 도는 것, 상습적으로 후려치기를 하던 차상무를 닮지 말라는 법도 없었다. 정글에서 살아남는 게 급선무였다.

포트모르즈비의 차이나타운에 들어섰다. 망원경 스무 개를 구입했다. 하나는 후루루에게 줄 선물이었다. 성능을 확인하고 나면 주문량을 늘리겠지. 나는 감시탑을 여러 곳에 세워야 한다고 조언해줄 생각이었다. 공격 무기도 아닌 것에 그가 대외 판매 금지라는 조건을 달지는 않을 것이었다. 양측의 정보를 서로에게 적당히 흘려주며 공포를 조장하면 효과는 풍선처럼 부풀게 되어 있었다. 상대를 파악하려는 욕망은 공포와 의심을 먹고 자라니까.

—·—

윗마을 초입 우묵한 곳에 배를 끌어 올렸다. 도시로 나간 지 2주 만의 귀환이었다. 망원경을 넣은 배낭을 메고 숙소로 걸어오는 오솔길에서 낯익은 아이들을 만났다. 다른 때 같으면 사탕이나 껌을 달라고 졸랐을 동네 아이들의 행동이 예사롭지 않았다. 그들 중 나이 든 아이가 내 소매를 잡아끌었다. 아이를 따라 마을의 큰 마당으로 올라갔다. 멀리서도 모여 있는 사람들이 보였다.

가까이 다가간 나는 굳은 듯 멈춰 섰다. 마당 중앙의 나무둥치에 사람이 묶여 있었다. 투투였다. 그의 온몸에 채찍 자국이 악어가죽처럼 우툴두툴했고 얼굴은 피범벅이었다. 후루루는 보이지 않았고 그의 병사들이 투투에게 접근하려는 사람들을 창대로 밀어내고 있었다. 조롱박 물통을 투투에게 건네주려던 여자가 밀려나며 흙먼지 위에 엉덩방아를 찧었다. 물이 쏟아지고 웅성거리는 사람들 사이로 아이들의 울음소리가 퍼져나갔다. 내가 다가가자 병사들이 엉거주춤 뒤로 물러났다. 최근에도 감시탑 공사에 자문을 해주며 추장과 함께 돌아다닌 효과였다. 나는 한 노인한테 물통을 건네받아 투투에게 다가갔다. 투투가 퉁퉁 부어오른 한쪽 눈을 겨우 치켜 올렸다. 허겁지겁 몇 모금을 마신 그가 나를 알아보았다.

"추 추장이 작업장 문 다 다 닫았어요. 날 스파이라고."

불길한 예감일수록 적중률이 높았다. 후루루가 자신의 권위에 도전하는 이인자에게 본때를 보이며 길들이기를 한 것이었다. 그렇다면 지금쯤 아랫마을로 향하는 유일한 통로도 막아버렸을 것이었다. 공포 분위기를 조성하는 효과도 노린 듯했다.

나는 추장의 집무실로 달려가 문을 벌컥 열어 제꼈다. 후루루가 딴전 피우듯 내게서 얼굴을 돌렸다. 하지만 그가 나와의 거래까지 외면하진 못하리라는 걸 나는 잘 알고 있었다. 권력 유지를 위해 꼭 필요한 나를 건드리기도 쉽지 않을 것이고…. 나는 이내 숙소로 돌아가 시바스리갈 상자를 가져왔다. 뜯지도 않고 박스째로 던져주긴 처음이었다. 그가 손짓으로 심복들을 불러 모았다. 선물을 하사받은 사내들이 바닥에 이마를 대고 손바닥을 위로 올렸다. 분위기가 누그러지자 나는 망원경을 꺼내 그에게 내밀었다. 예상대로 그가 관심을 보였다. 사용법을 간단히 설명했다. 내가 아는 그들의 언어를 총동원했지만 눈치 빠른 그에겐 1분도 걸리지 않았다. 강 건너를 두루 살피던 그가 눈에서 망원경을 떼며 흡족한 얼굴로 누런 이를 드러냈다. 이 정도면 됐다는 뜻이었다. 그가 턱짓을 했고 근위병 둘이 들것을 가져왔다. 투투를 내 숙소로 옮겼다.

몸이 불덩이였다. 나나가 약초를 구해와 숯불을 피웠다. 그녀가 투투의 얼굴을 끌어안고 달인 약물을 입속에 조금씩 흘려 넣었다. 투투는 부어오른 눈을 가늘게 떠 정신을 모으다가도 이내 혼절하곤 했다. 나나가 그의 몸을 닦고 똥오줌을 받아냈다. 나는 나나에게 몸조심을 당부했다. 그녀도 곧 걸려들 것 같았다. 윗마을뿐 아니라 아랫마을에서도 그녀는 '민심을 교란시키는 요주의 인물'일 터였다. 투투와 차이가 있다면 나나는 주로 여자들에게 접근하여 인심을 얻는다는 것뿐이었다.

나나가 투투의 귀에 대고 뭐라고 속삭이다가 천천히 숨을 불어넣곤 했다. 그에게 기운을 나눠주는 행위인 듯했다. 알아듣긴 어려웠으나 정의 공평 용기 등의 어감을 가진 단어가 내 귀에도 여러 차례 들려왔다. 그녀가 투투에게 충성을 맹세하는 듯도 했다. 문득 얼마 전 숙소에서 사라진 사진이 내 머릿속을 관통했다.

자동 소총에 관한 영문 자료도 함께였다. 총포상에서 얻은 걸 영업일지 사이에 끼워두었던 기억이 차례로 떠올랐다. 그 위력은 엽총에 비할 바가 아니었고 섣부른 자의 손에 들어가면 마을이 초토화될 수도 있었다. 쳐다만 보아도 오금이 저리는 물건이었고 아직은 그걸 마을에 팔 단계도 아니었다. 한글 수첩 사이에서 총기의 사진과 소책자만 뽑아간 것으로 보아 이번에도 나나의 짓인 듯했다. 나는 나나와 투투의 얼굴을 번갈아 훑으며 팔뚝에 돋는 소름을 털었다.

꼬박 일주일이 지나갔다. 그녀의 극진한 정성과 민간요법이 통했다. 투투가 사경을 넘기고 조금씩 기운을 차리기 시작했다. 나는 그를 다시 설득했다.

"넌 일인자가 되기 전에 전략을 너무 많이 노출한 거야. 나랑 여길 나가자."

투투가 천천히 고개를 저었다. 눈물이 그의 뺨 위로 길을 냈다.

"떠나세요, 당장. 그리고 여길 잊어주세요 영원히…."

느리고 낮은 음조가 내 귀를 파고들었다. 명령 같기도 하고 간청 같기도 했다. 그가 이를 악물고 코를 벌름거렸다. 모종의 결심을 하는 모양이었다. 나는 그의 두 눈에서 파란 불꽃을 본 듯도 했다.

—·—

투투가 말없이 내 숙소를 나간 지 사흘째, 내 머릿속에서 마을을 떠나야 할 이유가 오그라들어 저절로 흩어지고 있었다. 나는 덜 채워진 욕망 속을 떠다니다 눈을 떴다. 머리맡의 물 잔을 다 비워도 갈증은 그대로였다. 나나도 보이지 않았다. 아이와 함께 나간 뒤였다. 그녀가 또다시 나를 거부하던 어젯밤의 께름칙한 기억이 방안을 맴돌았다.

동 트기 전의 검푸른 공기가 창 너머에서 똬리를 틀었다. 안개 젖은 강가에서 불꽃이 일렁였다. 횃불이었다. 다시 시작된 건기에 줄어든 강물 위로 불꽃들이 끝없이 건너오고 있었다. 눈을 뜨고 꿈을 꾸는 기분이었다. 눈꺼풀을 비벼 몇 차례 껌벅이자 강변에서 불이 솟았다. 악어공장이었다. 잠시 후 언덕 위에서 또 하나의 불꽃이 타올랐다. 이번엔 감시탑이었다. 망루까지 솟아오른 불길이 큰 키를 기어이 바닥에 내동댕이쳤다. 나는 갑자기 환해진 근처의 둔덕으로 눈을 돌렸다. 또 다른 감시탑에도 불이 기어오르는 중이었다. 거기는 망루까지 닿을 사다리 공사만을 남겨두고 있었다. 사람들의 함성이 점점 크게 들려왔다. 수백 개의 횃불이 꾸역꾸역 몰려왔다. 나는 황급히 바지를 꿰고 뛰어나갔다.

큰 마당을 재게 가로질러 오른쪽 언덕으로 올랐다. 두 번째 탑이 벼락 맞은 고목처럼 누워 있었다. 탄내가 진동했다. 공사장 주변에 세워둔 울타리도 한쪽이 무너져 있었다. 지금쯤이면 한창 일에 내몰려 있을 아랫마을 출신 인부들이 보이지 않았다. 덤불을 찾아 몸을 숨겼다. 뒤편 언덕 위로 머리를 들어 올린 해가 강 건너 산마루에 붉은 빛을 쏘았다. 푸르스름한 허공으로 물안개가 피어올랐다. 사위가 밝아지면서 움직이는 물체들의 윤곽이 점점 또렷해졌다. 강가에 서 있던 초병들이 보이지 않았다. 계속해서 강을 건너오는 아랫마을 사람들을 아무도 막지 않았다.

성큼 다가온 선발대 속에 투투가 보였다. 아랫마을 전사들이 그를 둘러싸고 윗마을로 올라오는 중이었다. 그를 호위하는 사람들 속에는 강을 지키던 윗마을 병사들도 섞여 있었다. 혼란스러웠다. 집을 뛰쳐나온 윗마을 사람들도 무리 뒤로 따라붙었다. 무리가 이동할 때마다 뒤따르는 사람들이 우기의 강물처럼 불어났다. 사람의 머리들이 강 건너에서부터 큰 마당 입구까지 긴 줄을 만들었다. 길을 따라 까만 콩을 부어놓은 것 같았다. 아직도 강을 건너오는 사람들이 있었고 윗마을 사람들이 앞쪽으로 합류하여 투투의 무리는 긴 꼬리를 끄는 가오리연처럼 보였다. 걸을 수 있는 사람들은 다 모인 것 같았다.

군중 틈에 노인들이 끼어 있었고 아이 업은 아낙들도 함성을 보탰다. 뒤엉킨 무리 속에서 나는 더 이상 두 마을 사람들을 구별할 수 없었다. 마을 광장으로 올라오던 선두가 멈춰 섰다. 석궁을 든 후루루의 호위병들이 진입로를 막고 있었다. 나는 목구멍을 뚫고 올라오는 호기심을 견딜 수 없었다. 언덕을 반쯤 내려와 큰 마당이 내려다보이는 바위 뒤로 몸을 숨겼다. 집채만 하던 바위가 내 몸뚱이보다 작게 느껴졌다. 삼키려다 말고 뱉어낸 덩어리들을 내게서 받아먹던 점박이 강아지가 꼬리를 흔들며 다가왔다. 돌멩이를 집어던져도 녀석이 한동안 주위를 맴도는 바람에 식은땀이 흘렀다. 사람들과의 거리는 오십 보 정도. 웅성거리는 목소리들이 들려왔고 몇 마디쯤은 알아들을 수도 있었다.

투투가 이윽고 후루루의 병사들과 정면으로 맞닥뜨렸다. 후루루의 선발대가 석궁에 화살을 장전했다. 투투가 무리 앞으로 걸어 나왔다. 팽팽하게 당겨진 화살들이 한꺼번에 투투의 상체를 향했다. 나는 다리가 후들거려 서 있기 힘들었다. 투투를 호위하던 병사들이 창끝을 들어 올렸으나 투투가 손짓으로 막았다. 그 순간 마을 사람들이 입을 모아 투투를 연호했다. 주먹들이 허공을 찔렀다. 투투가 무릎 높이의 나무 그루터기 위에 올라서서 연설을 시작했다.

한 노인이 무리에서 빠져 나왔다. 그가 양팔을 벌려 등 뒤로 투투를 가려주며 후루루의 병사들을 향해 마주섰다. 그리고는 손짓을 하며 누군가를 불렀다. 추장의 호위병들 사이에서 자신의 아들을 빼내려는 것 같았다. 이윽고 사람들이 우르르 앞으로 나서며 투투를 에워쌌다. 잠시 후 아이 업은 여인이 걸어 나와 추장의 병사들을 향해 손짓을 했다. 남편의 이름을 부르는 것이려니. 투투를 에워싼 여자들 중 몇은 낯이 익었다. 아랫마을 작업장에서 본 얼굴들이었다.

느닷없이 한 여자가 맨 앞으로 튀어나왔다. 나나였다. 내 팔뚝에 소름이 확 끼쳐 들었다. 그녀가 새된 소리로 '투투'를 선창했다. 아랫마을 여자들이 복창을 했다. 앙칼진 목소리들이 세를 이루었다. 잠시 후 윗마을 여자들까지 나나에게 합류했다. 아마조네스가 환생한 듯했다. 그간 나한테서 가져간 물품들이 어떻게 사용되었는지 나나의 여전사들이 증명하고 있었다. 나나의 선창에 이윽고 남자 목소리가 실리기 시작했다. 투투와 나나가 동시에 구호를 외치면 마을 사람들의 복창이 뒷산에 부딪혀 메아리로 되돌아왔다. 나나는 투투의 동지이자 전우가 되어 있었다. 진입로 양편의 망고나무에서 열매를 쪼던 새들이 푸드득 날아올랐다. '여기 사람들은 누구에게도 속하지만 누구의 것도 아니다'는 말이 새처럼 날아와 내 귓바퀴에 부딪혔다.

또 다른 노인이 흥분한 사람들을 뚫고 앞으로 걸어 나왔다. 좀처럼 나서지 않고 뒤에서만 지켜보던 자였다. 그의 머리띠에 꽂힌 하얀 깃털을 나는 아까부터 삐딱한 눈으로 지켜보고 있었다. 그는 후루루의 목에 전임자의 손뼈를 걸어주던 원로 대표였다. 나는 그를 추장이 바뀔 때마다 권력에 아부하는 늙은이로 일찌감치 찍어 놓았다. 그가 이 상황에서 어떤 선택을 할까. 그가 기우는 쪽으로 권력의 향방이 결정될 성싶었다. 말하자면 그는 무거운 짐을 지고 가까스로 버티는 낙타를 꿇어앉힐 최후의 지푸라기였다. 그가 고개를 뒤로 돌려 손짓을 하자 하얀 깃털들이 사람들의 머리 위에서 전방으로 천천히 이동했다. 원로회의 멤버들이었다. 이젠 원로들이 최전방에서 인간 방패가 되나 싶었다. 원로 대표가 후루루와 투투에게 번갈아 큰 소리로 같은 요구를 했는데 양측이 수용하고 난 뒤에 나는 비로소 그것이 휴전 요청임을 알았다. 서로를 겨누던 창끝이 내려갔다. 다섯 명의 노인들이 선 채로 스크럼을 짜듯 빙 둘러 서로에게 머리를 댔다. 양측이 첨예하게 대치한 중간 구역이었다. 사람들이 입을 닫았고 시간이 지루하게 흘렀다. 유난히 쾌청한 하늘에 구름은 보이지 않았다. 서늘한 아침 기운을 밀어낸 해가 벌써 중천을 향하고 있었다. 나나새의 지저귀는 소리만 광장을 가로질렀다.

긴급회의를 마친 원로들이 제자리로 돌아갔다. 원로

대표의 입에 사람들의 시선이 집중되었다. 그가 매우 느리게 고개를 돌려 주위를 둘러보았다. 이윽고 그가 손을 번쩍 들어 올려 추장의 병사들을 향해 외쳤다. 긴 설명이 없었으므로 그건 외마디에 가까웠다. 투투를 겨누던 무기들이 모두 고개를 숙였다. 후루루가 뒤에서 소리를 질러댔지만 소용이 없었다. 원로들이 마지막 지푸라기를 낙타 등에 올려놓은 것이었다. 나는 투투의 가슴에도 손뼈 한 벌이 걸리는 모습을 그려보았다. 노회한 늙은이들이 투투의 나라에서 또다시 개국공신 대접을 받겠지. 실소가 나왔다.

주제넘은 예상을 하는 동안 마을 사람들이 후루루와 그의 병사들을 천천히 에워쌌다. 지휘관으로 보이는 사내가 큰 소리로 외치자 석궁을 든 그의 부하들이 투투의 무리로 한꺼번에 건너왔다. 추장의 군사가 둘로 나누어지는 순간이었다. 투투를 연호하는 함성이 또다시 아침 공기를 갈랐다. 투투의 연설이 계속되는 동안 후루루 곁에 서있던 병사들의 수가 점점 줄어들었다. 이윽고 후루루는 혼자가 되어 큰 마당 가운데로 끌려가 묶였다. 그가 투투를 묶어 매질을 하던 곳간 앞 카카오나무였다.

십여 분쯤 지났을까. 사람들이 다시 웅성거리기 시작

했다. 한 무리의 병사들이 멀리서 강을 건너오는 중이었다. 창을 든 키 큰 병사가 무리를 이끌고 있었다. 늙수그레한 사내가 두 손이 뒤로 묶인 채 그들에게 끌려왔다. 키 큰 리더의 머리에 붉은 깃털이 꽂혀 있었다. 구면이었다. 강변에서부터 그들을 따라온 한 무리도 익숙한 얼굴들이었다. 이마에 계급장을 붙인, 감시탑 공사장을 뛰쳐나온 사람들이었다.

병사들이 투투의 명령에 따라 늙은 사내를 큰 마당의 중앙으로 끌고 갔다. 한쪽 다리를 끌고 고개를 떨어뜨린 그는 이미 패잔병이었다. 나는 강 건너에서도 비슷한 일이 벌어졌음을 직감했고 끌려온 자가 누군지도 곧 알 수 있었다. 양측의 우두머리가 동시에 카카오나무에 묶여 거친 숨을 몰아쉬었다.

해가 머리 위로 올라왔다. 상황이 끝나가는 듯했다. 뱃속에서 꼬르륵 소리가 나는가 싶더니 허기가 몰려왔다. 집으로 향했다. 왁자한 광장을 에둘러 언덕을 거의 내려왔을 때 나는 다시 눈을 비볐다. 자주 보던 지붕 위로 연기가 풀썩 솟았다. 내 숙소였다. 수첩과 그 안에 적어둔 비밀들이 한꺼번에 사라지는 중이었다. 뿌연 연기 속에 차상무의 얼굴이 어룽거렸다. '니기미 죄다 철수하라네.

우린 망한 거야.' 그가 험악하게 악을 쓰다 허공 속으로 스르르 멀어졌다. 내가 아직 받지 못한 납품 대금과 공장장 자리가 함께 날아가고 있었다. 너울대는 불꽃이 통나무 기둥을 기어올랐다. 달궈진 이빨들이 나의 원대한 꿈을 악어처럼 물어뜯었다. 불꽃 위로 사람들의 함성이 또다시 날아올랐다. 내 머릿속이 하얗게 비워졌다. 차가운 피가 거꾸로 도는 느낌이었다.

보트를 세워둔 강가로 뛰기 시작했다. 함성이 쫓아왔다. 돌부리가 발끝에 채이고 무릎이 자주 꺾였다. 일렁거리는 물안개 사이로 보트가 유선형의 윤곽을 드러냈다. 사람들이 등 뒤에서 던진 돌이 내 앞으로 떨어졌다. 작업장에서 그림을 그리던 여자들의 웃음과 수다가 울분으로 바뀌어 내 귀를 때렸다. 코코넛 속을 파내던 사내들의 분노가 등을 쪼았다. 죽을힘을 쏟았지만 늘어난 뱃살이 출렁거려 속도가 나지 않았다. 숨이 차오르자 녹슨 쇳내가 올라왔다. 거기에 느닷없이 풀내가 섞여들었다. 악취가 목구멍을 빠져나오는 중이었고 발원지는 내 창자 깊은 곳이었다. 나는 달리는 도중에도 자꾸만 헛구역질을 했다.

갑판이 손에 닿을 듯 가까워졌다. 그 순간 눈앞에서 시커먼 연기가 허공을 밀어 올렸다. 망원경 값으로 받은 악어가죽이 불타고 있었다. 보트 안에 감춰둔 총알이 폭죽처럼 터졌다. 아이들이 갑판에서 뛰어내렸다. 뜯긴 봉지에서 굴러 나온 사탕이 아이들의 뒤꿈치에 밟혔다. 뒤를 돌아보았다. 사람들과의 거리가 빠르게 좁혀들고 있었다.

작가 후기

소설도, 소설보다 더한 현실도 고치고 또 고치야

열여덟까지 세다 말았다. 장르를 소설로 바꾼 사 년 전부터 각종 공모전에서 결승전을 치른 횟수다. 최종심에 오른 것만으로도 내게서 문학적 가능성을 발견한 것 같아 우쭐해지기도 했다. 더러는 우승을 하기도 했으므로 배부른 소리라고 할지 모르겠다. 하지만 당선 전화를 받지 못하는 기간이 길어지다 보면 정말 맥이 빠진다. 이제 늦깎이로 등단한 지 삼 년이 지났으니 세파의 유혹에 굳은살이 생겼음직도 하지만 꼭 그렇지만도 않다. 만성질환이 될지도 모를 허탈감을 치유해준 전태일재단에 감사를 드린다는 게 길어졌다.

〈악어〉도 신춘문예 심사평에 오른 것을 시작으로 설마와 혹시 사이로 나를 줄기차게 밀어 넣었다. 그럼에도 결국 악어가 힘을 쓴 건 개작의 효과인 듯하다. 최종심에서 밀리면 밀렸으므로 다시 썼고, 거기까지도 못 오를 땐 완성도가 부족한 탓을 하며 또 고쳤다. 나는 자다가도 벌떡 일어나 부팅을 하고 눈에 걸리던 조사, '는'을 '가'로 바꾸고 다시 눕기도 했다. 눈앞이 뿌예지고 속이 울렁거릴 때쯤 파르스름한 새벽이 창틀을 뱀처럼 넘어왔다. 하여 나는 소설이 개작으로 완성된다는 말을 의심하지 않는다.

전태일재단으로부터 축하 전화를 받고 안도한 것도 잠깐, 요청받은 원고 파일을 보내려다 멈추고 도입부를 쓰윽 훑었다. 매끄럽지 못한 문장이 밟혔다. 얼굴이 화끈거렸다. 이걸 보고도 뽑아주다니, 심사위원들의 너그러움이 한없이 고마웠다. 나는 마음에 들지 않는 단어 하나를 노려보다가 첫 줄부터 또다시 퇴고를 시작했다. 내가 무슨 부귀영화를 보자고 이런 고생을 하나, 싱거운 생각이 아직도 불쑥 불쑥 솟아오르지만 그저 팔자려니 한다.

인생 후반전을 소설처럼 살고 싶었다. 가장 저렴하고 손쉬운 방법은 직접 소설을 쓰는 것이었다. 그러다보니 단편으로 시작한 〈악어〉도 어느새 중편으로 늘어나버렸다.

작품의 소재로 삼았던 개성공단은 날마다 작은 통일이 이뤄지는 현장이었다. 그곳에서 느닷없이 쫓겨나온 중소기업 관계자들의 처지에 나는 적이 가슴이 아렸다. 북쪽에서는 더 많은 사람들이 졸지에 밥그릇을 놓쳤다. 영문을 모르기는 남쪽 백성들도 마찬가지였다. 권력을 쥔 자들이 뭐라고 변명을 하든, 소설가의 눈에 보인 일련의 과정은 힘 가진 세력의 전쟁놀이와 하수인의 오판이 빚어낸 블랙코미디였다. 하여 나는 거북해진 속을 소설의 형식을 빌려 비워낼 수밖에 없었다. 소설이 사회적 약자의 편에서 외쳐주는 기능을 가졌음을 나는 다행으로 여긴다. 나는 〈악어〉에서 수없는 악어를 희생시켜 악어의 교활한 눈물과 잔혹성을 드러내려고 애를 썼다.

소설로 밥을 먹을 생각은 애초에 접었다. 내가 권력자의 덕을 볼 일이 없으므로 그들의 장난질에 확대경을 들이대기가 쉬웠다. 전태일문학상을 제정한 취지와 맥을 같이 할 것이다.

아무도 안 읽어주니까 고전이라고 했던가. 언감생심 고전까지야 못 되더라도, 세월이 흐른 뒤에 어디선가 〈악어〉를 발견하는 독자가 있으면 좋겠다. 험난한 세상에서 제 목소리를 낸 글쟁이도 있었다고 말해주면 더 좋고.

2015 한국소설 신인상

샤이 레이디

샤이
레이디

샤이레이디

더위에 지친 여행자들이 주섬주섬 자리를 털고 일어났다. 배낭을 둘러메는 그들은 거개가 서늘한 대리석 바닥에 등을 대고 있던 백인들이었다. 그들에 섞여 개찰구 안으로 밀려들어가다 고개를 꺾어 돌아보았다. 방콕 중앙역사 안은 이삿짐을 빼낸 빈집 같았다.

열차 안은 깔끔했다. 큰 맘 먹고 구입한 특실이었다. 이제 치앙마이까지 열다섯 시간을 견뎌야 한다. 건기가 시작된 11월 초. 적도에서 밀려온 열기가 에어컨 밑에서 숨을 죽였다. 번호를 대조하며 두리번거렸다. 내 자리는 아래층, 피로에 절은 동양인 한 몸을 눕히기엔 충분했다. 열차가 출발한 지 한 시간 반쯤 지나자 여승무원이 돌아다니며 저녁 식사 주문을 받았다. 맞은편 아래층 침대의 녹색 커튼이 빼꼼히 열렸다. 두 사람의 시선이 나와 마주쳤다. 긴 통로 양편에 일인용 침대를 상하로 배치한 침대칸이라 하나는 위층에 있어야 할 사람이었다. 늙수그레한 백인의 거친 수염 뒤로 반쯤 가려진 얼굴, 동양계 여자였다. 현지인은 타지 못했을 것이라는 내 추측은 빗나갔다. 뒤에서 사내를 포옹하듯 누워 있던 그녀가 내게 눈인사를 건네며 침대 밖으로 나왔다. 여자가 분주히 움직이기 시작했다. 호리호리한 몸매며 서글서글한 쌍꺼풀 눈웃음이 30대 후반 정도로 보였다. 그녀는 상체를 반쯤 일으킨 남자에게 마실 물을 떠다주고 현지어로 식사 주문을 대신하며 수발을 들었다. 내가 삐딱한 눈으로 남자를 바라본 것은 어젯밤 그 골목의 잔상 때문이었다.

미얀마 직행 티켓을 구할 수 없었던 나는 방콕에 닿자마자 태국주재 미얀마대사관부터 찾았다. 마감 시간에 가까스로 도착, 한 달짜리 여행 비자 신청서를 창구에 밀어 넣었다. 여행 성수기라 사흘이 걸린다는 걸 하루 만에 받자니 급행료는 피할 수 없었다. 입안이 텁텁하고 속이 출출하여 돌아오는 택시에서 한 잔 마실 곳을 물었다. 운전사가 데려다준 곳은 팟퐁거리였다. 혼자 다니는 젊은 남자가 호기심을 느낄 만한 곳이라고 판단한 듯했다. 여기저기 기웃거리며 어슬렁거리던 골목 안으로 슬그머니 어둠이 스며들었다. 젊은 여자들이 네온사인 아래에서 바삐 움직였다. 손바닥만 한 천 조각으로 중요 부위만을 가린 그녀들이, 늘어선 술집 앞 인도에 알록달록 자리를 잡았다. 동그란 플라스틱 의자가 삐걱거릴 때마다 다리를 꼬기도 하고 벌리기도 하는 등, 유혹의 포즈에 변화가 생겼다. 거리는 잠깐 사이에 외국인으로 보이는 남자들로 채워졌다. 아직 젖가슴이 덜 성숙된 십대 후반쯤의 여자들 앞으로 한 무리의 백인 남자들이 다가섰다. 흥정이 시작되는가 싶더니 그들은 팔짱을 끼며 옆구리를 파고드는 여자들과 짝을 맞췄다. 여자들의 등 뒤로 유리문이 열리고 무리는 위층으로 향하는 계단을 밟았다. 이라샤이마새. 손님을 놓친 다른 여자가 어슬렁거리던 내 팔을 낚아챘다. 대꾸가 없자 한국어가 튀어나왔다. 오빠 한잔하고 가. 뜨거운 물에 덴 기분으로 팟퐁을 빠져나와 숙소를 예약한 카오산로(路)로 향했다. 허기가 몰려왔다. 숙소 건너편 포장마차의 행렬을 따라 식당 골목으로 들어섰다. 고급 레스토랑들이 비릿한 조명 아래 속살을 드러내고 있었다. 팟퐁에 비해서는 점잖은 편이었으나, 나이든 백인 남성이 젊은 동양 여자를 옆에 앉혀 놓고 술 마시는 장면이 심심찮게 내 눈을 찔렀다.

나의 이번 여행은 뜬금없는 전화와 함께 찾아온 한 통의 편지로 시작되었다. 불황으로 주문이 없던 다큐 제작사를 나온 뒤 맥이 풀려 있던 참이었다. 전화기 너머의 남자가 머뭇거렸다. 잘못 거셨습니다. 끊고 난 뒷맛이 께름칙했다. 더듬거리는 한국어로 자기는 미얀마 사람이라며 분명히 아버지 이름을 댄 것 같아서였다. 뛰는 가슴을 억누르다 다시 울린 전화를 받았다. 같은 남자의 목소리, 진짜로 김홍식 몰라요? 아버지가 맞았다. 화성의 외국인 보호소에 붙잡혀온 그가 추방 직전에 짐을 정리하다 찾아낸 편지 한 장은 이미 1년 하고도 7개월이 더 지나 있었다. 외국인 근로자의 합법적 체류 기간을 넘긴 그가 불심검문에 걸려들었다. 미안합니다. 그는 연신 머리를 조아렸다. 위장 취업으로 떠돌다보니 고향 마을을 떠나올 때 부탁받은 걸 깜빡했다는 거였다. 종적을 감춘 지 7년, 생사를 모르던 아버지가 느닷없이 내 앞에 그렇게 나타났다. 연필로 꾹꾹 눌러 쓴 그 편지는 자신의 건강이 좋지 않다는 것과 나더러 한 번 다녀가라는 말이 요점이었다. 상세한 주소는 없었다. 들어보지도 못한 태국 북부의 지명이 나와 있고, 그곳에서 국경을 넘어 하루를 걸어야 나온다는 미얀마 산골짜기에서 수지라는 서양식 이름을 가진 여자를 찾으라니…, 숨어사는 자다웠다. 궁금증이 증폭되었다. 날짜 옆에는 연필을 가늘게 깎아서 그린 꽃이 있었다. 엄지손톱만 한 꽃망울을 받치고 있는 이파리들이 참빗처럼 촘촘했다. 사선으로 내려 긋는 획이 아니었더라도 아버지의 편지가 틀림없었다. 아버지는 서명 대신 그림으로 멋을 부리는 습관이 있었다. 중세 귀족의 문장(紋章)을 연상케 하는 꽃 문양은 아버지의 은신처를 알려주는 힌트 같기도 했다.

맞은편 남자와 시선이 다시 얽혔다. 나는 에디요. 털

이 보글보글한 팔을 내 쪽으로 길게 내밀며 그가 악수를 청했다. 반쯤 열린 커튼 뒤에서 상체만 겨우 일으켜 세운 채였다. 심심하던 차에 잘 됐다는 표정으로 그는 내게 어디서 왔는지부터 시작하여 이것저것 묻기 시작했다. 능숙한 영어였다. 주문한 밥이나 먹고 대충 잠을 청하려던 나는 그가 내미는 캔맥주 하나에 걸려들었다. 영상물 제작 일을 하기 전, 여행사 해외 출장 가이드 노릇을 한 적이 있던 나도 그와의 소통에 불편은 없었다. 부지런한 여자요. 착하기도 하고. 자신의 침대에서 튀어나온 여자에게 던진 내 눈길을 의식했던지 그가 먼저 자랑을 늘어놓았다. 그렇잖아도 여자가 바지런해보이긴 했다. 쉰여섯에 노르웨이를 떠났으니 벌써 저 여자와 7년째요. 그는 이혼한 후 동남아를 떠돌다 이 여자를 만났다고 했다. 본국에 서른 넘은 아들이 둘 있고 새 여자와의 사이에도 다섯 살 배기 딸이 있다고 했다. 전처에게 재산을 털어주고 나니 거지꼴이 되어 있었소. 타던 차를 팔아 여행을 시작했지요. 쓰고 남은 돈은 저 여자를 데려올 때 몽땅 그 집에 갖다 바쳤어요. 그걸로 장모가 산골 마을에서 집도 사고 밭도 샀으니까 내 돈이 제값을 한 거요. 난생 처음으로 제대로 된 배팅을 했지요. 그의 말대로라면, 중고차를 팔고 남은 돈이 이곳에서는 한 가족의 팔자를 바꿔놓았다는 건데…. 그가 말을 이었다. 지금은 고국에서 나오는 연금으로 살고 있지만 그거면 여기서는 부자요. 나는 진지하게 들어주긴 했으나 자랑삼아 늘어놓는 그의 말에 집중할 수 없었다. 어젯밤 팟퐁가의 모습들이 자꾸만 영상물처럼 어른거렸다. 그때 내게 고모가 떠오른 건 결코 우연이 아니었다.

아버지보다 두 살 아래였던 고모는 70년대 초반에 서울로 올라와 먼 친척집에서 식모 노릇을 했다. 서울살이에 눈을 뜬 그녀는 도망치듯 빈 몸으로 그 집을 나와 가리봉동에 있는 양말 공장으로 들어갔고, 몇 년 후 돈을 벌어온다며 일본으로 건너갔다. 고모의 풍파는 본인도 거의 기억하지 못하는 피란 시절부터 예고되어 있었다. 휴전의 조짐이 보이자 남북이 땅뺏기에 마지막 힘을 쥐어짜던 상황이었다. 세 살배기 딸을 바구니에 넣어 등에 업고 아들을 걸리며 신의주를 떠난 할아버지는 서울을 목전에 두고 미군의 폭격을 맞았다. 쇳조각 하나가 할아버지의 왼쪽 어깨를 뚫고 지나갔다. 그들은 더 이상 남으로 내려가지 못했다. 내 어린 시절을 의정부 촌구석에서 보낸 이유였다. 할아버지는 후미진 시장 골목에 솥을 걸고 꿀꿀이죽 장사를 했다. 매일 새벽 짐받이가 넓은 자전거를 끌고 논두렁을 지나 신작로를 타고 미군 부대로 향했다. 구내식당에서 나오는 음식물 찌꺼기를 받아오기 위해서였다. 서양 사람들이 뱉어낸 질긴 고깃덩이는 할아버지의 솥에서 버짐 핀 한국인들의 영양분으로 재탄생했다. 이쑤시개를 걸러내는 작업이 귀찮았지만 세 식구의 목숨이 솥단지에 걸려 있었다. 한쪽 팔이 불편한 할아버지는 재혼에 실패한 뒤 술독에 빠져들었다. 북에 두고 온 아내의 이름을 부르는 취한 음성이 탱자나무 울타리를 넘곤 했다. 할아버지는 간경화로 일생을 마쳤다. 아버지가 고등학교에 입학하고 얼마 지나지 않아서였다. 다니던 중학교를 중퇴한 고모의 남의집살이도 그렇게 시작됐다. 여기까지는 어린 날 아버지로부터 들은 기억이다. 한참 후에 알게 된 사실이지만, 아버지는 자신의 여동생이 보내준 돈으로 대학을 졸업하고 중학교 영어 교사가 되었다.

여자가 도시락을 들고 자리로 돌아왔다. 에디는 비스

듬히 누운 자세로 음식을 받았다. 여자는 자신은 먹지도 않고 에디의 시중을 들었다. 식전부터 마신 맥주로 취기가 올랐던지 에디는 식사를 마치자 이내 코를 골기 시작했다. 에디의 침대에 걸터앉은 여자가 스마트폰을 보여주며 내게 딸 자랑을 했다. 볼우물이 쏙 들어가고 큼지막한 눈에 이마가 튀어나온, 동서양의 중간쯤에 걸터앉은 얼굴이었다. 케이크 위로 둥그렇게 꽂힌 촛불 앞에서 환하게 웃는 모습이 깜찍했다. 여자의 수다스런 동남아식 영어와 살짝 들어 올린 입꼬리에 만족스러움이 묻어 있었다. 그녀의 자랑이 길어질수록 나는 심사가 뒤틀렸다. 딸이 어른이 될 때까지 아빠가 살아 있어야겠지요? 얼떨결에 내 입에서 튀어나온 말이었다. 동시에 나는 에디의 나이를 계산해보았다. 무책임한 늙은이 같으니라고. 아이가 스무 살이 되면 그는 여든을 바라보지 않는가. 에디는 내게 구세주나 다름없어요. 딸아이는 그의 선물이고요. 선물이라…. 에디가 먼저 간다면 여자 혼자서 아이를 기르는 게 그리 만만한 일은 아닐 터. 내 생각을 파악했다는 듯 여자가 말을 이었다. 그가 나타나지 않았으면 저는 지금쯤 술주정뱅이나 아편하는 놈과 촌구석 땅이나 파면서 늙어갈지도 몰라요. 우리 부족은 큰딸이 살림 밑천이죠. 부모가 능력이 안 되면 큰 딸이 가족을 책임져야 해요. 무슨 수를 쓰든…. 여자가 말을 멈추고 한숨을 쉬었다. 내 상상은 다시 팟퐁과 카오산으로 날아갔다. 방콕의 거리로 흘러든 여자들 중에는 고산족 출신이 많다는 말에 나는 엉뚱하게도 고모의 코끼리 밥통을 떠올렸다.

내 어머니는 동네 여자들을 모아놓고 그것을 자랑했다. 한때 어렵사리 일본을 다녀오는 사람들의 손에는 어김없이 코끼리가 그려진 전기밥솥이 하나씩 들려 있었다. 어머니는 남편이 일본 여행이라도 다녀온 것으로 동네 여자들이 믿어주길 바랐는지도 몰랐다. 그걸로 밥을 지으면 통일벼도 찹쌀처럼 찰기가 생기고 밥알 위로 기름이 자르르 흐른다는 둥, 거기에 그대로 둔 밥은 쉬지 않고 굳지도 않는다는 둥, 거기에 엿기름을 앉혀 놓으면 기막히게 맛깔난 식혜가 된다는 둥. 자랑은 길어졌지만 누가 보내준 물건인지 어머니는 끝까지 밝히지 않았다. 일본에서는 그 외에도 때때로 선물이 왔고 어느 명절에 도착한 스케이트 신발은 언 논바닥 위를 미끄러지는 나를 우상으로 만들어주었다. 주어온 판자 위에 못을 치고 철사를 구부려 얼어터진 손으로 썰매를 만들어 타던 시골 아이들에게 그것은 신기한 물건이었으니까. 그러던 고모가 귀국을 했다. 내가 중학교에 입학할 무렵이었다. 일본에 십 년쯤 머물다 돌아온 그녀 곁에는 대여섯 살 정도로 보이는 아들이 하나 딸려 있었다. 아이의 아버지는 일본인이었다. 무슨 사연이었는지 그녀가 일본에서 내쫓겨 돌아왔다는 소문이 돌았다. 근처에 방을 얻은 고모가 우리 집에 드나들 때마다 어머니는 쉬쉬하며 여간 주위를 살피는 게 아니었다. 그런데도 시골 읍내 장터에 소문은 삽시간에 퍼졌고 동네 여자들은 이따금씩 고모에게 다녀가는 흰머리의 일본인 남자에 대한 입방아로 농한기를 때웠다. 어느 날 고모가 우리 집으로 보따리를 싸들고 들어왔다. 두 눈이 퉁퉁 부어 있었다. 한 몸처럼 붙어 있던 아들이 보이지 않았다. 아이의 친부가 일본으로 데리고 갔다는 것이었다. 미친 여자처럼 멍하니 하늘만 바라보며 울던 고모는 일주일도 안 되어 내쫓기듯 짐을 다시 싸야 했다. 아버지가 밥상을 엎으며 어머니에게 언성을 높이는 것을 나는 그때 처음 보았다. 몇 달 뒤 가뭄에 바닥을 드러낸 뒷산 저수지에서 고모의 시신이 발견되었다. 집 안에서 살가운 대화가 사라지고, 아버지에게 '아내는 함께 사는 남'이 된 것도 그때부터였다.

푸르스름한 아침이 차창을 넘어왔다. 밖에는 이슬을 머금은 초록의 숲이 장관으로 펼쳐지고 있었다. 고도를 높이는 비행기를 탄 것처럼 귀가 먹먹해졌다. 기차가 고산지대로 힘겹게 올라가고 있었다. 열차는 이방인의 호기심과 야릇한 불안감을 뱃속에 삼킨 채 태국 북부의 끝도 없는 밀림 속으로 파고들었다. 건너편 침대의 커튼이 열렸다. 밭은기침을 하는 에디의 등 뒤에 여자가 여전히 붙어 있었다. 여자는 그들의 짐을 이층 침대 위로 올려두고 아예 아래층에서 잔 모양이었다. 여자가 부스스한 얼굴로 일어나더니 먼저 침대 난간을 빠져나왔다. 여자의 손에 막걸리 병 크기의 하얀 플라스틱 통이 들려 있었다. 그 안에서 맥주 비슷한 누런 액체가 출렁거렸다. 나와 눈이 마주친 여자가 어색한 웃음을 흘리며 화장실로 걸음을 옮겼다. 욕지기가 올라왔다. 먼저 세수를 하고 돌아온 여자가 이번엔 물수건으로 에디의 얼굴을 꼼꼼히 닦아줬다. 갓난 애기를 돌보는 손길이었다. 에디의 시선이 나와 마주쳤다. 그도 쑥스러운 듯 변명을 했다. 이 여자는 고집이 세다우…. 장모님 생신인데 깔끔하게 보여야지.

이번엔 에디의 말을 여자가 받았다. 에디는 우리 샨족(Shan tribe) 마을에서 인기가 좋아요. 에디가 오면 돼지를 잡거든요. 그날이 동네 잔칫날이죠 헤헤. 여자의 잇몸이 드러났다. 여자의 고산족 분위기는 외국인 남자와의 관계를 숨기려 했던 내 어릴 적 시골 마을과는 전혀 다른 것 같았다.

이윽고 온밤을 달려온 열차가 거대한 짐승처럼 낮은 숨을 고르며 치앙마이역에 멈춰 섰다. 읽던 책을 배낭 속에 넣으며 내가 짐을 챙기는 사이 에디도 하차를 서둘렀다. 여자가 먼저 나와 에디가 누워 있던 침대의 커튼을 활짝 열어젖혔다. 그 순간 나는 못 볼 것을 훔쳐본 듯 고개를 외로 꼬았다. 에디에게 왼쪽 다리가 없었다. 무릎 위를 잘라낸 자리에 그는 주섬주섬 의족을 찾아 끼웠다. 육척 장신에 배가 불룩한 그가 기우뚱 일어서며 한 마디를 툭 던졌다. 이미 끝날 인생이었지, 이 여자를 만나지 못했다면…. 그제야 나는 공사 현장에서 사고가 있었다는 말뜻을 꿰어 맞출 수 있었다. 전기 기술자였던 그는 감전 사고로 다리를 잃은 것이었다. 동남아 각국은 메콩강 유역의 수자원 개발을 명분으로 유럽의 차관을 끌어들이기에 바빴다. 생태계 파괴라며 환경단체가 법석을 떨어댔지. 하지만 그런 건 서양인들의 탐욕 앞에서 힘을 쓰지 못했소. 이 지역의 부패한 정치인들이 우리를 도와 앞장을 섰으니까. 인도차이나 반도를 적시고 내려가는 물줄기의 용틀임과 강가에 넘쳐나는 천연가스, 원유, 석탄, 펄프, 원시의 관광 자원, 저렴한 임금 등. 2차 대전 이후 최고의 유혹이었다. 한때 군사적으로 이곳을 지배했던 그들이 이번엔 경제 식민지를 개척하는 중이었다. 노르웨이도 메콩강 댐 건설에 눈독을 들였다. 라오스를 경유하는 물줄기에 접근하기 위해 도로 공사에 먼저 투자했다. 공사 현장에 전기를 끌어오는 일이 급했거든. 경쟁 끝에 우리 회사가 도급을 땄지. 10년 전, 그가 여기까지 와서 다리를 잃게 된 사연이었다. 그 덕에 원주민들의 밤이 훤해졌어요. 에디가 양 손바닥으로 허공에 원을 그렸다. 그들에게도 안방에서 할리우드 영화를 볼 권리는 있지 않겠소. 원주민들은 자기들의 숲이 헐린 자리에 들어선 발전 시설과 송전탑을 환영하더구먼. 잠시 뜸을 들이던 에디가 떫은 입맛을 다시며 덧붙였다. 세상에 공짜 점심은 없는 법이오. 그의 눈가에 잔주름이 깊게 잡혔다. 이제 원주민들도 도시로 내려가야 한다. 가족 중 누군가는 디지털 TV를 사서 고향집으로 보내야겠지. 큰딸은 조만간 스마트폰으로 게임을 하고 싶다는 동생들을 달래야 할 것이다. 사고 후 본국으로 돌아간 에디는 좌절 끝에 이혼을 했다. 되돌아온 동남아는 그의 마지막 선택이었다. 저 여자가 여기서 태어나지 않았다면 나 같은 사내와 늙어갈 이유가 있겠나. 세상은 어차피 불공평한 거야. 행복은 스스로 적응하는 자의 것이지. 들릴 듯 말 듯 에디가 다시 중얼거렸다. 나에게 하는 말인지 여자에게 들으라고 하는 말인지 알 수 없었다. 몸피가 절반밖에 안 되는 여자의 부축을 받으며 그가 플랫폼을 빠져 나갔다. 두 사람의 뒷모습을 보며 문득 아버지가 스며든 고산족 마을도 저 여자의 고향 어디쯤이 아닐까 싶었다.

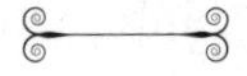

어머니는 쓰러지는 아버지를 부축하지 않았다. IMF 환란이 수습될 즈음, 아버지가 갑자기 퇴직을 했다. 정년을 십 년도 더 남겨둔 때였다. 며칠 밤을 새워가며 부부싸움이 끊이지 않았다. 어머니는 내가 모르는 여자의 이름을 대면서 아버지를 몰아세웠다. 같은 중학교에 근무하는 여선생과 눈이 맞아서, 구설수 때문에 사직서를 내지 않았느냐는 것이었다. 그도 그럴 것이 아버지는 순진한 인상에 말수가 적었고 살집 없는 큰 키에 말쑥한 정장이 잘 어울렸다. 여자들이 호감을 가질 만도 했다. 어허, 가슴을 열어서 보여줄 수도 없고. 아버지는 억울함을 호소했다. 내 판단으로는, 구설수 때문이 아니었다. 아버지를 궁지로 몬 것은 오히려 사표 내기 전날 어머니가 학교로 찾아간 사건이었다. 교무실에서 아버지의 맞은편에 앉아 있던 노처녀가 어머니의 앙칼진 손아귀에 머리채를 잡힌 채 복도로 끌려나왔다. 학생들이 몰려들었고 아버지는 지뢰 밟은 얼굴이 되어 제대로 말리지도 못했다. 씩씩거리며 집에 돌아온 어머니는 볼이 터지게 이를 악물며 무용담을 늘어놓았다. 앞으로 어떻게 먹고살 거냐고 어머니가 다그쳤다. 계획이 있으니 걱정마라고 아버지가 받아쳤다. 그 계획은 국민의 정부에서 지원하던 벤처 비지니스 중 하나인 인터넷 영어 교육 사업이었다. 사실, 아버지는 영어보다는 오히려 역사 선생에 더 어울렸다. 방바닥 가득 지도를 펴놓고 쪼그려 앉은 아버지는 지루한 세계사를 만화보다 더 재미나게 설명하곤 했다. 그림 솜씨도 보통은 넘었다. 사하라 사막에 낙타를 그리면 모래바람에 낙타의 속눈썹이 움찔거렸고, 등고선 위에 그려 넣은 꽃은 바람에 흔들렸다. 그렇지만 그건 어디까지나 아들인 내게 국한된 일이었다. 다른 사람들 앞에서는 자신의 속마음을 좀처럼 드러내지 않았으니까. 영어 강좌를 온라인에서 해보겠다는 아버지의 야심찬 계획과 노력은 헛수고로 끝나버렸다. 애초에 학교 밖 경험이 없는 자가 덤빌 수 있는 일이 아니었다. 성격에 어울리지도 않는 출판사 영업직까지 뒤늦은 사회 경험을 두루 하던 아버지가 급기야 상가 분양에 연루되어 결정타를 맞았다. 중소 건설회사에 바지 사장이 된 것이 화근이었다. 실권자였던 고향 친구는 투자자들의 중도금을 빼돌려 사라졌다. 기초 공사만을 끝낸 뒤 건물이 올라가기도 전이었다. 이름을 빌려준 아버지는 법적 책임을 져야 했다. 점포를 한 칸씩 분양받은 계약자들이 아버지를 상대로 속속 소송을 걸어왔다. 사기 혐의로 형사 고소도 곁들여져 수배령이 내려질 판국이었다. 피해금액 39억. 숫자에 짓눌려 어머니와 나는 서로의 핏기 가신 얼굴만 바라보았고 고개를 가슴에 묻던 아버지는 담뱃갑을 움켜쥐고 베란다를 드나들었다. 어머니는 이혼을 요구했다. 자신의 이름으로 계약된 아파트 전세보증금에 들어올 압류는 막아야 한다며. 아버지는 저항하지 않았고 며칠 후부터 집에 들어오지 않았다.

미얀마 청년으로부터 편지를 받은 날 저녁, 나는 어머니를 찾아가 사실을 털어놓았다. 어머니도 아버지의 근황을 궁금해 할 것이라는 생각이 들었기 때문이었다. 그 인간 찾아서 뭐하게. 보나마나 뭉칫돈 챙겨서 그 나라 젊은 년 하나 꿰차고 살림 차렸겠지. 김가 놈의 집구석은 아무튼 알아줘야 해. 화냥기가 차고 넘치는 족속들이니까. 나는 화냥기를 매력이라는 단어로 바꾸고 싶었다. 고모에게 들은 기억으로는 어머니도 아버지의 매력에 빠진 적이 있었다. 그녀는 퇴근 때마다 교문 앞에서 총각 선생을 기다려 혼전 임신에 성공했다. 그 결과가 바로 나니까. 어머니의 모욕적인 발언에는 고모에 대한 감정도 섞여 있었을 것이다. 고모 이야기가 나올 때마다 동네 창피하다는 말을 입에 달고 살았으니까. 나 역시도 켕기는 구석이 없진 않다. 마흔이 되도록 장가를 못 간 내가 유부녀와의 관계를 정리한 게 아버지의 편지를 받기 불과 이틀 전이었다. 2년 전, 나는 얼결에 백화점 문화센터의 대리 강사가 되었다. 사진 강좌를 맡았던 사장이 과음한 다음날이었다. 나는 거기서 치과의사를 남편으로 둔 여자를 만났고, 우리는 야외 촬영을 다니면서 가까워졌다. 일에만 몰두하는 그녀의 남편이 채워주지 못하는 공간에 스페어타이어처럼 내가 쪼그리고 들어가 있었다. 너 내 여자 맞아? 네가 날 먹여 살릴 수나 있고? 언제나 제자리를 맴돌던 말다툼이 결국 터져버렸다. 나와 아무런 상의도 없이 그녀가 내 아이를 지운 날이었다. 애정 없는 결혼 생활은 매춘이야! 그녀를 향한 볼멘소리도 효과가 없었다. 이미 회사를 관두고 나온 터라, 그녀의 입에서 같은 질문이 나온다면 나는 더 이상 그녀를 원망할 힘이 없었다. 그녀는 전화번호마저 바꿔버렸다. 나는 무슨 수를 써서라도 여자와 직장을 한꺼번에 잃은 낭패감에서 빠져나와야 했다. 그래, 떠나보자. 이참에 메콩강 유역의 고산족들을 취재해보자. 밀려드는 자본과 서양 문명을 그들이 어떻게 감당하는지 그렇잖아도 궁금했었다. 운이 좋으면 나는 이걸로 재기할 수도 있을 것이다. 이번 여행은 사전답사가 되겠지. 아버지로부터 쓸 만한 정보를 얻을 수 있을지도 모른다. 나는 취재 노트와 디지털카메라를 챙겼다. 내가 아버지의 편지에 호응을 한 이유가 하나 더 있었다. 추신처럼 붙은 마지막 문장. 아버지의 진심이 스며 있었다. 너를 졸업시키지 못한 것이 한이 되는구나.

못난 애비가. 제대를 앞두고 3학년 2학기 복학의 꿈에 젖어 있던 내게 아버지의 온라인 사업이 망했다는 소식이 들렸다. 복학 후 아르바이트로 한 학기를 버틴 끝에 내린 결론은 졸업 포기였다. 아버지는 그 기억을 아프게 간직하고 있었다. 어머니는 내 앞에서 아버지를 자주 비난했지만 나의 동의를 얻지는 못했다. 표독스럽게 덤벼드는 쪽보다는 숫기 없이 당하기만 하는 쪽에 나의 동정심이 실렸기 때문이었다. 그럴 때마다 나는 아버지의 흔들리는 눈동자에서 언젠가는 떠날 사람의 그림자를 보았다. 상가 사기 분양 사건은 울고 싶은데 뺨 때려준 격이었다. 나는 어머니에게 더 이상 아버지의 소식을 전하지 않기로 했다.

치앙마이에서 다시 미니밴을 타고 굽이굽이 산길을 돌아 태국과 미얀마의 국경 마을인 매홍손으로 들어갔다. 에디도 지금쯤 이 길을 타고 왔을 거라는 생각이 들자, 아차, 후회가 밀려왔다. 에디는 한때 메콩강 프로젝트의 중심에 있었다. 이번에 제작할 다큐는 그의 개인사로부터 출발하는 것도 좋을 성싶었다. 그의 연락처를 받아두고 사진이라도 찍어뒀어야 했는데…. 아직 희망은 있다. 그는 고산족 마을의 유명 인사일 터, 아버지의 도움을 받으면 그를 다시 만날 수 있을지도 모른다. 나는 스스로를 다독이며 의지에 불을 붙였다. 여행사 에어컨 밑에서 가이드를 기다리는 동안 취재 계획을 꼼꼼히 점검했다.

국경을 넘겨줄 청년은 자신을 리수족이라고 소개했다. 까맣게 탄 그의 얼굴에서 반짝이는 미소가 숲길로 접어드는 나의 불안감을 덜어주었다. 오토바이 두 대가 겨우 비켜가는 산길 진입로에 허름한 국경 검문소가 있었다. 아파트 수위실만 한 공간에서 졸고 있던 녹색 군복의 사내는 무뚝뚝한 표정으로 내 여권을 뒤적거려 미얀마 입국 비자를 확인했다. 가이드 청년은 오토바이 뒷좌석에 앉은 내게 서툰 영어로 애써 이것저것 설명했다. 숲속을 돌아다니며 화전을 일구고 소를 먹이는 고산족들에게는 국경이 무의미했다. 자신이 어느 나라에 속하는지도 별 관심거리가 되지 못했다. 더구나 내가 들어가는 미얀마의 샨주(Shan state)에는 부족 자치제를 유지하는 소수 민족이 살고 있었다. 아버지는 중앙 정부의 손길이 닿지 않는 그들 속으로 숨어든 것 같았다. 소떼가 오토바이 앞을 막아섰다. 열두어 살 정도로 보이는 여자아이가 머리에 검은 두건을 쓰고 소떼 뒤에서 나타났다. 전통 복장인 듯한 알록달록한 옷이 색동저고리를 연상시켰다. 헤지고 때 묻은 소매 끝에서 빠져나온 조그만 손에는 회초리가 들려 있었다. 수줍은 미소 뒤에 숨겨진 강인함이 그들을 밀림에서 살아남게 했나 보다. 소떼가 비켜가고도 한참 동안 소녀의 모습이 내 눈에서 사라지지 않았다. 산벼가 자라는 비탈 밭을 돌아 마을로 들어섰다. 허름한 집 몇 채가 듬성듬성 들어앉아 있었다. 여기가 배낭여행자들이 묵어가는 숙소예요. 트레킹이 시작되는 지점이죠. 지금까지 숲길을 헤쳐 온 하루는 워밍업에 불과했다. 지금부터 3박4일간은 겨울철에도 섭씨 30도를 웃도는 더위와 쪼아대는 땡볕을 버텨야 한다. 마당 한 귀퉁이에서 긴 뿔을 위로 뻗은 황소가 슬그머니 꼬리를 올렸다. 철퍼덕, 마른먼지를 일으키며 물컹한 똥이 떨어졌다. 원주민들이 말려서 연료로 사용한다는 거였다. 대나무를 엮어 지은 이층집의 아래는 창고 겸 외양간이었다. 나를 내려놓은 청년은 마당에서 고추를 손질하는 노파에게 눈인사를 하고 되돌아갔다. 뿌연 먼지가 소복하게 쌓인 낡은 나무 계단을 노인이 손바닥으로 쓰윽 문지르며 올라가라고 내게 손짓을 했다. 위층은 사람이 자는 공간이었다. 마루판이 성글게 벌어져 밑이 보이는 거실의 한쪽 벽으로 불상이 모셔져 있었다. 두 손을 합장했다. 안도의 긴 숨이 빠져나왔다. 오는 길에 청년에게 여러 차례 확인을 했으니, 아버지가 수지를 찾으라고 한 게 바로 이곳이지 싶었다. 여기서부터는 그녀가 나를 안내할 것이었다. 나는 아버지가 찾아들어간 그 길을 밟기만 하면 된다. 벌렁 드러누웠다. 불교 국가의 예법대로 불상의 반대쪽을 향해 무거운 다리를 길게 뻗었다. 아버지는 왜 하필 여기로 왔을까. 전기도, 전화도, 수도 시설도 없는 이런 곳에. 저항하기 힘든 졸음이 궁금증을 밀어내며 노곤한 몸 안으로 파고들었다.

어린 시절 듣던 수탉 울음소리가 산간 마을의 새벽을 깨웠다. 미스터 킴! 부엌에서 젊은 여자의 목소리가 들렸다. 발아래 걸린 구름이 흩어지며 푸르스름한 공기가 걷힐 때쯤이었다. 되돌아간 청년의 연락을 받은 그녀가 새벽을 달려온 듯했다. 아침 식사를 준비하는 그녀의 손끝에서 숙달된 살림 솜씨가 묻어나왔다. 마주앉았다. 산골이라 먹을 게 별로 없어요. 알아듣기 좋은 영어였다. 귀한 손님이 오신다기에…. 제가 왜 귀한 손님인가요? 성수기라 배낭여행객들이 심심찮게 올라올 텐데. 한국인은 드물거든요. 숯불 위에서 생선이 튀겨지고 있었다. 코코넛 기름의 고소한 향에서 수지의 정성이 느껴졌다. 산중에 생선이 귀할 텐데. 첫인상이 야무졌다. 짧게 자른 머리카락과 화장기 없는 얼굴에서 소치는 산골 소녀의 강인함이 배어나왔다. 알아듣기는 힘들었으나 치켜든 노파의 엄지손가락은 수지가 이 마을에서 유명한 트래킹 가이드라고 말하고 있었다. 희망이 한 가닥 더 늘어나는 느낌이었다. 그녀가 나의 취재를 도와줄 맞춤형 가이드 겸 통역이 될지도.

마당에서 수지를 기다리던 백인 남녀가 팀에 합류했다. 모두 넷이었다. 트래킹이 시작되었다. 들판을 지나 숲길을 세 시간쯤 걸었을까. 해가 중천으로 솟아오르고 우리는 손에 든 물병을 자주 열었다. 수다스런 커플이 뒤로 쳐지는 바람에 수지와 나 사이에 대화가 점점 늘고 있었다. 이 일을 언제부터 했어요? 2년 되어가요. 손님들은 대부분 오지 여행을 즐기는 유럽인들이예요. 양곤에서 대학을 다니다 휴학하고 학비 좀 벌자고 시작한 게 벌써 그렇게 됐네요. 잠시 침묵이 흘렀다. 내가 먼저 화제를 돌렸다. 아까부터 저 꽃이 궁금했어요. 어디서 본 듯한데…. 세 뼘쯤 되는 아담한 식물이 풀숲에서 자주 눈에 띄더니, 어느새 나는 아득히 펼쳐진 분홍의 카펫 위에 서 있었다. 동그랗고 앙증맞은 꽃봉오리마다 이슬처럼 빛나는 술이 달려 있었다. 수지는 꽃 이름을 말하려다 말고 직접 가까이 가보라고 손짓을 했다. 무릎을 굽혀 앉았다. 만져보세요. 작은 동물의 이빨처럼 촘촘히 자라난 대칭의 이파리에 손끝을 대보았다. 그 순간, 가지런한 이파리가 포식자를 피하듯 확 움츠러들었다. 미모사였다. 고향집 탱자나무 담장 아래 해가 내려오는 곳, 그곳에도 이 꽃이 피어 있었다. 건드리기만 하면 놀라서 움츠러들며 제 관절을 꺾어버리던 생명체. 아버지는 휴일이면 앞마당의 꽃밭에서 시간을 보내곤 했었다. 내가 미모사를 만지작거릴 때면 아버지의 목소리가 등 뒤에서 들렸다. 너무 건드리면 죽을지도 모른다. 나는 손끝을 거둬들이기를 반복하며 인내심을 길러야 했다. 까르르, 수지의 웃음소리가 등 뒤에서 들렸다. 우리는 '샤이 레이디'라고 불러요. 숨기고 싶은 비밀이 있나 봐요, 부끄럼 타는

숙녀처럼. 미모사는 이파리를 접다가 한 번 더 건드리면 아예 가지를 스스로 꺾어 내렸다. 놀라운 적응력이었다. 초식동물의 촉감을 느끼면 시들어 죽은 척하는 생존 전략일 것이다. 그것은 삶에 대한 질긴 의지였고 소극적 도피를 가장한 적극적 추구였다. 움츠러드는 미모사에서 나는 아버지를 보았다. 스스로 이파리를 접고 가지를 꺾은 채 산속 깊이 숨어버린 아버지. 눈앞에 펼쳐진 연분홍의 정원이 숨은그림찾기의 실마리처럼 홀연하고도 뾰족하게 다가왔다.

험한 산길이라 건장한 청년이 나설 줄 알았어요. 내가 다시 말문을 열었다. 실망하셨나요? 여기서는 거친 일을 여자들이 해요. 오는 길에 논에서 낫질을 하던 사람들도 여자였다. 보수 공사 중인 도로 위에서는 머리에 수건을 말아 올린 여자들이 모래를 지어 나르고 있었다. 그녀들은 온몸으로 뙤약볕을 받아냈다. 집짓는 현장에서도 벽돌을 이고 비계를 오르는 여자들을 보았다. 그 옆에서 흙먼지를 둘러쓴 아이는 일하다 내려온 엄마의 젖을 빨았다. 남자들도 '롱지'라는 긴 치마를 둘러 입는 이 나라의 풍속이 여자들을 강하게 단련시켰나 보다. 우리 부족은 결혼을 하면 남자가 여자의 집으로 들어와요. 장모에게

목돈을 주고 아내를 데리고 나오기도 하지만 돈 모으기가 그리 쉽나요. 집안의 어른은 외할머니에요. 모계 사회였다.

트레킹의 마지막 날, 아침부터 볕이 따가웠다. 이슬에 운동화가 젖을 염려는 금세 사라졌다. 일찍 돌아가셔서 저는 아버지 얼굴을 몰라요. 엄마는 열여덟에 저를 낳고 고생을 많이 했어요. 지금도 그렇고요. 그러다 한국인 아저씨를 만난 거죠. 나는 귀를 세웠다. 7년 전이었어요. 나는 그제야 아버지가 수지를 먼저 찾으라고 했던 이유를 알았다. 수지는 외할머니에게서 영어를 배웠다고 했다. 외할머니는 미얀마가 영국의 식민지였던 시절 제국주의 군대의 자원병이었다. 열아홉 살 처녀를 전쟁터로 내몬 건 가난이었다. 나는 수첩을 꺼내 적기 시작했다. 소수 민족의 근대사를 놓칠 순 없었다. 숲길을 배경으로 수지의 당찬 모습도 자주 카메라에 담았다. 오늘 저녁은 우리 집으로 모실게요. 엄마가 전통 요리에 솜씨가 있거든요. 내 심장이 빠르게 뛰었다. 우리 집에 도착했을 때 파파 킴은 이미 말라리아에 걸려 있었어요. 파파 킴? 아, 네. 제겐 아버지 같은 분이니까요. 대학을 간 것도 그 분의 영향이 컸지요. 제가 우리 마을에서 유일한 여대생인

걸요. 수지라는 영어식 이름도 그 분이 지어줬고요. 독립 영웅의 딸을 존경하신다면서. 우리 부족 언어에는 아버지라는 단어가 따로 없어요. 아저씨와 아버지는 같은 호칭이죠. 어느 집 아이가 다치기라도 하면 밤중에라도 아저씨들이 우르르 달려와요. 마을 사람들은 누구나 가족이죠. 실제로 다들 혈연으로 맺어진 친인척일 것이다. 한국의 집성촌도 한때 그런 모습이었으니까. 수지네 마을에서 아이들의 양육 책임은 공동체가 진단다. 여자들이 경제활동에 적극적으로 나설 수 있는 힘이었다. 초로(初老)의 도망자, 그를 간호하며 돌봐준 사람은 수지의 엄마였다. 침대칸에서 오줌통을 들고 나오던 여자의 미소가 눈앞으로 빠르게 스쳐갔다. 동시에 에디가 의족을 끼우며 하던 말이 내 명치 아래로 자막처럼 깔렸다. 세상은 불공평한 거야. 돌밭을 탓하면 뭐하겠어. 밑창 두꺼운 신발로 내가 바꿔 신어야지. 모든 건 생각하기 나름이야. 등성이를 향해 까마득히 휘어 오른 산길이 가르마의 꼬리를 구름 속으로 숨겨 넣었다. 습기 먹은 햇살이 초점 잃은 내 망막에 백일몽으로 번졌다. 가느다란 가르마를 타고 아버지의 뒷모습이 아득하게 나타났다. 햇무리구름에 매달린 무지개가 줄사다리처럼 흔들렸다. 바람에 밀려

허공에 반원을 그리는 사다리를 향해 아버지는 손을 뻗으며 허위허위 걷고 있었다. 밑창 두툼한 신발을 신고.

수지 엄마와 인연을 맺어주고 그길로 촌장을 찾아가 신분증도 만들어준 사람은 수지의 외할머니였다. 갈 곳 없는 외지인을 두고 노인의 고심이 깊었지 싶었다. 자치 부족의 일에 미얀마 정부가 크게 간섭하지 않는다는 점도 은둔에 유리했단다. 체류 기간을 넘긴 아버지는 그렇게 고산족 마을의 일원이 되었다. 건강이 회복되자, 거친 일을 해본 적 없는 외지인은 마침내 외국인들을 위한 산길 가이드로 나섰다. 영국으로부터 독립 후, 정부의 대대적인 반동분자 소탕 작전이 있었어요. 할머니도 숨어 지내며 고생을 많이 하셨대요. 그 뒤로는 한 번도 산을 떠나지 않으셨어요. 나는 문득, 아버지가 몸소 산을 내려와 내게 연락을 취하지 않은 이유를 생각해 보았다. 편지를 받고도 찾아오지 않는 자식에 대한 원망이 포기로 이어졌을까.

푸드득, 일행의 발소리에 놀란 새 한 마리가 덤불 속에서 날아올랐다. 꽁지에서 빠져나온 하얀 깃털이 허공에서 흩어졌다. 새가 숨어 있던 오목한 자리에 추방을 앞둔 자의 얼굴이 언뜻 나타났다. 화성의 외국인 보호소에서 만난 깡마른 사내의 애원하듯 겁먹은 눈동자. 거칠게 갈라진 그의 손톱 밑에 기름때가 까맣게 끼어 있었다. 머리를 조아리는 사내의 손에 들려있던 편지의 모서리가 덜덜 떨렸다. 나는 그에게 아무런 도움이 되지 못했다. 받지 못한 임금이 있는지, 벌금은 얼만지, 그곳은 지낼 만한지, 몸은 성한지, 그것도 아니면 그가 미얀마를 떠나올 때 아버지는 어떻게 지내고 있었는지라도 물었어야 했다. 집으로 돌아올 땐 젖은 바지를 입은 양 다리가 무겁고 마음이 눅눅했다. 고백컨대, 그날 나는 그 곳을 서둘러 빠져나오고 싶었다. 내 가족의 일을 그가 어디까지 알고 있을지. 그와 엮이고 싶지 않았다.

파파 킴은 고산족 문화와 역사에 관심이 많았어요. 그랬을 것이다. 그 부족 중 하나가 당나라에 끌려간 고구려 유민의 후손일 수도 있다. 동남아의 한 귀퉁이에서 잊혀져가는 소수 민족, 그들의 해방 투쟁사까지도 아버지는 놓치지 않았었다. 외국인과 살면 주위의 시선이 힘들지 않나요? 조심스럽게 내가 물었다. 천만에요. 우리 마을에서는 그런 거 신경 안 써요. 내 명치께로 고모가 불쑥 파고들었다. 스케이트 날에 베인 듯 코끝이 찌릿했다. 여기서는 결혼을 여러 번 하면 오히려 유능한 여자죠 호호. 아버지가 각각인 아이들을 기르는 것도 문제가 되지 않아요. 상대가 능력 있는 외국인 남자라면 말할 것도 없지요. 파파 킴은 예외였지만….

아버지가 돈뭉치를 빼돌려 도망쳤을 거라는 어머니의 추측은 틀렸다. 아버지에 대한 걱정이 내 가슴 언저리를 찌르고 들어왔다. 불현듯 편지의 꽃그림이 떠올랐다. 상처 입은 미모사가 뿌리를 내리는 곳. 아버지는 순진하게도, 자본의 착취와 인습의 편견이 닿지 않는 이상향을 찾아 나섰는지도 모른다. 어쩌다 만난 한국인 앞에서 어느 한국인 은둔자에 대한 이야기를 이어가던 수지, 그녀가 갑자기 미간을 좁히며 내 얼굴을 빤히 들여다보았다. 그녀의 활짝 열린 동공 속으로 빨려 들어가는 느낌이었다. 나는 고개를 돌려 오솔길에 숨어 있는 꽃으로 다가갔다. 뒤늦게 찾아온 죄책감을 숨기고 싶었다. 미모사가 내 손을 피해 자꾸만 움츠러들었다. 부끄러웠다. 그녀도 더 이상 묻지 않았다. 우리는 말없이 다시 걷기 시작했다. 언덕을 넘자 확 트인 평지가 펼쳐 있었다. 그 너머 먼 산 아래로 누런 해가 기우뚱 몸을 숨기는 중이었다. 구름 사이로 빠져나온 붉은 빛이 수지의 동그란 눈과 도톰한 뺨을 타고 내려와 다문 입술에 드리웠다. 그녀는 손을 뻗어 서쪽 산허리에 기댄 집들을 가리켰다. 나무껍질로 덮은 서너 채의 지붕 위에 뒷산이 둥그렇게 얹혀 있었다. 이제 아버지는 내게 이 마을의 역사를 밤새워 풀어놓을 것이다. 나는 다시금 의욕을 불태웠다. 아버지와 수지가 도와준다면 메콩강의 거친 물속으로라도 뛰어들 수 있을 것 같았다. 역사란 개인사를 통해 풀어낼 때 구체화된 감동으로 거듭나는 법. 에디의 얼굴을 다큐의 첫 화면에 띄우고 오프닝 멘트는 그의 담담한 진술로 대신해도 좋을 것이다. 다리를 잃은 서양인, 그는 한때 자본의 탐욕을 채워주던 첨병이었다. '행복은 적응하는 자의 것'이라던 남자는 자신에게 닥친 아이러니에 어떻게 적응했을까. 에디의 눈에 비친 원주민의 삶은 어떻게 변했는가. 그가 마음속에 품은 메콩의 의미를 나는 어떻게 그려낼 것인가. 이번 작품이 다큐멘터리 작가로서의 내 인생을 바꿔 놓을지도 모른다. 나만의 메콩강 프로젝트가 머릿속에서 급류를 타기 시작했다. 나는 주먹을 쥐고 어금니에 힘을 모았다.

저기예요 우리 집. 할머니 묘소가 그 뒤에 있고요. 노환이었죠. 외지인을 받아들이고 3년이 더 흐른 뒤였어요. 할머니 돌아가실 때 파파 킴이 제일 많이 울었어요. 동네 사람들도 따라 울고요. 할머니 옆에는 지금 그가 자고 있지요. 석양이 잘 보이는 언덕에서….

휘청 무릎이 꺾였다. 일행의 눈길이 내게 쏠렸다. 나는 그 자리에 털썩 주저앉았다. 돌아가신 지 벌써 1년이 다 되어가네요. 가이드 일을 하다가 발을 헛디뎌 벼랑에서 굴렀지요. 허리를 다쳤는데 그 길로 일어나지 못했어요. 제가 이어서 이 일을 하게 된 거죠. 가진 거라곤 병든 몸뚱이뿐인 남자의 대소변을 받아내며 해를 넘기도록 곁을 지켜준 사람은 수지 엄마였다.

물기가 괸 내 눈언저리에, 서쪽에서 다가온 붉은 빛이 번지다 꺼져들었다. 수지가 가리킨 집을 향해 백인 커플의 걸음이 빨라졌다. 스무 걸음쯤 앞에서 기다리던 수지가 되돌아와 말없이 내 손을 잡아끌었다. 엄마가 미스터 킴을 많이 보고 싶어 해요. 파파 킴이 아들 이야기를 자주 했거든요. 송아지 울음소리와 황소의 느린 화답이 어둑해진 마을 어귀에 교대로 울려 퍼졌다.

마디

반포 고속터미널에서 담양행 버스를 탔다. 세 시간 반 동안 내 눈은 선반 위 배낭에 걸려 있었다.

이틀 전 인천공항에 도착할 때까지도 나는 배낭 속 나무상자의 최종 목적지를 정하지 못했다. 우선 집으로 들고 왔다. 책상 위에서 상자가 온종일 나를 지켜보았다. 마흔 문턱에서 나는 아버지와 다시 한 방을 쓰게 된 것이었다. 여전히 미혼에 원룸을 벗어나지 못한 내 처지도 아버지가 떠난 칠 년 전과 다르지 않았다.

지난달, 잘못 걸려왔나 싶은 전화에서 어눌한 한국어가 들렸다. 또다시 직장에서 밀려난 내가 허탈한 가슴을 쓰다듬고 있을 때였다. 아버지의 편지는 한국에서 불법 체류하다 붙잡힌 미얀마 청년의 짐 속에서 일 년 하고도 일곱 달이나 잠을 자고 있었다. 내게 보낸 편지는 산길에서 실족하여 자리보전한 아버지의 유언이었다. 보고 싶다는…. 그의 최후를 지켜준 여자는 떠나는 내 손을 잡으며 눈물을 훔쳤다. 빚에 몰려 도주했던 아버지가 내 품에 안겨 그렇게 되돌아왔다.

담양 버스터미널 주변에 어둠이 짙게 깔려 있었다. 사람들이 빠져나간 건물을 나와 건너편을 지나는 택시를 돌려 세웠다. 숙소로 향했다. 출발 전에 확인한 죽순장 여관은 내 휴대폰에 넣어둔 칠 년 전의 번호를 그대로 사용하고 있었다. 그냥 오시면 되요. 수화기 너머에서 여자가 말했다. 그녀는 느릿한 발음으로 묻지도 않은 지리를 친절하게 설명했다. 평일이라 빈방은 많을 터였다. 더구나 시간제로 대실을 하는 업소일수록 아침까지 묵을 손님은 늦게 들어오길 바라지 않겠나. 택시를 보낸 나는 배낭을 맨 채 불 켜진 여관 입구에서 머뭇거리다 돌아섰다. 마른 정신으로 들어가기가 뭣해서였다. 왠지 모르게 가슴이 두근거렸다. 무턱대고 죽녹원 방향으로 걸었다. 젖은 바람이 불어왔다. 눈을 감았다.

죽녹원은 내가 담양에 첫발을 담그던 날 아버지와 함께 들렀던 곳이었다. 고속버스에서 내려 숙소를 찾아 짐을 풀기도 전이었다. 이리 주세요. 아니다, 나도 이 정도 힘은 된다. 내 운동화까지 들어 있는 짐이 아버지의 등에 붙어 있었다. 휴대폰 광고에서 자주 보았던 대숲이 내 호기심을 발동시켰다. 우리는 댓잎 스치는 바람소리에 이끌려 안으로 들어갔고 베트남 전쟁을 다룬 영화 '알 포인트'를 찍은 곳이라는 푯말 앞에 섰다. 대나무 우듬지가 하늘을 가렸다. 손바닥만큼씩 오려진 햇볕이 뿌리가 기어다니는 숲길 그늘에 떨어졌다. 마주 선 아버지의 얼굴에 볕 한 조각이 어룽거렸다. 산다는 게 참 그렇더구나. 전쟁 이야기를 하는 것 같진 않았다. 아버지가 월남 참전용사도 아니어서 그럴듯한 무용담이 나올 리도 없고. 이 놈들이 얼마나 빠르게 자라는지 아니? 아버지가 대나무를 만지며 숨을 길게 뽑았다. 나이 들면 이런 게 소중해져, 이 마디 말이다. 굵은 몸통 하나를 감싼 두 손을 위쪽으로 쓸어 올리며 아버지가 말을 이었다. 이게 없으면 바람에 부러지거든. 살면서 추억으로 마디를 만들어놓지 않으면 인간관계도 부러져. 친구든 부부든.

조금 전까지 내린 비로 포장도로 위의 물기가 가로등에 반짝였다. 시월 하순의 축축한 밤공기가 목덜미에 달라붙었다. 조금은 청승맞다는 생각이 들었다. 보슬비가 안경을 적셨으나 시야를 가릴 정도는 아니었다. 자정이 지나고 있었다. 흐릿한 어둠속에서 편의점이 눈부시게 나를 끌어들였다. 나는 텁텁해진 목구멍 안으로 맥주를 넘기며 죽순장 여관을 찾아온 이유를 되새김질했다. 빈속에 마신 알콜이 슬그머니 나를 그날 밤으로 밀어 넣었다.

이곳을 권한 건 아버지였다. 그때도 우리는 서울에서 고속버스를 탔다. 아버지는 초행이 아닌 듯했고 택시 운전사에게 군청과 죽녹원 사이 어디쯤으로 가자고 했다. 마라톤 대회가 근처의 추성경기장에서 열리므로 숙소는 그쯤이 좋겠다는 판단이었다. 아버지는 저렴한 여관을 찾아 달라 주문했고 택시는 우리를 죽순장으로 안내했다. 우리는 이미 10킬로미터 단축 마라톤 출전 등록을 마쳤고 행사는 다음날 아침이었다. 모든 절차는 아버지가 처리했다. 대회 운영위에 미리 인터넷으로 접수하는 일도 아버지의 몫이었다. 아버지는 내가 함께 뛰기를 원했다. 그건 권유라기보다 간절한 부탁에 가까웠다. 처음엔 한가하게 운동이나 즐길 기분이 아니라며 손사래를 쳤지만 나는 이내 승낙을 하고 말았다. 아버지의 동공 깊은 곳에 내가 다니던 초등학교 운동장이 있었다. 너만 할 때 아빠 별명이 노루였어. 어디선가 그런 소리가 들려왔다. 모기처럼 조그맣게. 우리는 학부모와 함께 뛰는 이인삼각 경기에서 일등을 했다. 나는 며칠 전부터 졸라댔고 아버지는 큰맘을 먹었을 것이었다. 직장엔 병가를 냈는지도. 나는 앞으로 불려나가 크레파스를 받았고 아버지는 두 손가락을 입속에 넣어 휘파람을 불었다. 우리에게 서로가 자랑스러웠던 거의 유일한 추억이었다.

아버지는 그때의 기분을 되살리고 있었다. 우리는 한강공원에서 준비 훈련을 했다. 당시 내 거처는 합정동이었다. 홍대 근처의 여행사로 출근하던 내가 자취할 요량으로 큰맘 먹고 구한 월세방이었다. 조금만 걸어도 한강이었다. 함께 운동을 시작하면서 나는 담배를 끊었고 아버지는 술과 담배를 동시에 끊었다. 아버지는 달리기가 금연과 금주에 도움이 된다고 말했다. 나는 금연과 금주가 달리기에 도움이 된다는 뜻으로 이해했다. 나는 효과를 불신했지만 아버지는 달랐다. 마라톤은 평소 운동하는 습관이 없던 사람에게 고통일 것이므로 더 큰 고통으로 금단의 작은 고통을 이겨내야 한다고 했다. 아버지의 주장이 조금은 억지스럽게 들리기도 했는데 아비로서 본보기가 되고 싶어서려니 했다. 건강을 회복하는 일은 실인즉 나보다 아버지에게 더 필요했다. 아버지는 스트레스를 술로 해결하곤 했다.

중학교 영어 교사였던 아버지가 사표를 내고 자영업으로 퇴직금을 날린 건 한순간이었다. 작심하고 시작한 인터넷 영어 교육 사업에서 허망하게 부도를 낸 것이었다. 영업에 실패한 탓이었고 숫기 없는 성격으로 덤벼든 출판사 판매직도 마찬가지였다. 그러는 동안 아버지의 외모도 점점 변해갔다. 얼굴에서 웃음이 사라지고 뺨도 움푹해졌다. 술로 달래는 날들을 간이 오래 버텨줄 리 없었다. 간경화로 진입했다는 진단은 당연한 수순이었다. 살림은 나아지지 않았고 이윽고 어머니가 생활 전선에 뛰어들었다. 어머니는 집근처 부동산 사무실로 출근했다. 공인중개사 자격시험에 두 차례 낙방한 뒤였다. 습관처럼 남편을 원망하던 어머니는 돈이 벌리지 않는 원인을 불경기 탓으로 돌렸다. 때마침 월가에서 불어온 금융 위기로 부동산 경기가 꺾인 것은 사실이었다. 하지만 돈벌이가 평소의 악다구니로 해결될 리 없었다. 어깨가 무거워진 아버지가 이번엔 확실하다고 장담할수록 어머니는 눈을 희게 돌렸다. 마침내 아버지가 상가 분양 사기에 걸려들었다. 마지막이야… 한 번만 더 믿어줘. 아버지는 그렇게 바지 사장이 되었고 아버지를 끌어들인 고향 친구는 중도금을 챙겨 잠적했다. 가진 게 없으니 잃을 것도 없다던 자신감은 어머니의 웃음거리가 되었다. 아버지가 분양 사무소로 출근한 지 두 달쯤 지났을까. 갑자기 집으로 험상궂은 얼굴들이 몰려들기 시작했다. 담배를 물고 베란다를 드나드는 아버지의 등에 대고 어머니가 빈정댔다. 참 가지가지 하는구먼. 취해서 들어온 아버지가 베란다에 쭈그려 앉아 코를 훌쩍거렸다. 술 처먹고 우는 게 김가 놈의 집구석 내력이라니까. 어머니가 말했다. 아버지는 한없이 작아져 있었다. 자신의 옹색한 처지를 감추지 못하는 성격 때문이었다. 나는 집을 나가는 게 상책일 듯싶었다. 짐을 쌌다. 어차피 다니던 여행사 가까이 옮기려던 참이었다.

느이 아부지 집 나갔다. 오랜만에 집으로 전화를 건 내가 어머니한테 들은 첫 마디였다. 그 다음 말은 강도가 더 높았다. 우리 이혼했다. 잘못 들었나 싶었다. 그런데 농담 같지 않았다. 오래전 애정이 식었고 그리하여 진작 그리 되어야 했음을 재확인해주는 친절이었다. 아파트 전세 계약이 내 명의로 되어 있는데 그거라도 지켜야 되지 않겠니? 빚쟁이들이 몰려드는데…. 그럼 아버지는?

그 인간이 이 마당에 도장 안 찍고 배겨. 아버지는 그렇게 집을 나간 모양이었다.

연락이 안 되던 아버지로부터 전화를 받았다. 가출 소식을 접한 지 한 달쯤 지나서였다. 첫 마디는 미안하다, 였다. 저한테 왜 미안해요? 전화기에서 잠시 소리가 사라졌고 나는 또 그 얘긴가 싶었다. '내가 못나서'로 시작되는 한탄은 '널 졸업시키지 못해서'로 끝날 것이었다. 아르바이트로 버티다 결국 자퇴서를 내고 말았던 대학 생활의 아쉬움을 더듬고 있을 때 가늘어진 목소리가 다시 들려왔다. 너에게 신세 좀 지면 안 되겠니? 내 자취방으로 들어오겠다는 뜻이었다. 정확한 주소를 모를 뿐, 이미 근처에 와 있는 것 같았다. 그동안 어디에 계셨어요? 응 여기저기… 찜질방 같은 데도 있고. 그날부터 좁은 방에서 불편한 동거가 시작되었다. 종종 자고 가던 내 여자 친구에게 서둘러 고백할 수밖에 없었다. 그녀는 울고 싶었는데 뺨이라도 맞은 표정이었다. 차라리 잘 됐지 뭐. 울 엄마도 더 이상은 만나지 마래. 그녀가 이미 마음을 정리하고 나온 것 같았다. 내가 며칠 전 회사에서 잘린 걸 솔직히 말해버린 게 화근이었다. 수습 기간도 끝나가는 데 뭘. 대세를 따랐을 뿐이라고 그녀에게 둘러댔다. 다니는 회사가 국내에서 몇 손가락 안에 드는 여행사라고 떠벌여놓은 걸 후회했다.

내가 사고를 친 건 회식자리였다. 취중에 바른 말을 한 것 같았는데 회사는 내게 그만 나와도 된다고 했다. 애로사항을 말해 봐요. 일과 결혼했다는 노처녀 팀장의 가는 입술에 너그러운 미소가 번졌다. 평소답지 않았다. 몇 순배가 돌아간 뒤였다. 적당히 고삐 풀린 나는 최근에 출시된 회사의 싸구려 상품에 핏대를 올렸다. 이거 어디 해 먹겠어요? 창피해서…. 명동 거리의 소음 속에 중국말이 끼어들기 시작하던 때였다. 유커들에게 쇼핑을 강요하는 국내 영업 방식이 유럽 담당인 내 눈에도 적잖이 거슬리던 참이었다. 동의를 보내는 듯한 좌중의 눈빛에 나는 우쭐했다. 그런데 지지 발언이 뒤따르지 않았다. 팀원들이 곁눈질로 서로의 표정을 살폈다. 엷은 미소들이 삼겹살 불판 위로 날아다닐 때 눈치챘어야 했다. 중국인 대상 신상품이 팀장의 작품이란 걸 술기운에 깜박했다. 의협심은 무슨…. 개나 줘버려야 할 취중 망언이었다. 각성된 머릿속에서 후회가 회오리쳤다. 큰소리부터 쳐놓고 뒷감당 못하는 것도 나는 아버지를 닮아 있었다. 자주 듣던 어머니의 욕설이 달려와 따귀를 때렸다. 나는 불어난 방광을 핑계로 화장실에 달려가 맥없이 훌쩍거렸다. 위아래에서 동시에 수분이 빠져나왔다. 아버지를 원망했다. 술버릇도 부전자전 아니냐고. 그런 생각이 들 때마다 나는 내 키가 지금의 절반쯤이던 시절로 되돌아가곤 했다.

너는 술 배우지 마라. 불콰해져서 귀가한 가장의 맥 빠지는 훈육이었다. 아버지가 곧 눈시울을 적실 것이었다. 덕분에 초등학생 아들은 술이 더 궁금해졌고 사람을 슬프게 만드는 액체를 기어이 시험해보고 싶었다. 남매만을 데리고 월남한 할아버지가 북에 두고 온 아내를 그리워하며 훌쩍거린 건 이해 못 할 바도 아니었다. 술기운에 잠시 울적해지는 것쯤이야 민족적 비극이라는 거대 담론 앞에서 허물이랄 것도 없었다. 스스로를 작아 보이게 했지만 아버지의 울먹임에도 나름의 비애는 묻어 있었다. 가정을 지키려는 절박함 같은 거 말이다. 내 경우엔 봐줄 만한 구석이 빈약했다. 내 한 몸 건사하기도 힘든 주제에 바른 말을 한다? 그거야말로 의협심을 가장한 신세한탄으로 보이기 딱 좋았다. 그날 이후로 여자 친구는 먼저 연락하지 않았다. 문자 메시지에 대한 반응도 뜸을 들이거나 꼬리를 감췄다. 나는 맥없이 한강공원을 자주 걸었다. 섭섭함과 미안함이 아쉬움 속으로 섞여들었다.

그녀를 만나고 한 해를 넘겼는데 나는 별로 해준 게 없었다. 그녀는 이따금씩 내게 조그만 선물을 사주곤 했었다. 만난 지 일주일, 한 달, 뭐 그런 마디들을 그녀가 꼬박꼬박 챙겼다. 백 일 되던 날 그녀는 특별한 데이트를 기대했지만 나는 무시했다. 내가 헛돈 쓰지 말자고 했던가. 궁상맞게 보일까봐 장래를 들먹거렸다. 일 년 기념이라며 그녀가 사준 장갑은 서랍에서 잊혀져갔다. 레스토랑의 노란 불빛이 물 위에서 휘청거렸다. 그녀의 하얀 손가락에 청혼 반지를 끼워주려던 장소였다.

내 헌 운동화에 발을 꿰어본 아버지가 흡족한 웃음을 보였다. 국가대표 마라톤 코치라도 된 것처럼 아버지는 아침마다 비장하게 신발끈을 맸다. 새벽 운동은 질긴 잠으로부터의 탈출이 관건이었다. 얼결에 따라붙은 달리기였다. 강바람이 싫었다. 나는 적당한 타협을 원했지만 통하지 않았다. 아버지의 성화를 이겨낼 수 없었다. 짜증을 낸 뒤에 곧 사과를 하는 식으로 첫 달을 보냈다. 달리는 내내 눈앞에서 잔고가 달랑거리는 통장이 어른거렸다. 나는 초등학교 때 육상선수였지만 군대를 마치고 나온 뒤로는 제대로 뛰어본 적도 없었다. 처음엔 걷기만 해도 숨이 찼다. 아버지는 더 할 것이었다. 누렇게 뜬 얼굴을 부러 외면했다. 뒤따라 걷는 내 귀에 헐떡거리는 소리가 들렸다. 아버지가 식은땀을 흘리며 공원의 나무둥치에 기대곤 했다. 술 담배를 동시에 끊다보니 금단 현상에 시달리는 모양이었다. 목구멍에 들러붙은 가래 소리가 영 신경에 거슬렸다. 그만하시죠. 나도 힘들었지만 환갑에 들어선 사내가 못내 딱해보였다. 너에게 해줄 수 있는 게 이것뿐이구나. 고개 숙인 얼굴에서 새어나오는 소리가 가늘고 궁상맞았다.

새벽 운동을 마친 아침이면 나는 출근 복장으로 좁은 방을 빠져나왔다. 아버지를 실망시키기도 싫었지만 다른 직장을 알아봐야 했다. 여기저기 원서를 냈으므로 면접에 대비한 긴장을 풀 수 없었다. 아버지는 골목 어귀에서 주워온 신문을 뒤적거리며 온종일 방 안에서 시간을 보내다 슬그머니 외출을 하곤 했다. 거개는 누군가로부터 걸려온 전화를 받고나서였다. 돌아온 어깨가 둥그렇게 꺾여 있었다. 채권자에게 조아리고 온 듯했다. 또 무슨 비굴한 사정과 뼈 없는 약속들을 늘어놓고 왔는지…. 돈 가진 거 좀 있냐? 아버지가 원하는 건 겨우 삼만 원. 교통비가 떨어진 것 같았다. 나는 두 손바닥을 위로 올려 거절의 몸짓을 보였다. 아버지는 입맛을 다시며 고개를 꼬아 시선을 위로 올렸다. 강변에 늘어선 고급 아파트 군락 위로 새털구름이 흩어지고 있었다. 내 밥줄이 떨어진 사실을 아버지가 눈치챈 듯했다. 당장의 끼니도 문제였다. 나는 재취업의 문턱에서 자꾸만 넘어졌다. 이제 아버지는 푼돈을 구하기 위해 오래된 지인이나 옛 직장 동료를 찾아 나설 것이었다.

두 남자가 자취방에 누운 지 두 달이 지나고 있었다. 다행히 아버지의 눈 밑에서 푸석했던 부기가 내렸고 몇백 미터 정도는 뛸 수 있는 근력도 생겨났다. 나 역시 쉬지 않고 몇 킬로미터를 달릴 수 있게 되었다. 금연 효과인지도 몰랐다. 목구멍에서 때가 벗겨진 듯 숨쉬기가 편해졌다. 천덕꾸러기 같은 아버지가 슬슬 페이스메이커로 느껴지기도 했다. 언감생심, 기록은 논할 바가 못 되었다. 그래도 그런 걸 함께 고생하는 자들 사이의 의리라고 한다면 우리에게도 마디 하나가 생긴 모양이었다.

낡은 이층 여관 건물엔 불이 꺼져 있었다. 비어 있거나 모두들 자는 모양이었다. 불그레한 미등이 새어나오는 출입문을 안으로 밀었다. 왼쪽 벽에 붙은 네모난 디지털 벽시계가 눈에 들어왔다. 빨간 숫자가 자정을 한참 지나 있었다. 카운터 뒤 관리실에서 여자가 나왔다. 그녀였다. 전화 목소리보다 훨씬 늙어 있었다. 많이 늙으셨네요. 여자가 잠기를 털어내며 미소를 지었다. 눈가에서 잔주름이 자글거렸다. 그녀가 헝클어진 머리칼을 뒤로 쓰다듬었다. 검게 염색한 털뿌리에서 가지런히 올라오는 흰 머리가 보였다. 이 여자도 나이를 먹는구나. 나는 지나간 시간을 곱씹어 보았다. 그녀가 칫솔과 일회용 면도기가 든 비닐봉투와 수건을 부산하게 챙겨 카운터 위에 올려놓았다. 위층 온돌방 비어 있죠? 아참, 할머니는요? 그녀가 눈을 동그랗게 떴다. 어? 전에도 오셨능갑소 잉? 그녀가 나를 못 알아보는 것 같았다. 하긴.

아버지와 함께 들어온 날, 일흔이 좀 못 되어 보이는

노파가 우리를 맞이했었다. 온돌방으로 주세요. 이틀 묵을 거예요. 카운터 너머에서 목을 길게 뺀 노파는 수다스러웠다. 어디서 왔느냐, 형제처럼 보인다는 둥, 저녁은 먹었냐는 둥. 시골 마을의 고즈넉한 분위기와는 거리가 있었다. 친절이라면 좀 지나쳤고 비즈니스라면 의도를 짐작하기가 쉽지 않았다. 복도를 가운데 두고 양쪽으로 대여섯 개의 방이 늘어서 있었다. 노파는 갈라지는 음성으로 누군가를 불렀고 삐거덕거리는 소리와 함께 복도 끝에서 방문이 열렸다. 검정색 추리닝 상하의를 입은 여자가 다가왔다. 그녀가 수건과 세면도구를 들고 우리를 이층으로 안내했다. 중국 교포인 듯한 말투에 전라도 사투리가 섞여 있었다. 미간이 넓고 순한 인상이었는데 어딘지 좀 촌스러웠다. 우리와 방으로 들어온 그녀가 난방 스위치 사용법을 자세히 설명했다. 그녀는 말하는 동안 눈꺼풀을 내리고 우리의 시선을 피했다. 남자들 앞이라 수줍어하나. 여자의 나이를 가늠해 보았다. 사십대 중반쯤? 아니면 좀 더 아랜가. 고생한 사람들이 으레 그렇듯 실제보다 더 들어 보일 수도 있었다. 국경을 넘어온 덜 세련된 여자에 대한 나의 어쭙잖은 편견인지도 모르고. 그런데 아버지가 여자의 얼굴을 바짝 들여다보았다. 심상치 않은 눈빛으로 촘촘히. 내가 민망할 정도였다. 알았으니 그냥 나가세요. 내가 그녀의 등을 떠밀자 아버지가 뒷머리를 긁으며 방에 달린 화장실로 들어갔다.

방문을 막 닫으려는데 새된 목소리가 날아들었다. 남녀가 다투는 소리 같기도 하여 나는 빠끔히 문을 열어 복도를 살폈다. 좀 전에 우리 방을 나간 여자는 흘끗 돌아보더니 아무 일도 아니라는 듯 총총히 계단 밑으로 사라졌다. 나는 소리를 좇아 고개를 돌렸다. 우리가 든 방과 사선으로 맞은편에서 방문 하나가 벌컥 열렸다. 여자의 목소리가 커졌다. 에잇 씨팔 재수가 없을랑께 별 이상한 놈이 걸려가지고. 짙은 화장을 한 여자가 문을 쾅 닫으며 밖으로 나왔다. 서른까지는 안 되어 보이는 여자의 노랗게 물들인 단발머리가 삐죽삐죽 흐트러져 있었다. 내 시선은 그녀의 슬리퍼 신은 발에서 허옇게 드러낸 허벅지로 좇아올라 팬티가 드러날 듯한 분홍 원피스 끝자락에 꽂혔다. 나와 눈이 마주친 여자가 뭘 보냐는 듯 입꼬리를 삐죽거렸다. 복도 끝으로 향한 그녀가 걸음을 뗄 때마다 살덩이가 좁은 허리 밑에서 탄성 있게 튕겨졌다. 생각 있으면 따라오라는 건가. 여자가 흰 수건이 잔뜩 걸린 빨래건조대를 옆으로 밀고 방문을 열었다. 쌓아둔 물품과 청소용구 등이 출입문을 반쯤 막은 걸로 보아 손님들에게 내주는 방은 아닌 듯했다.

요를 깔고 아버지와 나란히 누웠다. 나는 조금만 피곤해도 코를 세게 고는지라 아버지가 먼저 잠들기를 바랐다. 잠시 후 잠에 빠져든 아버지의 입술에서 바람 빠지는 소리가 들렸다. 나는 좀처럼 잠이 오지 않았다. 이튿날 아침으로 예정된 달리기에 대한 긴장 때문만은 아니었다. 우리를 안내한 수더분한 얼굴과 이층 구석방으로 들어가던 흐벅진 엉덩이가 불 꺼진 천정에서 느린 화면으로 어슬렁거렸다. 나는 노파가 아버지에게 우리 둘의 관계를 굳이 물었던 이유를 알 것 같았다.

부스럭거리는 소리에 눈을 떴다. 창밖이 밝아 있었다. 메고 온 배낭 속을 뒤지며 아버지가 혀를 찼다. 급기야 아버지는 배낭을 거꾸로 들어 올려 흔들었다. 달리기가 끝나면 갈아입을 속옷과 양말 두 켤레, 버스표 영수증 등이 방바닥에 흩어졌다. 대회 조직위에서 택배로 보내준 유니폼 티셔츠 두 장을 양 손에 들어 올리며 그는 허어 참, 을 반복했다. 반바지를 두고 왔네. 황당했다. 석 달 동안 새벽잠을 희생시킨 대가를 확인하려는 참에 평소 꼼꼼하던 아버지가 실수를 한 것이었다. 서울에서 내려올 때 아버지는 신사복 바지 차림이었고 나는 청바지였다. 기다려보세요. 나는 급히 고양이 세수를 하고 아래층으로 내려갔다.

아침부터 뭔 일이여? 마침 노파가 깨어 있었다. 자초지종을 설명하고 시장이 어딘지 물었다. 시방 문 연 디가 없을 꺼인디. 그래도 혹시나 싶어 큰길로 나와 여기저기 점포들을 기웃거리던 나는 곧 노파의 말을 수긍해야 했다. 더구나 휴일 아침 아닌가. 두 시간 후면 마라톤 레이스가 시작될 것이었다. 여관으로 되돌아갔다. 아버지가 카운터에서 노파와 얘길 나누고 있었다. 지둘려 봐. 노파가 문득 생각난 듯 등을 돌려 복도 끝으로 걸어가 방문을 두드렸다. 엊저녁 우리를 안내한 여자가 얼굴을 내밀었다. 아따 잘 찾아보랑께. 노파의 말이 복도를 건너왔다. 몇 분 지나지 않아 다시 여자의 방문이 열렸다. 그녀의 손에 개어진 옷이 들려 있었다. 검정 반바지엔 빨간 옆줄이 있었고 또 하나는 줄 없는 초록색, 여기저기 실밥이 풀리긴 했지만 깨끗했다. 공들여 세탁한 흔적이었다. 허리 밴드가 늘어진 건 끈을 당겨 조이면 될 것이었다. 맞을랑가 모르것네요. 우리 아들이 축구를 좋아했는디…. 아버지가 여자에게 연신 허리를 꺾었다. 그러다 잠깐 두 사람의 시선이 얽혔다. 나는 못 본 척 눈을 돌렸다. 여자는 볼이 붉어지기도 했는데 전날 밤과 달리 좀처럼 웃지 않았다.

여자가 시무룩하게 제 방으로 돌아간 뒤 노파가 혀를 차며 묻지도 않은 사설을 늘어놓았다. 정화 쟈도 팔자가 기구혀서. 여자의 이름이었다. 한국으로 들어온 지 오 년이 넘었단다. 흑룡강 근처 농촌 마을이 고향인 그녀는 아들 하나를 두었다. 전라도 광주로 흘러든 여자가 식당 일로 벌어 송금한 돈을 중국에 있는 남편이 노름으로 탕진했다. 되돌아가 이혼을 한 그녀가 아들을 데리고 다시 나왔다. 한국 생활에 어렵게 적응하던 아들은 고등학교 과정을 공부하며 밤엔 피자 배달을 했다. 우리에게 빌려준 반바지는 오토바이 사고로 죽은 아들이 두 해 전까지 조기축구회에서 입던 것이었다.

할무이 기실 때 오셨능가요? 작년에 돌아가셨구먼요. 주무시다가…. 심장마비였다. 노파의 아들이 어머니가 하던 일을 여자에게 맡겼단다. 그녀는 청소나 하던 뒷방 여자에서 매니저로 승진한 셈이었다. 여긴 그대로군요. 두 달 후면 헐릴 틴디요 뭐. 시설이 너무 낡았다는 핀잔으로 알아들은 모양이었다. 팔렸거든요. 그녀를 여기서 다시 보긴 어려울 듯했다. 내 가슴 언저리로 쓸쓸한 기운이 통과했다. 이번에도 그녀가 세면도구와 수건 두 장을 플라스틱 쟁반에 받쳐 들고 이층으로 나를 안내했다. 난방 스위치는 여기 있고요. 이렇게 돌리면…. 알아요. 나는 말허리를 잘랐다. 저기 잠깐만요. 돌아서는 그녀를 불러 세워 아버지와 함께 묵었던 기억을 되살려주었다. 우리가 반바지를 빌렸잖아요. 그녀가 얼굴을 가까이 대더니 내 눈을 찬찬히 들여다보았다. 같이 안 오셨어요? 그게 저어…, 돌아가셨어요. 말하고 나니 차라리 홀가분했다. 나는 배낭에서 상자를 꺼내 침대 옆 탁자 위에 올렸다. 내일 아침에 뿌려드리려고요. 여자의 표정이 굳어졌다. 상자에서 한동안 눈을 떼지 못하던 그녀의 뺨을 타고 눈물이 주르르 흘러내렸다. 고개를 가슴에 떨어뜨린 여자가 조용히 방문을 닫고 나갔다. 머쓱했다. 아버지와 여자의 얼굴을 차례로 떠올리기도 하고 겹쳐보기도 하다가 그만 생각을 털었다. 하룻밤 추억을 가슴에 묻는 여자가 요즘 세상에 있을 리도 없거니와, 아버지 또한 새벽이면 사그라질 별빛에 가슴 시릴 나이는 아니었다.

점퍼 안주머니에 넣어온 메달을 상자에 둘러 걸었다. 갈색으로 변색된 동그란 금속이 나무상자 앞쪽에서 나를 바라보았다. 걸어서라도 들어오기만 하면 누구에게나 나눠준 완주 기념 메달이었다. 애꾸눈이 나를 응시했다. 아버지가 나를 꾸짖는 것 같기도 하고 한쪽 눈을 감고 내게 윙크하는 듯도 했다. 함께 뛰었던 그날의 기분을 느껴보라며.

그날 아침은 푸르고 맑았다. 아홉 시 정각에 총성과 함께 추성경기장을 출발한 레이스는 오색 단풍 흐드러진 강둑 길로 우리를 이끌었다. 수백 년간 공들여 가꾸어왔다는 풍치림이었다. 주변에 늘어선 사람들의 환호와 박수에 고무된 아버지는 자주 손을 흔들었다. 나는 다시 페이스메이커가 되어 있었다. 술을 끊고 겨우 간 기능을 회복한 사람에게 쉬지 않고 뛰는 10킬로미터는 무리였다. 걸어서라도 완주만 해주기를 바랐다. 천변을 빠져나간 무리를 따라 메타세쿼이아 숲으로 들어섰다. 양 옆으로 키다리 나무들의 열병식이 펼쳐졌다. 촉촉한 가을이 거기에 있었다. 교통이 통제된 길에 자동차는 보이지 않았다. 생명체들이 뿜어내는 싱그러움이 뱃속을 관통했다. 그 느낌에 취해 속도를 높이려다가 멈칫했다. 아버지의 거친 숨소리가 들려왔다. 어느덧 오 킬로미터. 반환점을 돈 아버지의 속도가 현저히 떨어졌다. 적지 않은 나이에 뛰기 시작한 지 겨우 석 달이었다. 마른 허벅지를 가린 반바지가 유난스레 헐렁해 보였다. 나는 속도를 줄였다. 그냥 걸을까 싶었지만 한 번 걸으면 다시 달리기 어려운 법. 유혹을 뿌리쳤다. 아버지 옆에 바짝 붙었다. 우리는 이제 걷는 속도와 별 차이가 나지 않았다. 너 먼저 가라. 괜찮아요, 금메달 받을 일 있나요. 지루했다. 길은 길게 이어졌고 무슨 이야기라도 해야 할 것 같았다. 같은 마음이었는지 아버지가 헐떡이면서도 말을 붙여왔다. 다 다 닮았어, 그 그 여자. 뜬금없었다. 정화 씨요? 으응. 아버지가 쑥스럽게 수긍하는 순간 내게 고모가 퍼뜩 떠올랐다. 어쩐지 낯설지 않더라니…. 넓은 미간과 가늘고 짙은 눈썹, 얇은 윗입술, 완만한 턱 선 유난히 뽀얀 피부 등 그녀의 첫인상이 내 어릴 적 보았던 고모와 비슷했다. 내가 하 학교 관두고 나올 때…. 내 추측이 빗나갔다. 아버지의 머릿속에는 다른 여자의 그림이 그려진 듯했다. 하지만 그게 그거였다. 아버지에게 세 여자는 이미 하나의 이미지였다.

나는 종종 아버지와 스캔들이 있었던 노처녀 선생을 생각했다. 그녀는 나와 일면식도 없었으므로 그저 상상 속에서나 그려볼 뿐이었다. 우연이겠지만 그녀가 고모와 닮았을 거라는 걸 나는 오래 전부터 짐작하고 있었다. 아버지의 여동생에 대한 부채감은 뿌리 깊었다. 겨우 중학교를 졸업하고 생업 전선에 뛰어든 동생 덕에 대학을 졸업할 수 있었으므로. 아버지의 말수가 부쩍 준 건 고모가 저수지에 뛰어든 뒤부터였다. 아비가 아이를 데리고 일본으로 떠난 뒤 실성한 여자 꼴이 된 시누이를 어머니는 남우세스러워했고 아버지는 그런 아내를 멀리했다. 부부가 남처럼 되어버린 것도 고모가 죽은 뒤부터였다. 어머니는 의부증이 심했지만 내가 아는 아버지는 바람둥이가 아니었다. 군살 없는 몸매에 훤칠한 키와 연예인 빰치는 이목구비를 가졌지만 그것을 돋보일 숫기가 없었다.

아버지는 자신과 그 여선생이 비슷한 성격이었다고 했다. 그녀에게 친절했을 것이다. 호감을 가졌을 것이고. 하지만 아버지는 외간 여자와 깊은 관계를 맺거나 살림을 차릴 만한 위인이 못 된다는 게 내 결론이었다. 어머니의 주장은 달랐지만 나는 믿지 않았다. 그런 용기나 있었을까. 오래전부터 나는 아버지를 이해했다. 아니, 이해하고 싶었다. 아버지에겐 어머니보다 그 여선생이 더 어울릴 거라는 생각이 불쑥불쑥 올라오곤 했다. 돌이켜 보건데, 거기엔 앙칼진 어머니에 대한 나의 반발심도 작용했다.

영산강 바람이 겨드랑이로 파고들었다. 달리는 중에 간간이 고백이 이어졌다. 담양 여자였거든. 아버지가 전국의 하고많은 마라톤대회 중에 굳이 이곳을 고집했던 이유였다. 그럼 전에도요? 으응 내 내가 찾아왔었지, 그 뒤에 바로. 학생들 앞에서 어머니에게 머리채를 잡힌 여선생이 서울을 떠나 고향으로 전근했던가 보았다. 아버지의 담양 방문은 미련 때문이었을까. 아니면 대신 사과하기 위해서? 둘 다였을지도…. 아버지는 그녀와 함께 죽녹원을 걸었다고 했다. 그 그게 끄 끝이었어. 아버지가 그녀와 만든 싱겁고 헐거운 마디였다.

여 여기 차암 좋다 그치? 무거운 다리를 끌고 다시 메타세쿼이아 길에 들어섰을 때였다. 다른 참가자들이 우리를 추월하여 저 멀리 앞서나갔다. 나는 속도를 더 줄였고 좁은 구멍을 빠져나오는 아버지의 숨소리도 누그러졌다. 나 여 여기다 뿌려주라. 저쯤이 좋겠어. 아버지가 팔을 오른쪽으로 뻗었다. 잘 생긴 메타세쿼이아 한 그루가 아버지의 검지 끝에서 바람을 타고 있었다. 침엽수들이 주황으로 물들인 하늘엔 구름이 없었다. 키 큰 녀석들이 양편 허공에 그어놓은 두 줄이 내 어깨 위를 지나 아득한 언덕 위로 달렸다. 뜬금없는 화제 때문이었을까. 우리를 둘러싼 공기가 묵직해졌다. 결승점을 2킬로미터쯤 남겨두고 가뜩이나 귀찮아진 몸뚱이가 땅속으로 빨려드는 느낌이었다. 성큼 다가온 불안감…. 아버지는 쫓기는 몸이었다. 가족을 돌볼 수 없는 민주 투사도 아니고, 그 전에 태어났더라도 독립군이나 남로당원과는 거리가 멀었을, 소심한 아비는 그저 빚에 몰린 도망자였다. 채권자들은 집요했다. 곧 수배령이 내려질 터, 숨을 곳이 옹색한 아버지에게 먹구름이 빠르게 몰려오고 있었다. 종아리에서 힘이 빠져나갔고 팔뚝에 소름이 돋았다. 그냥 걷기로 했다. 당분간 멀리 가 있어야 될 것 같구나. 아버지가 걸음을 멈추고 면장갑 등으로 이마를 닦으며 툭 던지듯 말했다. 주름진 시선이 언덕 너머에 걸렸다. 아주 멀리 아스라이…. 나는 왜냐고 묻지 않았다. 늘어뜨린 팔을 끌어 걸음을 재촉했다. 이윽고 골인 지점이었다. 완주 기념 메달이 반가웠다. 꼴찌를 겨우 면한 아버지가 메달을 가슴에 댔다가 천천히 입술로 옮겼다. 쪼옥 소리가 반복되었다. 에이 그만하세요. 나는 누가 볼세라 두리번거리다 바지 주머니에서 얼른 휴대폰을 꺼냈다. 셔터를 눌렀다. 사진 속에서 머리 허연 사내가 메달을 목에 걸고 이를 드러냈다. 너도 거기 서봐라, 그거 목에 걸고. 헐거운 마디 하나를 나는 엉거주춤 붙잡았다.

땀부터 씻어 내야 했다. 경기장을 빠져나와 숙소 근처의 목욕탕을 찾았다. 조그마한 시골 목욕탕은 한산했다. 돌아앉아 봐. 비누 바른 때밀이 수건이 바투 다가왔다. 쑥스러웠다. 오랜만이었고. 어릴 적 마지못해 따라갔던 목욕탕을 떠올리며 등을 대줬다. 묘한 기분이었다. 아버지도 그런 걸 느껴보고 싶었을까. 동작을 멈춘 아버지가 슬그머니 내 쪽으로 등을 내밀었다. 마른 등판에 갈비뼈가 불거져 있었다. 목욕탕을 나와 우리는 늦은 점심으로 주린 배를 채웠다. 소머리국밥에 시큼한 깍두기를 듬뿍 넣었다. 별미였다. 많이 먹어라. 아버지가 말꼬리를 흐렸다. 식사가 끝나갈 무렵 나는 화장실로 가는 척 카운터로 다가갔다. 주문할 때 저렴한 메뉴를 고르는 눈빛을 본 터였다. 야 야 뭐하니. 뒤따라온 손을 내가 밀쳤다. 전 재산인 듯 꼬깃꼬깃 접힌 지폐 두 장이 아버지의 바지 주머니로 되돌아갔다.

죽순장으로 돌아간 아버지가 방바닥에 비스듬히 누워

말이 없었다. 식곤증과 근육통이 빼근하게 몰려왔다. 잠깐 잔 것 같았다. 창밖이 어둑했다. 반바지는요? 응 돌려줬어. 저녁 먹으러 나가요. 그냥 자지 뭐. 허기를 속이기엔 남은 밤이 길었다. 나는 아버지의 손을 끌었다. 식당을 나올 땐 점심 때와 같은 동작이 반복되었다. 먼저 올라가 주무세요. 왜? 주름 많은 눈꺼풀이 올라갔다. 아시잖아요. 그래 너라도 마셔야지, 오늘 같은 날 술맛이 최곤데…. 아버지가 힘없이 눈을 깔았다. 아참 저 다른 방 쓸게요, 낼 아침에 봐요. 피곤할 때 더욱 심해지는 내 코골이를 들먹거렸지만 힘들게 술을 끊은 아버지 옆에서 냄새를 풍길 수는 없는 노릇이었다. 아버지가 계면쩍은 얼굴로 나를 훑었다. 그래 너도 편한 잠을 자야겠지, 하룻밤이라도….

나는 밖으로 나와 편의점을 찾았다. 노상에 놓인 플라스틱 탁자에 팔꿈치를 올리고 삐딱하게 앉아 맥주 두 캔을 거푸 마셨다. 땀을 많이 흘린 뒤라 취기가 빠르게 올랐다. 분홍색 짧은 원피스와 하얀 허벅지가 컴컴한 아스팔트 위를 둥둥 떠다녔다. 사타구니가 묵직해지나 싶었는데, 먹은 게 얹힌 듯 속이 거북해졌다. 방에 홀로 누워 있을 아버지가 명치에 슬그머니 걸렸다. 함께했던 기억들이 눈앞에서 크고 작은 흑백 사진들로 펼쳐졌다. 고개를 꺾어 밤하늘을 보았다. 당분간 멀리 가 있어야 될 것 같구나. 한없이 가벼워진 아버지의 음성이 검은 공간에 자막처럼 깔렸다. 별똥 하나가 까만 캔버스에 금을 그으며 빠르게 사위어갔다. 나는 입맛을 다시다 탁자를 짚고 일어섰다. 가게 안 현금 인출기에서 이십만 원을 뽑았다. 잔고를 확인했다. 구만 이천 원. 그건 남겨둬야 했다. 서울행 버스표도 사야 되고…. 어금니 시리게 찬바람을 빨아들였다. 술기운이 빠져나갔다.

죽순장 출입문을 밀고 들어갔다. 관리실에서 나오는 노파와 마주쳤다. 저어…. 나는 머뭇거리며 적당히 어색한 미소를 지었다. 노파가 이마에 주름을 잡으며 동그랗게 눈을 떴다. 그거 되죠? 긴 설명까지는 필요 없었다. 누가 헐라고? 제가 아니라…. 나는 턱으로 복도 끝 여자의 방을 가리켰다. 정화는 그런 거 잘 안 허는디. 노파가 난처한 표정을 지었다. 하기야 젊은 여자를 놔두고 굳이 사십대를 찾는 손님은 없을 것이었다. 잘 안 한다는 말은 기회가 되면 할 수도 있다는 뜻이 아닌가. 말이라도 건네보세요. 뒤로 빼기도 뭣한 상황이었다. 나는 취기를 빌어 한걸음 더 내딛었다. 돈을 말아 노파의 손에 쥐어주었다.

부탁 좀 할게요. 노파의 거스러미 일어난 입술에서 비릿한 미소가 흘렀다. 올해 몇이셔? 노파가 위쪽으로 턱짓을 하며 물었다. 아버지의 나이를 묻는 것이었다. 면구스러웠다. 나는 말을 바꿨다. 그냥 맥주나 한 병 들고 올라가 보라고 하세요. 안주는 땅콩이나 번데기면 되고요.

아침 일찍 아버지의 방문을 열었다. 화장실에서 샤워하는 소리가 들렸다. 좀 전에 일어난 것 같았다. 이부자리가 바닥에 그대로 깔려 있었다. 구석의 쓰레기통 속에 담긴 두 개의 빈 맥주병이 내 시선을 잡았다. 보리 이삭이 그려진 페트병도 립스틱 묻은 종이컵을 머리에 쓰고 있었다. 베개는 하나였으나 하얀 요 위에 남겨진 긴 머리카락은 분명 아버지의 것이 아니었다. 노파가 여자에게 돈의 출처를 말해줬을 것이다. 그녀도 들은 대로 아버지에게 전했을까. 나는 긴 머리털을 물끄러미 바라보았다. 둘은 어떤 이야기를 나눴을까. 아버지는 그녀를 닮은, 오래전 대숲에서 헤어진, 그리하여 허망하게 놓쳐버린 마디 하나를 꺼내 놓았을지 모른다. 그리고 자식 잃은 또 다른 어미에 대해서도…. 나는 구겨진 요 위에 아버지가 일생을 통과하며 만났을 몇 안 되는 여자들을 그려보았다.

서울로 돌아오는 버스, 자는 듯 눈을 감고 있던 아버지가 가만히 내 손을 잡아끌었다. 내 손바닥에 잡힌 건 돈이었다. 이십만 원. 말아 놓았던 그대로였다. 아버지는 눈을 감은 채 내 손등을 쥐고 천천히 고개만 끄덕였다. 온기와 땀이 함께 건너왔다. 여자의 분내가 잠깐 내 코끝을 스친 듯도 했다. 좀처럼 풀지 못할 고차 방정식이 머릿속에 똬리를 틀었다.

아버지가 어디론지 사라진 것은 그로부터 사흘 뒤였다. 그 후로 나는 그 방의 긴 머리카락을 자주 떠올렸고 그때마다 미간 넓은 여자가 다소곳이 아버지 곁에 누워 있었다. 죽녹원에서 이별을 고했다던 여선생이 내 상상 속에서 아련하게 머물던 자리였다.

창밖이 푸르스름했다. 곧 동이 틀 것이었다. 길 건너 편의점 앞으로 나가면 택시를 잡을 수 있을 터. 서둘러 세수를 했다. 배낭 안으로 손을 넣어 꽃삽을 확인했다. 차가운 금속이 손끝에 스쳤다. 배낭을 둘러맬 때 나무상자 속에서 단지가 덜걱거렸다. 계단을 내려오자 카운터

앞에 정화, 그녀가 서 있었다. 외출복 차림으로. 어디 가시게요? 그저 '굿 모닝'을 던지듯 내가 물었다. 새벽 기도를 다니나 싶었으나 성경책 따윈 보이지 않았다. 저어…, 같이 가보까 혀서. 그녀의 느린 말투에 간절함이 묻어 있었다. 내 허락은 무의미했다. 앞장서 나간 그녀가 택시를 잡았다.

메타세쿼이아 길이 시작되는 도로에 차를 세웠다. 이열종대로 도열한 가로수 사이로 들어갔다. 그녀가 두어 걸음 뒤에서 나를 좇았다. 한참을 걸었다. 아버지가 가리키던 곳이 이쯤 어디였던 것 같았다. 일직선으로 뻗어 오른 잘 생긴 나무둥치 아래에서 나는 걸음을 멈추었다. 키 큰 나무가 아버지를 닮았다는 생각이 들 때쯤이었다. 그녀가 말문을 열었다. 저어… 그 냥반이 다시 왔었는디…. 나는 바짝 귀를 세웠다. 그때 이걸…. 그녀가 납작한 뭔가를 꼭꼭 싸맨 듯한 하얀 손수건을 내밀었다. 매듭이 풀리자, 메달이었다. 녹슨 듯 황갈색으로 바랜 완주 기념 메달. 내가 가져온 것과 똑같은. 기억의 파편들이 한꺼번에 밀려들었다. 다급해진 아버지가 한국을 뜨기 직전이었을 텐데…. 불현듯, 댓잎 바람에 서걱대던 목소리가 귓속을 파고들었다. '이게 없으면 바람에 부러지거든. 살면서 추억으로 만들어놓지 않으면….' 아버지가 되살려 놓은 마디가 내 가슴속으로 성큼 걸어 들어왔다. 놓쳐버린 여자 친구의 얼굴이 뿌옇게 스쳐갔다.

우리 주위엔 아무도 없었다. 새벽 시간에 관광객들이 몰려들 리도 없고. 설령 누군가 보고 있다 해도 흔적 없는 수목장을 뜯어말리겠나. 꽃삽으로 둥지 밑을 한 자 남짓 파내려갔다. 어젯밤 내린 비로 땅이 물렀다. 축축한 흙 비린내가 풀썩 올라왔다. 나는 상자를 열고 단지 안으로 맨손을 집어넣었다. 아버지의 온기가 손가락 사이로 스몄다. 땅속 구멍이 아스라한 낭떠러지처럼 깊었다. 거뭇한 습기 위로 하얀 가루가 덮였다. 구멍 속이 밝아졌다. 나는 재킷 안주머니에서 메달을 꺼내 가만히 그 위에 내려놓았다. 여자도 무릎을 꿇어 들고 있던 메달을 그 옆에 눕혔다. 백색 가루 위에 짧은 고요가 머물렀다. 이슬 먹은 공기가 꿈틀거리며 짙은 가을 속으로 흩어지고 있었다. 나는 다시 쪼그려 앉아 구멍 속으로 손을 길게 뻗었다. 엄지와 중지 사이로 그녀의 메달을 집어 올려 내 것 위로 포갰다. 가벼운 금속성 음파가 땅 속으로 사라졌다. 마주선 여자의 눈에 물기가 고여 들었다. 구멍에 흙을 뿌려 다져 밟았다. 그녀가 작은 발로 거들었다. 해가 뜨고 있었다. 메타세쿼이아 군단이 가을 하늘을 황갈색으로 물들였다. 세월을 껴입은 메달 색이었다.

이파리를 뚫고 온 가을빛 한 점이 그녀의 얼굴에 내려앉았다. 흐려진 내 안경 너머로 여자의 윤곽이 뿌옇게 어룽거렸다. 대나무보다 더 굵은 마디 하나가 꽃삽을 쥔 내 손바닥에 옹이처럼 박혔다. 철로처럼 뻗은 길 끝으로 새벽 안개가 희붐하게 밀려갔다. 두 사내가 발을 맞춰 그 속으로 아득히 달려가고 있었다.

작가 후기

모두의
행백한 삶을 꿈꾸며

레드와인 한 잔을 따르다 당선 통보 전화를 받았다. 신작을 구상하다 그럴듯한 이야기가 떠올라 낮술의 핑계로 삼으려던 참이었다. 와인은 저절로 축하주가 되었다. 내가 소설과 한 몸이 될 새로운 시작이었다. 소설을 오래오래 쓰고 싶도록 〈한국소설〉이 등단이라는 '행백인'의 명분을 만들어준 것이다.

소설가가 명함에 새길 만한 직업인이 아닌 이유는 진즉 알았다. 그것이 자본주의와 거리가 멀다는 깨우침은 소설을 붙잡은 첫해에 얻은 소득이었다. 하여, 글쓰기는 그저 살아가는 한 가지 형태일 뿐이라는 점을 일삼아 곱씹는다.

한때 일중독으로 고생했던 나는 행복한 백수가 되어보길 소원했다. 필명을 행백으로 지은 이유다. 백수는 일하다보니 놀게 된 자이고 행백은 놀다보니 저절로 일이 되는 자다. 백수와 행백의 차이는 직장의 유무가 아니라 일을 대하는 마음의 자세로 갈린다. 이 또한 삶의 형태로 굳어져야 했다. 동네에서 제법 명의 소리를 듣던 일상에서 탈출한 뒤, 아무도 읽어주지 않는 글을 쓰다가 슬그머니 후회를 하는 자신이 얼마나 한심했던지…. 속물근성을 버리지 못한 탓이었다.

늦깎이로 시작한 소설 습작이었다. 할 이야기가 많았던지 나는 해가 바뀌기도 전에 열 편의 작품을 쏟아냈다. 그러다 문득, 내 발로 밟아봐야 직성이 풀릴 만한 이야기 곳간을 지도에서 발견했다.

나는 아들 혁이를 앞세워 기어이 미얀마 산속으로 들어갔다. 산속의 승려들도 스마트폰과 태블릿 PC를 손에 들고 있었다. 밀림을 헤매는 내내, 그래서 인류가 더 행복해졌는지 묻고 싶었다.

나는 우연찮게 다가온 소수 부족 마을이 자본으로부터 비켜선 해방구이길 간절히 소원했다. 거기에서 얻은 모티브는 마침내 샤이 레이디 연작으로 이어졌다. 원시림에서 모기에게 헌혈해가며 발품 판 성과물을 독자들도 즐겨보기 바란다.

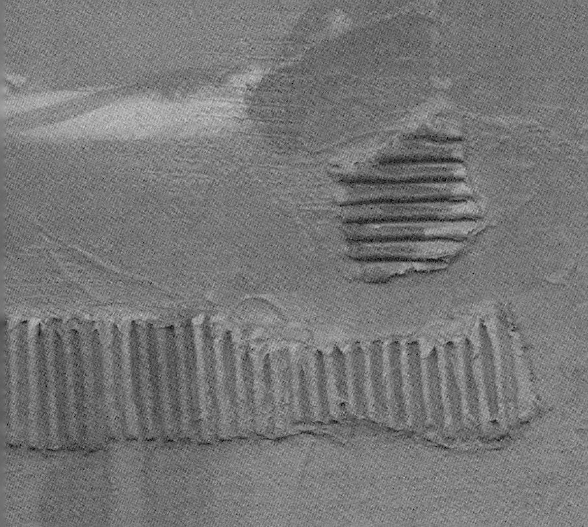

작가의 변

소설처럼 사는 법

뜬금없이 소설이라니

오랜만에 만난 동창생이 내게 물었다. 요즘 뭐하고 사느냐고. 소설을 쓴다고 했다. 그거 밥이 되나? 두 번째 질문이었다. 고개를 저으며 빙긋이 웃는 나를 그가 빤히 바라보았다. 별 한심한 인사를 다 보겠다는 얼굴이었다. 그럼 그딴 걸 왜 쓰는데? 이번엔 옆에서 귀동냥하던 성 마른 친구가 끼어들었다. 내가 늦깎이로 등단한 지 몇 달 지나지 않아서였으니 신세대에 밀린 내 또래들이 쥐고 있던 밥줄을 놓칠까 봐 안간힘을 쓰던 시기였다.

글 작업이란 게 본래 혼자서 시간을 삭히는 일이거니와, 내가 애경사나 동창회 등에 얼굴을 자주 내밀지 않다 보니 실인즉 그런 질문에 멋진 답을 생각해두지 못했었다. 요즘에도 누군가 내게 직업을 물으면 소설가라고 대답하려다 무르춤해지곤 한다. 직업을 묻는 의도가 바로 돈벌이, 즉 생계 수단을 알고자 하는 것일 터, 소설로 돈을 만들어내기 어렵다는 걸 내가 일찌감치 알아버렸기 때문이다.

이제라도 나는 쓸 만한 대꾸를 궁리해두어야겠다. 혹시 아는가. 지금 쓰는 이 글이 들어갈 중편집 『악어』나, 그보다 먼저 나온 장편 『한옥마을 남쪽 사람들』이 좀 팔려 나갈지, 그리하여 나를 알아본 독자들이 똑같은 질문을 할지도 모르니까.

새삼스럽게 '작가의 변'을 풀어놓는 이유는 두 가지다.

첫째는 이 책에 등장하는 작품에 대한 나름의 안내를 하려는 것이다. 습작 시절 나 역시 불만이 적지 않았다. 뒤에 붙은 해설을 읽기 전에는 작가가 도대체 무슨 말을 하고 싶은지 모를 때가 많았다. 난해한 작품을 써놓고 그게 수준 높은 작품이라도 되는 양 빼기는 작가는, 어려운 말을 늘어놓고 훌륭한 강연이라고 주장하는 강사와 다르지 않다. 말을 어렵게 하는 사람일수록 자신이 내용 파악을 충분히 못했을 확률이 높다. 나 역시 강단에서 적절한 비유가 생각나지 않을 때가 있었다. 돌이켜보면 거개는 전달하고자 하는 핵심을 충분히 파악 못 한 경우였다. 가급적 작품을 먼저 읽고 숨겨진 의도를 파악하는 게 좋은 독서법이지만 여의치 않으면 해설의 도움을 받는다 한들 누가 말리겠는가.

평론가가 아닌 작가가 제 작품을 논하는 건 드문 일이다. 객관적 시각을 갖는 게 불가능하기 때문이다. 그러므로 여기서는 작품 설명은 최소한으로 줄이고 내가 소설에 입문하게 된 동기와 좋은 글을 쓰기 위해 고민했던 이야기에 치중할 생각이다. 그 부분이 더 궁금하다는 주변의 설득을 받아들인 것이다. 노출 수위를 어디까지로 할 것인가, 고민이 있었으나 소설가는 이미 공인이라는 점을 감안하면 어느 정도의 노출은 각오해야 할 것 같았다. 소설이 가슴속 응어리를 풀어내는 수단이라는 점은 누구도 부인하기 어렵다. 아무리 비틀고 숨겨도 작중 인물 중 누군가는 작가의 아바타가 되어 자신의 사상과 욕망을 대신하기 마련이다. 소설 쓰기란 백주에 대로에서 스트리킹하는 용기를 필요로 한다. 소설을 쓰기로 마음먹은 이상 노출은 피할 수 없다.

둘째는 일반 독자들이 순수 정통 소설에 접근하기 쉽도록 소설이 가진 특성과 그것이 만들어지는 과정을 보여주려는 목적이다. 연말이면 신춘문예를 준비하며 열병을 앓는 이들과 습작생들에게 나의 고백이 도움될 거라는 기대도 없지 않다.

나는 소설 입문 3년 만에 1,300편의 소설을 읽었다. 집중을 못 하는 난독증을 이겨내며 나름 열심히 읽어댔다. 내 주변에 첫 해에만 700편을 읽은 분도 있으므로 내 경우를 다독으로 볼 순 없지만 소설이 어떻게 생긴 물건인지 대충 이해할 정도는 되었다. 마침내 나는 단순해보이지만 가독성이 높고 읽고 나면 뭉클한 울림이 있는 작품이 좋은 소설이라는 심증을 굳혔다. 신출내기의 주제넘는 주장이라는 선배들의 핀잔이 날아올 수 있겠다. 허나 기억을 되새겨보자면 내가 무엇을 배우든 초심자 시절엔 몇 달 정도 먼저 배운 선배의 조언이 피부에 와 닿았다. 스승의 말씀을 이해하지 못할 때도 약간 앞서나가는 자의 경험담은 긴요하고 절실했다. 그들의 머릿속에서 시행착오로 헤매던 최근의 기억이 지워지기 전이었으므로 내겐 큰 도움이 되었다. 아직 휘발되지 않은 내 경험담이 나름의 의미가 있다고 믿는 이유다.

나는 한때 개업의로 동네에서 명의라는 칭찬도 들어보았다. 돈 걱정은 잊고 살던 시절이었다. 기업인들에게 비할 수야 없겠지만 이렇게 버는 것이로군, 하며 신기하게 느꼈던 기억이 있다. 하지만 십 년이 넘도록 진료실에 갇

히다보니 바깥세상이 그리웠다. 고민 끝에 나는 궤도를 바꾸었다. 의료인 면허증을 던져버리고 초원을 맘껏 달리는 야생마의 삶으로 나아갔다. 밖으로 떠돈다 해도 세상사를 모두 경험할 순 없겠지만 정해진 트랙만 도는 경주마보다는 나을 것 같았다. 나의 결행이 현실 도피의 가출이 아닌 이상향을 향한 출가였기를 바랐다.

십수 년이 지난 뒤에 돌이켜보았다. 내가 한 일이 잘한 짓이었던가. 자유를 추구한 대가는 혹독했다. 폐업을 하고나니 어딘가에 몰입하지 않으면 하루가 허전하여 허겁지겁 일거리를 만들곤 했다. 급기야 일중독의 함정에 빠졌고 신경과민과 불면증이 일상을 위협했다.

조국을 떠나 이곳저곳을 기웃거리다보니 벌어둔 걸 까먹는 속도가 예상보다 빨랐다. 슬그머니 겁이 났다. 종종 과거로 되돌아가고픈 유혹에 시달렸다. 현실적 결핍을 채우기는 그게 가장 손쉬운 방법이었다. 하지만 잔매에 무릎을 꿇을 수는 없었다. 강을 건넜으니 나룻배는 태워 없애야지, 하며 수없이 곱씹었고 오래지 않아 효과가 나타났다. 몸이 기억하는 습관처럼 생각도 반복하면 습관이 된다. 습관이란 무서운 것이었다. 이윽고 나는 오던 길을 되돌아 걷는 상상만으로도 세상 헛사는 느낌이 들었다. 속이 울렁거리는 신체적 증상과 함께였다.

다르게 살 방법을 찾아보았다. 글을 쓰기로 한 것이다. 활동 반경을 줄이고 타인과의 접촉면을 최소화했다. 나는 어느새 가늘게 사는 법을 터득하고 있었다. 지출을 줄여 현실에 재적응하면 남은 것만으로도 부자일 수 있다는 걸 깨달은 건 덤이었다. 당신은 많이 벌어뒀으니 그런 말이 나온다고 내게 핀잔을 준 이도 있었다. 하지만 나는 많이 가진 재벌들이 자본주의의 열차에서 뛰어내리더냐고 묻는다. 인간의 본능은 물질에 대한 결핍을 무한대로 생산한다. 한 순간 욕망을 버리고 잘 나가던 길에서 이탈하기는 녹록지 않다. 하지만 자유라는 더 큰 가치를 눈앞에 두고 과거로 회귀할 순 없었다. 수시로 비워내고 습관으로 굳혀, 추구하는 가치의 우선순위가 바뀌지 않도록 억제하는 훈련은 필수였다. 자유는 변화를 두려워하지 않는 힘이다. 빠르게 움직이려는 자는 체중부터 줄여야 한다.

나는 사불(四不) 인간이 되기로 했다. 담배를 피우지 않고, 자가용을 갖지 않으며, 골프를 치지 않는 것만으로도 지출을 상당히 줄일 수 있었다. 마지막으로 애경사에 발길을 끊었다. 긴 세월 쫓아다니며 여기저기 뿌려놓은 부조금은 잊기로 했다. 신기하게도 우려했던 인간관계의 단절은 없었다. 그래도 꼭 보고 싶은 친구는 찾아와주었고 오히려 우정이 두터워졌다. 줄어든 넓이만큼 깊어진 것이다.

우선 나의 좌표를 알아야 했으므로 철학을 체계적으로 정립해야 했고 관련 서적부터 몇 권 구입했다. 같은 줄을 반복해서 읽어봐도 도대체 무슨 말인지 알 수가 없었다. 인문학에 무지한 이과생의 한계였고 독서량이 부족한 탓이었다. 급기야 나름의 학습 체계를 만들었다. 과학을 통해 논리적 접근을 시도한 거였다. 의학을 전공한 내겐 생물학이 쉬웠고 그중에도 찰스 다윈의 진화생물학은 철학적 의문에 상당한 답을 제공해주었다. 생명체의 기원과 진화의 결과는 나 자신이 어디서 와서 어디로 가는지에 대한 실마리였다.

닥치는 대로 읽다가 문득 흩어진 지식들을 정리할 필요를 느꼈다. 그렇게 해서 태어난 결과가 『이기적 유전자 사용 매뉴얼』이다. 그 전까지 썼던 세 권의 과학 철학서를 핵심만 뽑아내 정리한 책이었다. 나는 그 속에 인간의 본성을 세 가지 결핍으로 요약했다. 물질의 결핍, 애정의 결핍, 신념의 결핍. 그리고 그것들을 극복하는 실사구시적 노하우까지. 머리를 쥐어짜고 보니 내게서 마침내 철학적 고민 덩어리가 떨어져 나갔다. 비전공자인 내겐 그거면 되었다. 철학이란 세상이 돌아가는 법칙이고 한 인간이 동시에 두 갈래의 길을 걸을 수는 없으므로 철학은 하나로 족했다. 신념의 결핍이 해소되면서 종교에 대한 갈증도 함께 사라졌다. 또 한 차례의 전향을 시도할 때였다.

나는 에세이를 벗어나 이윽고 소설로 뛰어들었다. 과학 에세이를 쓰다보면 정확한 수치와 참고문헌 등의 근거를 제시해야 한다. 나는 정작 내가 쓰고 싶은 이야기보다는 형식을 갖추기 위한 부수적 작업에 더 많은 시간을 빼앗겼다. 형식에 구속받지 않고 상상의 날개를 자유롭게 펼칠 수 있는 장르로 옮기고 싶어졌다. 내가 주 종목을 소설로 바꾼 이유다. 나중에 알게 된 사실이지만 소설 역시 새로운 형식미를 추구하는 분야였다.

강연을 다니다보면 자주 받는 질문이 있다. 직업 전환은 어떻게 해야 좋은지 조언을 구한다. 내가 직업 바꿔 성공한 사례로 보인 것이다. 평생직장의 개념이 사라진 지 오래고 수명이 길어져서 이젠 한 가지 직업만으로 사는 게 따분한 시절이다. 1927년 일제가 조사한 조선인 남자의 평균 수명이 32세였다. 여자도 35세였으므로 지금의 한국인들과는 비교가 되지 않는다. 몰론 제대로 된 항생제를 개발하기 전이라 영아 사망률이 높다보니 평균치가 낮을 수밖에 없었다.

백 세 시대가 성큼 다가왔다. 다들 좀 더 다양한 경험을 하며 살고 싶어한다. 나는 직업을 바꾸더라도 해오던 일을 기반으로 방향을 틀어보라는 조언을 잊지 않는다. 생물학을 기반으로 한 과학 에세이를 쓰기 시작한 것도 내가 의학도였기 때문에 접근이 용이했다. 내가 소설로 전향하여 일 년 만에 등단하고 그 후 삼 년간 크고 작은 문학상에 열한 번이나 당선된 것도 이와 무관치 않다. 여러 해 동안 에세이를 쓰면서 이른바 '글 근육'이 단련된 효과였다. 육상을 오래 한 선수가 축구로 종목을 바꿔 쉽게 적응하는 현상과 같은 이치였다. 물론 나는 세상에 알려져 있고 상금도 많이 주는 이상문학상을 받아보진 못했다. 그거야 공모를 하지 않으므로 나 같은 아웃사이더가 응모할 길이 없다. 원로들이 심사하고 알아서 주는 상이므로 여기서는 논외로 해두자.

소설의 얼개를 알면 작가의 메시지에 접근하기 쉽다.

소설을 제대로 즐기고자 하는 일반 독자들에게는 이 글이 이야기의 핵심을 파악하는 요령을 제공할 것이다. 소설 쓰기에 도전하는 습작생에게는 더더욱 참고가 될 것이다. 작가의 입장에서 소설을 바라보면 소설이 더욱 쉽게 이해된다. 잘 쓰려면 잘 읽어야 한다. 잘 읽으려면 작가의 의도를 파악하는 능력부터 기를 일이다.

서사를 홈그라운드로 끌어들인다

가장 친숙한 배경으로 이야기를 끌어들이되 그것을 진부하지 않게 가공해내는 솜씨가 바로 소설가의 역량이다. 홈그라운드의 이점을 이용하라는 것은, 누구도 감히 반박하기 어려운 소재와 공간을 활용하여 자신에게 유리한 조건을 만들어내라는 뜻이다. 화자(話者)가 자신의 고향을 찾아가는 귀향 소설도 그렇고 가족사 소설도 그렇다. 신경숙의『엄마를 부탁해』는 외국어로 번역되어 해외에서도 많은 독자들을 확보했다. 역시 작가가 자란 고향 이야기에 가족사를 주된 서사로 버무린 작품이다. 내 가족이 그렇다는데 감히 누가 반박하겠는가. 작가의 자신감이 타인의 감동을 만든다. 가장 자신 있는 이야기를 써야 되는 이유다.

지역의 정서에 공감하고 애정을 심는 곳이면 어디나 고향이다. 비록 작가가 나고 자란 곳이 아니더라도 홈그라운드는 그렇게 만들어진다. 고향 이야기는 작가가 주눅들지 않고 쓸 수 있는 몇 안 되는 소재다. 소설의 힘은 작가 스스로가 제일 잘 안다고 믿는 재료에서 나오므로 자신 또는 주변의 이야기가 맞춤이다.

〈바람이 깎은 달〉도 예외는 아니었다. 여차하면 섬에서 인생 후반전을 치를 각오로 추진한 제주행이었다. 바람과 달빛과 찔레꽃 향기, 그리고 파도가 내게 자신감을 선사했다. 해변과 중산간의 오솔길을 날마다 걸으며 나는 제주의 슬픈 역사와 토박이들의 애환을 기록하고 가슴에 새겼다. 제주살이 한 달 만에 이루어낸 6킬로그램의 체중 감량은 덤으로 얻은 효과였다. 내게 또 하나의 홈그라운드가 탄생한 것이다.

어떤 이가 내게 말했다. 육자배기 한 대목이라도 흥얼거릴 줄 알면 그가 남도사람이다, 라고. 나는 이 말을 제주도에 옮겨 보았다. 구멍이 숭숭 뚫린 돌담, 잣길과 잣담들, 몽고군을 막기 위해 만든 토성, 삼별초의 장렬한 최후, 해변에 뚫어놓은 일제의 흔적들, 할망들의 숨비소리, 그리고 마침내 4·3…. 바로 그곳에 소설가가 원하는 이야기보따리가 있었다. 가슴 저리는 이야기들 중 어느 한 조각이라도 기꺼이 풀어놓을 수 있다면 그에겐 이미 제주가 고향이다. 조만간 내 소설이 제주를 고향으로 느끼는 인구를 늘려 주리라 믿는다.

아직 제주사람이 되기엔 좀 뭣한가. 그렇다면 〈바람이 깎은 달〉을 일독하고 나서 자기 점검을 해도 좋을 성싶다. 당장에 소설가가 될 수는 없지만 하루만이라도 소설처럼 살고 싶다면 소설의 현장을 직접 걸으며 소설 속 인물이 되어보는 것도 차선책은 될 것이다.

나는 정읍 내장산 기슭에서 태어났고 전주에서 초, 중, 고를 다녔다. 다행히 전주 한옥마을과 남쪽으로 이웃한 서학동을 배경으로 쓴 다른 작가의 소설을 발견하지 못했다. 나는 기념비적 작품을 목표로 전의를 다졌다. 2015년 가을, 장편소설 『한옥마을 남쪽 사람들』을 구상하면서 그 배경으로 삼은 서학동 예술인 골목을 뻔질나게 드나들었다. 시각을 자극하여 영감을 얻으려는 목적이었다. 사실주의적 작품이 아니더라도 그래야 자신감이 생겨난다.

그렇지 않고는 이야기가 껍데기를 핥으며 겉돌 수밖에 없다. 내 눈으로 확인하지 않은 길이나 인물을 상상만으로 묘사하고 나면 어딘지 께름칙하고 써놓은 글에 정이 떨어지곤 했으므로, 구체성을 확보하기 위해서는 누적된 관찰의 힘이 필요했다. 오던 길을 되돌아가기도 수십 차례, 나는 이윽고 길고양이가 오줌을 누는 담벼락이나 능소화와 담쟁이 줄기가 발목을 끼워 넣는 황토벽 갈라진 틈까지도 눈에 새기고 사진을 찍었다.

나는 직업을 영화감독 겸 시나리오 작가로 바꿔 한옥마을 남쪽으로 몸을 던졌다. 『한옥마을 남쪽 사람들』을 다 쓰고 나니 삼 년이 훌쩍 지나 있었다. 힘들긴 했으나 내겐 자기 점검의 기회였다.

어디든 정이 들면 고향이라는 말은 그냥 나온 소리가 아니다. 발로 쓸 각오가 되어 있다면 어디나 정을 들여 홈그라운드를 만들 수 있다.

함축적인 문장으로 승부한다

함축적이고 속도감이 있는 단문은 헤밍웨이 작품들이

견본이다. “For sale: baby shoes, never worn(신은 적 없는 아기 신발 팝니다).”

그가 지었다는 여섯 단어짜리 소설이다. 젊은 부부가 벼룩시장에 내놓았을 법한 광고 문구 같은 글은 여전히 함축적인 글쓰기가 무엇인지 잘 보여준다. 독자는 그들이 아이 신발을 팔아야 할 정도로 가난하다는 사실을 알 수 있다. 이 짧은 문장에는 신발을 신겨보기도 전에 아이를 잃은 부부의 슬픔이 절절히 묻어 있다. 글쓰기는 정확한 단어 선택이 우선이다. 단문과 복문을 적절히 섞되 앞뒤 문장의 의미가 비슷하면 하나는 지우는 게 좋다. 같은 단어를 중언부언 반복해서 사용하는 건 피해야 한다. 좋은 글은 미사여구가 아니므로 형용사와 부사는 자제하는 것이 바람직하다. 위키트리에 소개된 세상에서 가장 짧은 소설이 좋은 예다.

“Two wives, one funeral, no tears(아내는 둘, 하나의 장례식, 눈물은 없었다).”

남자의 심리를 묘사한 절묘한 문장이다.

소설의 경우 처음과 마지막 단락이 대단히 중요하다. 신춘문예와 같은 대규모 공모전에서 소수의 심사위원들이 수백 편이나 되는 소설 응모작을 꼼꼼히 읽기는 물리적으로 불가능하다. 하지만 그들이 누군가. 눈 밝은 프로 선수들은 처음과 끝을 보고 중간을 짐작한다. 순식간에 내용을 파악하는 것이다. 더구나 첫 줄에서 흔들리는 문장이 나오면 둘째 줄로 눈길을 옮길 이유가 없다. 응모작을 하나라도 더 털어내야 되는 예심에서는 더욱 그렇다. 내가 심사위원을 해보았느냐고? 그거야 빤하지 않은가.

핵심은 첫 문장에 있다. 나는 김훈의 『칼의 노래』에서 그 해답을 얻었다. 첫 줄은 이렇게 시작된다. '버려진 섬마다 꽃이 피었다.' 전쟁터에서 이순신이 겪은 고뇌를 녹여낸 장편소설에서 작가는 첫 문장에 작품 전체의 맥락을 압축했다. 버려진 섬이란 전쟁이 휩쓸고 지나간 남해안의 섬들이다. 수많은 목숨이 베어지고 아녀자들이 농락당한 섬들이다. 그는 전쟁이 끝난 뒤의 상황을 '꽃이 피었다'는 단 두 단어로 묘사했다. 질긴 생명력으로 기어이 다시 일어난 민초들의 삶을 그렇게 묘사한 것이다. 더 이상 무슨 언어로 참혹한 역사의 현장을 그려낼 것인가. 여기에 '비참하게 버려진 섬'이라든지 '붉은 꽃이 화려하게 피었다'고 썼다면 함축적 표현에서 멀어진다. 뼈다귀만 추려 던진 단어 사이의 여백을 독자의 상상으로 메우도록

해야 한다. 형용사나 부사를 동원한 쓸데없는 사족은 금물이다.

나는 〈바람이 깎은 달〉을 이렇게 시작했다. "마뜩잖게 따라온 아내가 전망대 벼랑 끝에 걸터앉아 꼼짝하지 않았다." 수십 번 고치고 다듬은 첫 문장이다. 삶을 포기한 아내의 마음과 벼랑 끝으로 내몰린 부부의 처지를 그 속에 축약시키려고 무던히도 애를 썼다. 그녀의 행동을 통해 고집 센 성품까지 암시하고자 했음은 물론이다.

〈악어〉의 첫 문장을 두고도 생각이 많았다. 정글 속에서 야욕을 채우려는 화자의 불안한 심리 상태를 효과적으로 그려낼 단문이 필요했다. 고심 끝에 나온 문장은 이렇다. "숲 그림자가 뒷덜미를 덮쳐왔다." 이 문장은 종결부에서 원주민들에게 쫓기는 화자의 처지와 수미상관으로 연결된다. "뒤를 돌아보았다. 사람들과의 거리가 빠르게 좁혀들고 있었다."

발로 쓴다

어떤 이는 소설을 엉덩이로 쓴다고 했다. 한 자리에 오래 앉아 끈기 있게 상상력을 동원한다는 뜻일 게다. 맞는 말이다. 개작도 다르지 않다. 소설의 힘은 개작에서 나온다. 끈기 있게 고쳐야 완성도가 높아진다. 신이시여 정녕 이 문장을 내가 썼단 말입니까, 하며 스스로 감탄하던 대목도 며칠 지나 다시 들여다보면 실망스럽기 마련이다. 가위질에 주눅 들지 않으려면 초고를 넉넉히 써둘 일이다. 120퍼센트 정도 써둬야 20퍼센트를 삭제할 용기가 생긴다. 눈 밝은 문우가 곁에 있다면 그건 축복이다. 처음에야 그의 과감한 가위질이 섭섭하겠지만 시간이 지나고 보면 대개는 그가 옳다. 나는 헤밍웨이가 『노인과 바다』를 쓰면서 이백 번이나 개작을 했다는 소문을 믿는다.

작법에 대하여 내게 다시 묻는다면 '소설은 발로 쓰는 것'이라고 답할 것이다. 작품 속에 파도소리를 묘사하려면 직접 해변을 밟아보길 권한다. 발바닥에 닿는 모래의 감촉, 눈에 보이는 파란 바닷물과 하늘, 바위에 부딪히는 물소리, 비릿한 냄새, 짠물을 입에 넣고 맛을 보면 더 좋고. 소리만을 묘사하더라도 오감을 총동원해야 자신감이 생기고 제대로 된 느낌이 글로 옮겨 붙는다.

〈샤이레이디〉의 배경을 가슴 속에 새기기 위하여 나는 아들 녀석을 앞세워 태국과 미얀마 접경지대의 산속으로 직접 찾아들었다. 전기가 들어오지 않는 마을에서 원주민들과 먹고 자면서 계곡을 핥는 달빛과 노랗게 스며드는 별을 가슴 가득 보듬었다.

아비 부재라는 소재는 '아비 찾기'로 이어진다. 결국은 찾지 못하거나 오이디프스처럼 비극으로 끝난다. 나 역시 〈샤이레이디〉를 통해 아비 찾기가 마침내 좌절로 끝나는 이야기를 드러냈다. 세상의 모든 소설은 이미 옛 희랍시대에 만들어졌다고 했던가. 현대를 사는 글쟁이가 새로운 소재와 서사의 줄기를 찾아내긴 쉽지 않다. 하여 기존의 모티브에 터 잡아 끝없이 비틀기를 시도해야 '다르게 보이기'에 성공한다.

〈샤이레이디〉는 내게 등단의 영광을 안겨주었다. 내가 프로의 세계에 발을 담그게 된 계기였다. 시간이 지나고 멋쩍은 기분을 억누르며 〈샤이레이디〉를 다시 읽어보았다. 지금 쓴다면 조금은 다르게 쓸 텐데…, 공허감이 밀려왔다. 그렇다고 한번 발표한 글을 고칠 수는 없는 노릇, 차마 못한 이야기를 마저 꺼내놓기로 했다. 연작이 탄생했고 〈마디〉라는 이름을 붙였다. 글을 쓰는 동안 수없이 후회했고 불효자식은 '마디' 안에 들어가 오래전 세상을 떠난 아버지께 용서를 빌었다.

〈악어〉도 마찬가지. 나는 중국을 통해 북한에 들어가 개성 땅을 밟았다. 민주정부로 바뀌긴 했지만 용기가 필요했다. 정몽주가 철퇴를 맞았다는 선죽교 상판의 돌은 여전히 핏빛으로 불그레했다. 한복을 곱게 입은 여성 해설사가 쑥스러운 미소를 지으며 돌에 철분이 섞여서 그렇다고 했다. 나는 뺨을 붉히던 해설사의 순박한 표정을 눈에 새겨두었다. 개성공단은 내가 그곳을 다녀온 직후에 열렸다. 잘 돌아가던 공단이 하루아침에 폐쇄됐을 때 나는 한동안 가슴앓이를 했다. 개성공단에 자리 잡은 가방 공장으로 악어가죽을 넘기며 폭리를 취하는 문제적 인물이 소설 속에서 탄생한 계기였다. 소설가의 역량은 역지사지의 습관으로 단련된다. 여론이 남쪽에서 들어간 기업 종사자들과 협력업체를 걱정할 때 나는 북측 노동자들에게 더욱 마음이 쓰였다. 하루아침에 일자리를 놓쳐버린 더 많은 사람들을 어찌할 것인가.

현대 소설은 더 이상 영웅전이 아니고 신화도 아니다. 가진 자와 높은 자들은 굳이 소설이 아니더라도 나름의 표현 방식이 있다. 그들은 자서전을 쓰면 될 것이다. 하여 현 시대의 소설가는 소외된 자들, 사회적 약자들, 그늘에 가려진 자들에게 눈을 돌린다.

알레고리 형식으로 쓰기 시작한 작품에 〈악어〉라는 이름을 붙여보았다. 악어가 득시글거리는 파푸아뉴기니의 밀림에 들어간 외지인이 원시부족을 파괴하는 과정을 그렸다. 그는 파푸아뉴기니의 원시부족에게 무기를 대주는 인물이다. 작품을 쓰는 동안 내 머릿속에서는 〈샤이레이디〉의 배경이 되었던 동남아의 원시림이 자주 꿈틀댔다. 덕분에 파푸아뉴기니까지는 발품을 팔지 않아도 되었고 대신 언젠가 오스트레일리아를 여행하며 만났던 멜라네시안들을 소설 속으로 옮겨놓았다. 그들도 외모는 파푸아뉴기니 원시부족과 비슷할 터였다.

〈악어〉는 악어 같은 포식자로 변해가는 무기상의 욕망에 제법 어울리는 제목이었다. 처음엔 단편으로 만들었고 신춘문예 최종심에도 올랐으나 거듭된 도전에도 최종심에서 밀리곤 했다. 그때마다 시린 속을 달래가며 고치고 또 고쳤다. 시간이 지날수록 생각이 많아지고 덧붙이고 싶은 에피소드도 늘어나 중편이 되었다. 개성공단 폐쇄 조치에서 영감을 얻은 작품은 결국 전태일문학상으로 세상 빛을 보았다.

설계하고 기록한다

좋은 소설을 쓰려면 앞니가 튼튼해야 한다는 말이 있다. 한 번 물면 절대로 놓지 마라는 뜻일 게다. 어느 순간 붙잡은 영감은 휘발되기 전에 기록해야 한다. 내 경우엔 단순한 그림 하나도 시간을 먹여 반복적으로 곱씹다보면 그럴듯한 이야기로 바뀌곤 했다. 이쯤 되면 기록된 단어는 단순한 키워드에서 문장들로 한 단계 더 나아간다. 설계의 시작이다. 자신이 모차르트가 아닌 다음에야 '좋은 소설은 반드시 설계도를 기반으로 한다'는 진리에 의존해야 한다. 순간적으로 붙잡은 영감을 글로 바꿔야 하는 시인에겐 천재성이 필요하겠지만 소설가의 기본기는 노력이다. 여섯 살에 교향곡을 쓴 모차르트는 설계도를 머릿속에 그렸지만 범인들이 흉내내기엔 벅차다. 우선 소설은 시보다 길다. 200자 원고지 70 내지 80매 정도의 단편소설도 통째로 외우기는 불가능하다. 더구나 소설은 나이든 사람들에게 적당한 종목이다. 삶의 굴곡이 많아야 좋은 소재가 나오기 때문이다. 자신의 풍부한 경험을 녹여 넣을 때 비로소 리얼리티가 살아난다. 순발력이 떨어지는 나이에 쓰자면 아무래도 기억력보다는 기록의 힘을 믿어야 한다. 다소 귀찮더라도 초고를 쓰기 전에 에피소드를 시제별로 나눠 설계도를 꾸미는 게 좋다. 현재 진행형 서사를 근간으로 삼아 대과거와 소과거를 구분하여 도표로 그려두면 편리하다.

모든 예술이 그렇듯 소설도 다르게 보여주지 못하면 실패한다. 나날이 새로운 생각으로 머릿속을 채워야 한다. 하늘 아래 새로운 것이 없을지라도 '다르게 보이기'는 필수다. 기존의 이야기를 새것처럼 느끼도록 하는 게 작가의 실력이다. 우리가 살면서 변화를 추구하고 가보지 않은 길에서 활력을 얻듯 소설도 그렇다.

나는 그림이나 음악에는 소질이 없다. 그 분야는 그저 취미 정도로 흉내나 낼 뿐이다. 하지만 소설은 달랐다. 머리를 짜내면 끝 모를 이야기가 새것처럼 펼쳐졌다. 아니, 어느새 그런 걸 내가 만들고 있었다. 나 같은 유물론자가 이원론을 들먹이며 영혼 타령을 하긴 좀 멋쩍다. 하지만 굳이 철학자의 지론을 인용하지 않더라도 '몸이 밥으로 유지되듯 영혼은 이야기를 먹고 산다'는 말은 매우 그럴듯하다. 상상력과 추리력이 발달된 인류는 남의 이야기를 먹거나 내 이야기를 새롭게 만들어 토해낸다. 그래야 자신의 상상으로 만든 마음속 빈 공간을 채워가며 살 수 있다. 새로운 아이디어가 떠오르거든 잽싸게 적어야 한다. 날아가기 전에….

모든 예술은 소설에서 시작한다

소설(小說)은 말 그대로 작은 이야기다. 주변에서 일어나는 사소한 에피소드를 발단, 전개, 갈등, 위기, 결말이라는 최소한의 형식을 빌려 전개하면 소설이 된다. 서사, 즉 특정한 이야기를 이어갈 때 그것이 일어나는 공간 배경과 등장인물들의 동작이나 심리 등을 구체적으로 장식하는 게 묘사다. 서사와 묘사를 씨줄과 날줄로 적절히 버무려놓으면 재미나는 이야기가 완성된다.

이야기가 없는 세상은 소리가 사라진 세상만큼 무미건조할 것이다. '음악을 모르는 사람은 글을 모르는 사람보다 불행하다.' 헝가리의 음악 교육가 졸탄 코다이의 이 명언을 업그레이드하자면 이렇다. '이야기를 잃어버린 사회는 음악을 모르는 사회보다 더 우울하다.'

이야기는 인간의 상상력을 키워내고 창의성으로 이어진다. 모든 장르의 예술은 이야기, 즉 소설을 기초로 만들어진다. 영화는 말할 것도 없고 회화나 음악도 그렇다. 피카소의 게르니카는 스페인 내전의 참상을 긴 이야기로 담고 있다. 음악도 나름의 이야기를 기반으로 작곡된다. 베토벤은 영웅교향곡의 원래 이름을 '보나파르트 교향곡'으로 지었다. 그가 한때나마 존경했던 나폴레옹을 인류에게 불을 전달한 신 프로메테우스에 비유하여 만든 이야기가 작곡의 소재였다.

현대인의 가슴에서 이야기가 사라지고 있다. 문학은 지루하고 소설은 더 이상 소용없는 장르로 전락하고 있다. 정말 그런가.

어깨 힘 빼고, 마음 비우고

소설 같은 삶을 살기 위해서는 차라리 소설가가 되어버리는 게 내겐 가장 빠른 길이었다. 삶이 유한하므로 참으로 다행이었다. 인간 수명이 백 년쯤만 더 늘어나도 노후 준비에 수십 년을 더 쏟아 부어야 할 터, 자본의 논리와 횡포를 이겨낼 장사는 없다. 나는 당장 소설 쓰기를 멈춰야 할지 모른다. 추레한 노숙자 신세를 면하자면 내가 지금 한가하게 이야기나 되작거릴 여유가 있겠나.

아무나 소설을 쓸 수는 있지만 모두가 소설가가 될 수는 없다. 나름의 진입 장벽이 있기 때문이다. 생각을 바꿔보면 소설 쓰기가 대단히 비자본주의적이라는 게 다행이기도 하다. 소설가가 되려면 소설의 자장(磁場)을 떠나지 않고 일삼아 오래 써야 하는데 시류를 거슬러 물욕을 버리는 일이 만만치 않다. 특히 다른 재주를 가졌거나 달리 돈벌이를 해본 나 같은 인간은 더욱 유혹에 취약하다. 원고 청탁은 고사하고 아무리 응모를 해도 당선 통보 전화가 오지 않으면 슬슬 후회가 쌓이기 마련이다. 수시로 욕심과 미련을 비워내지 못하면 느닷없이 덮쳐오는 허탈감을 감당키 어렵다. 하여 나는, 돈오돈수(頓悟頓修)를 주장한 성철 스님과 달리 돈오점수(頓悟漸修)를 지지한다. 이 또한 도력이 약한 자의 허약한 깨달음이므로 끝없는 자기 성찰은 필수다.

소설은 죽지 않는다

소설은 쓰는 자에게도 위안을 주지만 독자에게는 기꺼

이 대리만족을 제공한다. 소설 속 인물이 독자의 분신이 되어 가슴속 응어리를 풀어주고 더 나아가 타인의 공감까지 얻어준다면 그 독자는 더 이상 혼자가 아니다. 우군을 얻는 동시에 한풀이가 되는 것이다. 그거 영락없이 내 이야기 같더라, 라고 말하는 독자를 위한 소설의 치유 능력이다.

소설이 되자면 적어도 세 가지는 갖춰야 한다. 재미있을 것. 보편성을 갖춰 누가 읽어도 말이 될 것. 그리고 의미심장하여 책장을 덮은 뒤에도 울림이 있어야 한다. 그렇다. 당신에게 중편집 『악어』가 재미있고, 말이 되고, 그래서 더욱 의미심장하기 바란다.

악어

권행백 소설집

발행일 2018년 12월 10일 초판 1쇄

지은이 권행백
펴낸이 오성준
본문디자인 Moon & Park
표지디자인 디자인 꼼마
마케팅 김현철

펴낸곳 아마존의나비
등록번호 제2018-000191호(2014년 11월 19일)
주소 서울시 마포구 양화로 56 동양한강트레벨 1022호(서교동)
전화 02-3144-8755, 8756
팩스 02-3144-8757
웹사이트 www.chaosbook.co.kr
이메일 info@chaosbook.co.kr

ISBN 979-11-964626-1-1 03810

아마존의나비는 카오스북의 임프린트입니다.

책값은 표지 뒤쪽에 있습니다.
잘못 제작된 책은 구입처에서 교환해드립니다.